W0317727

Raymond Federman

DIE NACHT ZUM 21. JAHRHUNDERT

TW

€ 5.–

Raymond Federman

DIE NACHT ZUM 21. JAHRHUNDERT

oder Aus dem Leben
eines alten Mannes

ROMAN

Verlegt bei GRENO

Titel der Originalausgabe: »Twofold Vibrations«.
Aus dem Amerikanischen von Gerhard Effertz.

Copyright © 1982 by Raymond Federman.
Copyright © 1988 by Greno Verlagsgesellschaft m. b. H., Nördlingen.
Satz und Druck in der Buchdruckerei von Franz Greno, Nördlingen.
Printed in Germany. Alle Rechte vorbehalten.
ISBN 3-89190-434-7.

Für Simone

Aber das Fortdauern der Doppelschwingungen
legt den Gedanken nahe, daß in dieser alten Bleibe
noch nicht alles aufs beste bestellt ist.

Samuel Beckett

Etwas, das sich mit Nacht oder Tag nie verändert,
solange die Vergangenheit für die Zukunft steht,
auf die sie sich in gerader Linie zubewegen wird,
die sich am Ende jedoch zu einem Kreis geschlossen hat.

Jean-Luc Godard

I

He ihr, ihr da, aufwachen, es geht wieder los, die ganze Chose noch einmal, aber dieses Mal ohne das übliche Gefasel, die Geschichte eben, die wirkliche, Schluß mit dem Versteckspiel und dem ganzen Gezauder, und sie beginnt, kaum zu glauben, aber wahr, sie beginnt in der Zukunft, ehrlich, nein, das ist mein Ernst, na gut, sagen wir in der nahen Zukunft, will mich ja auch nicht zu weit von der Gegenwart weg wagen, und außerdem sollte man den logischen Aufbau immer im Auge behalten, vom Zeitdruck mal ganz abgesehen

was soll hier heißen Science-fiction, Blödsinn, also wenn man sich in die Zukunft begibt, dann heißt das noch lange nicht, daß

nennt es doch explorative Literatur oder, besser noch, extemporierte Literatur, sich freier bewegen zu können, darum geht's, ganz einfach, und darum, einen größeren Spielraum zu haben, um seine Fühler weiter vorwärts und rückwärts ausstrecken zu können, wenn man so will, hängt alles ab von der Distanz, die man sich verschafft, und vom Raum, der Phantasie auf der Stelle freien Lauf zu lassen und aus heiterem Himmel die Perspektive zu wechseln, hört sich interessant an, isses auch, aber kein futuristischer Schund, ich meine, pseudowissehschaftlicher Mist, Raumkrieg, abwegige Wahrscheinlichkeitstheorien, unlösbare Gleichungen oder bizarre Kreaturen von anderen Planeten, alberne

Großkotze mit spitzen Ohren, Flügeln anstelle von Armen oder Rädern anstelle von Beinen, nee, nichts dergleichen, einfach eine besondere Art und Weise, das Ich zu sehen, die Menschheit, eben so, wie es sein könnte, im Vorrückblick auf die Zukunft statt im Rückblick auf die Vergangenheit, aber keine technischen Spielereien bitteschön, keine klobigen, gefühllosen Roboter, die einen fertigmachen, wenn man die Frechheit besitzt, andere Vorstellungen vom Leben zu haben als sie, keine seelenlosen Roboter, die einem die einfachsten menschlichen Aufgaben abnehmen, nein, nichts von diesem infantilen Geblubber, zumindest so lange nicht, wie der Verstand reicht, auch keine Invasion der Erde durch Superhirne, keine galaktischen Raumschiffschlachten, kollidierende Welten, nichts Pseudoprogressives oder Pseudoregressives in dieser Geschichte, nichts Prophetisches, nichts Moralistisches und auch nichts Quasi-Moralistisches in dem Sinne, daß wir uns unsere Zukunft versauen, wenn wir nicht aufhören, die Umwelt zu zerstören oder die natürliche Ordnung der Dinge, nein, nur eine einfache, bewegende Geschichte

sie beginnt im Jahre 2000 oder kurz vorher, die Geschichte, genaugenommen in der Nacht vorher, am Silvesterabend, dem 31. Dezember 1999

der erste Satz geht so, Wenn in der Nacht nichts Besonderes passiert, wird er morgen das 21. Jahrhundert erreicht haben und unterwegs sein, soweit ein Satz wie jeder andere, wirft einen nicht gerade um, aber ich finde diesen Satz ganz gut, und außerdem macht er sich als Anfang wohl wesentlich besser als, Es wird einmal sein vor langer, langer Zeit, nicht wahr

er kam mir in einer schlaflosen Nacht, und in letzter Zeit habe ich solche Nächte häufiger, so wie es im Moment in meiner Hirnsphäre aussieht, nein, keine Hirnschwäre, Hirnsphäre, nur ein Bild, nicht gerade häufig, daß einem so ein makelloser Satz einfällt, deswegen wollte ich ihn nutzen, ihn so weit ausbauen, wie es ging, soweit die Phantasie tragen würde, innerhalb der sprachlichen Möglichkeiten selbstverständlich, und er geht so weiter, daß er die Geschichte dieses Kerls erzählt, eines alten Querulanten, 82 Jahre alt ist er jetzt, und seine Deportation in die Kolonien steht kurz bevor

in die was, fragt ihr, die Kolonien, die Raumkolonien, nur Geduld, für alles wird sich zuletzt eine Erklärung finden

das heißt, der alte Mann wurde 1918 geboren, wie mein Vater, reiner Zufall, oder, da wir gerade dabei sind, wie ich, fiktiv gesprochen, ist Pott wie Deckel, wir alle sind Glieder einer Kette, die Lebenden und die Toten, wir alle sind Teil des doppelten Pulsschlages der Geschichte, also 1918, selbst wenn es rein aleatorisch ist, versteht ihr, verdammt noch mal, strengt euch mal 'n bißchen an, nur ein bißchen Kopfrechnen, dann kommt man vom Jahre 2000 aus auf das Geburtsdatum, man braucht nur seine Schritte in die Zeit und in die Geschichte im Geiste zurückverfolgen, obwohl, wissen kann man's nie, er könnte etwas älter sein oder jünger, wenn ich mich recht entsinne, sah er immer zeitlos aus

und was die Raumkolonien betrifft, nun, eroberte Planeten sind es, Monde und Satelliten, im Sonnensystem und sogar darüber hinaus, in der Galaxis, der Milchstraße, allesamt wurden sie in der letzten Hälfte des 20. Jahrhunderts erforscht und besiedelt, und dahin

natürlich muß ich mir die Zukunft ausdenken, na gut, nur die nahe Zukunft, muß mich mit neuen Sitten vertraut machen und anderen Denkformen, muß uns hineinprojizieren in das denkbare kosmologische Layout, aber schräg, wie zufällig, wenn euch das besser gefällt, so ziemlich aufs Geratewohl zugegebenermaßen, die Sache ist eben die, Geschichte vorrückzudenken

und dahin, so weit waren wir gekommen, werden unerwünschte Personen verfrachtet, na, ihr wißt schon, Kriminelle oder Perverse, Verrückte oder solche, die man für körperlich oder geistig verkrüppelt hält, Sozialfälle, die Unnützen, Taugenichtse und auch andere, ist das nich ne hervorragende Idee, die Alten und die Kranken werden auch dahin verschickt, die unheilbar Kranken, so löst sich das Problem der Alten, der Sozialversicherung und der ärztlichen Versorgung wie von selbst, Verbrechen und Arbeitslosigkeit, von sexueller Abartigkeit ganz zu schweigen, sind ein für allemal vom Tisch

Künstler schiebt man genauso ab, ja, in erster Linie experimentelle Künstler, deren Werk als völlig unvereinbar mit den neuen idealistischen, gesellschaftlichen und ästhetischen Normen gilt, die jetzt in Mode sind

aber diese jährlichen Massendeportationen, immer am Silvesterabend, haben zumindest einen Vorteil, sie verschaffen dem Rest der Menschheit mehr Raum, besonders zu einer Zeit, da die Welt reichlich überbevölkert ist, aber gut ist sie, die Welt, alles läuft reibungslos, na ja, fast alles, in unserer guten alten Welt, politisch, sozial, ethisch und psychologisch betrachtet, das muß man ihr schon lassen, überall herrscht Friede, Kriege gibt's nicht mehr, auch keine Revolutionen, keine inneren Unruhen, keinen Terrorismus, der Haschhandel floriert, die Politik der Konfrontation hat ausgespielt, moralische Unterdrückung ebenso, keine Okkupationen mehr, all das war auf einmal wie weggeblasen, pssssst, in einem plötzlichen Anfall weltweiter Friedfertigkeit und Brüderlichkeit, Gefühle, die uns in der Vergangenheit so fremd erschienen wie heute Küchenschaben

die Möglichkeit einer Wende zum Guten lag schon eine ganze Weile in der Luft, müßt ihr wissen, besonders wegen der drastischen und bis heute noch unerklärt gebliebenen Veränderungen im Klimagefüge, die während der letzten zwei Jahrzehnte des 20. Jahrhunderts auftraten, als die Westwinde ihre Richtung völlig unerwartet änderten, ja die Wende zum Besseren kurz nach dem katastrophalen Winter von 1977, einem der kältesten und härtesten Winter seit Menschengedenken, dermaßen schlimm, entsetzlich und grauenvoll, vor allem in Nordamerika, wo der alte Kerl zu diesem Zeitpunkt lebte, fror mir glatt den Arsch ab, daß viele schon dachten, eine neue Eiszeit sei hereingebrochen, aber statt dessen verlagerten ganzjährige Warmluftströme ihre Richtung, und so herrscht jetzt bis hinauf zum sechzigsten Grad nördlicher Breite ein wesentlich gemäßigteres Klima, tja, so viel zum Wetter

daher keine Hungersnöte mehr, keine Energie- und Wirtschaftskrisen und deren Folgekrisen, wie leicht es einem doch fällt, Menschheitsprobleme zu lösen, wenn man eine zeitlich ungebundene Geschichte schreibt, keine realistische Story, die Ressourcen der Natur sind unerschöpflich, wir haben's ja schon immer gewußt, und man geht sorgfältig mit ihnen um, beutet sie mit Verstand aus und verteilt sie vernünftig, und alles, was in dieser neuen Ära des landwirtschaftlichen und industriellen Überflusses doch noch Mangelware ist, wird eben von anderen Planeten eingeführt

Freundlichkeit zwischen Männern und, ja natürlich auch zwischen Frauen, das versteht sich von selbst, und sogar zwischen Haustieren, Freundlichkeit herrscht überall, Freiheit, Gleichheit, Brüderlichkeit, nein, nicht Schwesterlichkeit, hört auf, hier rumzublödeln, ihr Kerle, das ist tierisch ernst, das sind keine leeren Worte mehr, das sind mittlerweile Begriffe, mit denen jeder was anfangen kann, und der Reichtum wird angemessen und gerecht unter den Weltbewohnern aufgeteilt, frei von Diskriminierung und Korruption, klingt phantastisch, ihr habt verdammt recht, alles wird im voraus entschieden, berechnet, geregelt und abgestimmt von einem vermenschlichten Supercomputer, ich nenne ihn Onselacouledouce, damit wir eine eingängige Bezeichnung für diese freundliche Maschine haben

okay, einverstanden, schon seit den fünfziger Jahren war vorhersehbar, daß die Computer eines Tages alle menschlichen Angelegenheiten regeln würden, ich spiele keineswegs so ne Art allmächtigen Hellseher, aber wie dem auch sei, jetzt beruht alles auf wissenschaftlichem Denken, sogar wissenschaftlichem Fairplay und nicht zuletzt auf technologischem Erfindungsreichtum

ich will mich jetzt nicht lang und breit über den Aufbau dieses Systems auslassen, manche nennen es höchst utopisch, aber es funktioniert, glaubt mir, es funktioniert, und ich liefere auch keine Erklärung dafür, wie die Planeten und Monde und andere einstmals ferne Gegenden zum ersten Mal erkundet, erobert, bewohnbar gemacht, besiedelt und in der Folge kolonisiert wurden, oh jammerschade, sagt ihr, das könnte die wissenschaftliche Grundlage unserer Geschichte schwächen, nein, nicht die Spur, das bleibt eben der Vorstellungskraft unserer Leser überlassen, der jetzigen oder künftigen, die Phantasie lebt, meine Freunde, trotz aller gegenteiligen Gerüchte, die in letzter Zeit kursieren, stellt euch bloß mal vor, die Vorstellungskraft tot, bah, kein Problem, außerdem braucht man nicht gerade viel davon, um sich die ganzen Sachen auszudenken, um die zukünftigen sozialen, politischen und wissenschaftlichen Lücken zu schließen

jedenfalls wissen wir aus Erfahrung, daß all dies in Zukunft möglich sein wird und mehr noch, viel mehr, als was sie sich alle jemals erhofft oder auch nur erträumt haben, unsere sprachgewaltigsten Dichter, unsere kühnsten Wissenschaftler, unsere erfolgreichsten Romanschreiber, das ist todsicher, ja, das Unerdachte muß erst noch erfunden werden, und man braucht keine mathematischen Vorhersagen, um sich auszumalen, wie die Zukunft aussieht, und auch keine statistischen Schätzungen und keine komplexen stochastischen Theorien

all das ist mir eigentlich auch völlig egal, mich interessiert vor allem der alte Kerl, das heißt, er interessiert uns, und mit uns meine ich hier mich und all jene, die im Verlaufe dieser Geschichte mit dem Schicksal des alten Mannes in Berührung kommen könnten, da bin ich keineswegs der einzige, alles ist möglich, und vielleicht kommen noch ganz andere ins Spiel, egal, was passiert, vor allem beschäftigt mich die Frage nach dem Warum, warum er zu den Kolonien geschickt wird, genauer dorthin verbannt, weggeworfen aus unserer Welt wie Müll, wie eine ausgebrannte Glühbirne, die nicht mehr zu gebrauchen ist, mir geht es einfach um das Menschliche, aber auch um das zufällige Hin und Her des Lebens, all das aus bloßer ethischer Neugierde, ja aus einem tiefen persönlichen Bedürfnis, mit dem Unerklärlichen zu Rande zu kommen, nein, nicht mit dem Morbiden, wozu denn auch, im Gegenteil, dem Gesund-Bekömmlichen, eigentlich wäre ich fast versucht zu sagen, mit dem Problematischen und dem Ungerechten, denn es verwirrt und es beunruhigt einen geradezu, daß ein alter Mann wie er zu den Kolonien geschickt werden soll, ein in vielen Dingen so außerordentlicher Mann, obwohl ab und zu völlig unberechenbar und auch so glücklos, in die Kolonien geschickt werden soll ohne die geringste, die geringste

er hat viel durchgemacht im Leben, müßt ihr wissen, ständig ums Überleben gekämpft und um Erkenntnis, sein Leben lang ist er immerzu gestolpert, unglücklich auf sein Schicksal zugestolpert, deswegen fühle ich mich moralisch und auch als Künstler dazu angehalten und verpflichtet, so gut, wie ich es mit meinen eigenen Worten kann, der Nachwelt die Wahrheit über sein Schicksal zu enthüllen, das Wichtigste über sein schwieriges, aber interessantes Leben zu erzählen, so einfühlsam wie möglich, auch mit Hilfe jener, die ihn gut kannten, von seinen Schicksalsschlägen und déboires zu berichten

quatsch nicht alle Nase lang Französisch, Federman, ach, ihr meint, sonst frustriere ich vielleicht noch meine potentiellen Leser, das muß man in Kauf nehmen, schließlich ist der alte Mann gebürtiger Franzose, genau wie ich, noch ein Zufall, Jahrgang 1918, so viel haben wir bereits herausgefunden, das heißt, wenigstens läßt sich sein Leben bis dahin zurückverfolgen, geboren in Frankreich also, genauer gesagt, während der Regierungszeit von Georges Clemenceau, damit wir einen bestimmten point de répère haben, Clemenceau, in der Folge Ministre de la Guerre und dann Président du Conseil, ja, unter Clemenceau, besser bekannt als Le Tigre, wenn ihr euch jemals die Mühe machen solltet, es nachzuprüfen, Clemenceau, für den die Weltgeschichte nichts anderes war als eine Dichotomie von Semiten und Ariern, das ist für unsere Geschichte äußerst wichtig, Clemenceau, der, wie ihr euch vielleicht erinnert, La Belle France vor der deutschen Invasion und dem

Fiasko des Ersten Weltkrieges im Jahr 1918 rettete, es ist schon lange her, aber damals wurde unser alter Mann geboren, vermutlich, am 15. Mai, ein Stier, ein richtiger Bulle, mit den Füßen auf dem Boden und dem Kopf in den Wolken, sein ganzes Leben lang hat er versucht, Eitelkeit und Trägheit erfolgreich zu bekämpfen

und obendrein war er auch noch Jude, obwohl, so ne große Rolle spielt das auch wieder nicht, eigentlich überhaupt nicht, für unsere Geschichte ist dieser Umstand völlig bedeutungslos oder fast, aber immerhin wirft er die interessante akademische Frage auf, ob es jemals so etwas wie einen jüdischen Charakter gegeben hat, einen jüdischen Raumreisenden, ich meine Raumhelden, oder nicht

nein, ich werde dieses Thema nicht vertiefen, diese Art von akademischem Disput ist eher was für Leute wie Professor Les Cloches oder andere Science-fiction-Freaks, es ist eben nur eine interessante Frage, meint ihr nicht auch, La Question Juive, wie Jean-Paul Sartre es einmal formulierte, wie auch immer, glaubt ja nicht, daß der alte Kerl aus rassischen oder religiösen Gründen zu den Kolonien geschickt wird, ganz und gar nicht, das wäre viel zu simpel, zu abgedroschen, einfach zu banal, das hätte man früher machen können, aber nicht heute, in unserer modernen Zeit, das war's wenigstens, was aus informierten Kreisen wiederholt verlautete, und davon abgesehen ist gegen Ende des 20. Jahrhunderts, in dieser Geschichte wenigstens, keinerlei Spur mehr von Rassismus, es gibt ihn einfach nicht mehr, und überhaupt dreht sich diese Geschichte um die Vertreibung des alten Mannes, und unser Hauptanliegen wird es sein, herauszufinden, warum

menschliches Mitgefühl treibt mich, aber auch Kreativität, dieser Sache, trotz aller möglichen Risiken, auf den Grund zu gehen, einer Sache, die man, wie sich noch herausstellen wird, als unwiderruflichen Schritt bezeichnet hat, so jedenfalls der offizielle Sprachgebrauch

was soll denn hier heißen, ihr habt's eilig, immer mit der Ruhe, scheucht mich bloß nicht, ja ja, ich weiß, das einzige, was jetzt zählt, ist Zeit, jetzt, wo unser alter Mann auf dem Raumhafen in einem kleinen Vorzimmer auf seine Abreise wartet, jetzt, wo er resigniert auf seiner Kiste hockt, dieser eigens für die Raumfahrt entwickelten Metallkiste, in ihr die letzten Mementos, aber merkt euch, wenn man schreibt, gibt es Nebenstraßen, die einen einfach magisch anziehen, egal, wie fest man vorher entschlossen gewesen sein mag, immer schön auf der Hauptstraße zu bleiben, schwer, da konsequent zu bleiben, und auf die Dauer werde ich mich immer wieder in solche Nebenstraßen hineinverirren, das ist unvermeidlich, jedenfalls würde ich mich sehr freuen, wenn ihr mich nicht im Stich laßt, dafür entschädigt uns dann vielleicht wenigstens jene Lust, die, wie man so lästert, in der Sünde liegt, denn eine literarische Sünde werden diese Umwege sein, das hast du schön gesagt

und deswegen immer ruhig Blut, selbst wenn die Zeit immer knapper wird, nur nicht den Kopf verlieren, während unser alter Mann da sitzt, sitzt und wartet, den Kopf in die Hände gestützt, wie auch anders, ungefähr wie Rodins Denker, außer daß in seinem Fall die Arme und Beine eine gewisse ästhetische Harmonie vermissen lassen, ihre ungelenke, ambivalente Anordnung den Schluß nahegelegt, daß hier nicht etwa ein Körper sitzt, sondern deren zwei, irgendwie miteinander verschmolzen, ineinanderfließend, wie bei einer Doppelbelichtung, einem unscharfen Foto, das deswegen so aussieht, als wäre noch ein zweites dahinter, da sitzt er und wartet im kahlen Wartesaal, unwissend, hilflos, unwillig, aber es sei nun mal nicht mehr rückgängig zu machen, das teilte man uns auf unsere Anfrage hin mit, und dabei deutete meines Wissens nichts, aber auch gar nichts im Leben des alten Mannes darauf hin, daß er eines Tages in den Kolonien landen würde

ihr meint, ich weiß vielleicht nicht genug über ihn, über seine Vergangenheit, über sein Privatleben, sein Innenleben, so undurchschaubar es auch sein mag, über seine psychische Maske, und sei sie auch noch so verzerrt, über seine politischen Neigungen bis hin zu seinen sexuellen Eskapaden, nicht auszuschließen, gut möglich

ihr meint, die Fakten, die wesentlichen Fakten seiner Randexistenz seien mir entgangen, aber Fakten, die Fakten eines menschlichen Daseins lassen sich immer erraten oder erfinden, das mache ich die ganze Zeit bei mir selbst, nun, er hat nicht gerade ein perfektes Leben geführt, ein vorbildliches Leben, alles andere als das, aber versucht hat er's, und wie, das hat man mir immer wieder bestätigt, ja, Ausdauer und Entschlossenheit sind die Eckpfeiler seiner Existenz gewesen, gut gesagt, nicht wahr, und Eigensinn die treibende Kraft

ach, Eigensinn, darüber hat sich seine Mutter am meisten beklagt, als er noch ein Kind war, Quel enfant têtu mon dieu, une vraie tête de mule, natürlich auf französisch, seine arme Mutter, die Erinnerung an ihr Gesicht, ihre traurigen dunklen Augen, in seinem Unterbewußtsein verschüttet, so daß man nur wenig über sie weiß, außer daß sie ihm einmal, an seinem zehnten Geburtstag, sie waren sehr arm, un éclair au chocolat kaufte, das ist alles, was wir wissen

wirklich nicht sehr viel, seine Eltern waren arme Schlucker, hatten in seiner Kindheit kaum genug zu essen, und sie haben ihr ganzes Leben lang gräßlich gelitten, an Hunger und Erniedrigung, bevor sie und auch seine beiden Schwestern ausgelöscht wurden, xxxx aus, wie er immer sagte

aber wie der alte Mann uns eines Abends auseinandersetzte, als wir über das Thema menschliches Leiden sprachen, wir saßen gerade alle zusammen bei ihm zu Hause und aßen zu Abend, ist schon einige Jahre her, seine gut aussehende Frau hatte gerade eine hervorragende Mahlzeit gezaubert, natürlich französische Küche, escargots, boeuf à la crème, mousse au chocolat, der Wein war exzellent, die Unterhaltung lebendig wie immer, auch unsere Freunde Moinous und Namredef waren an jenem Abend zugegen, der alte Mann erzählte uns gerade, wie schon so oft in der Vergangenheit, von seiner schwierigen Kindheit in Paris, von seinem Vater, einem am Hungertuch nagenden Künstler, einem Maler, einem surrealistischen Maler, der an Tuberkulose litt und zu allem Überfluß noch ein leidenschaftlicher Spieler war, von seiner Mutter, seiner armen Mutter, mit ihren traurigen, dunklen, stets verweinten Augen, die für andere Leute Wäsche wusch, um wenigstens genug für die Kinder zu haben, und davon, wie die ganze Familie Schlange stehen mußte bei der Soupe populaire, Meine Mutter und mein Vater das Gesicht immer der Wand zugekehrt, um nicht von den Nachbarn erkannt zu werden, während dessen spielten meine Schwester und ich à cache-cache und versteckten uns hinter den anderen Leuten in der Schlange, als seine Stimme plötzlich einen elegischen Ton annahm und er sagte, Man leidet und man leidet daran, daß man nicht genug leidet, Leiden ist nie genau das, was wir fühlen, meine Freunde, was wir edles oder gutes oder wahrhaftes Leiden nennen und was uns bewegt, ist das Leiden, das wir in den Gesichtern anderer Leute lesen, oder besser aus Porträts, aus dem Gesicht einer Statue, aus einer tragischen Maske, dieses Leiden hat Bedeutung, hat Dichte, es präsentiert sich als ein in sich abgeschlossenes, objektives Ganzes, das uns nicht erst abzuwarten brauchte, um zu sein, und das den Begriff, den wir uns von ihm machen, übersteigt

solche Sätze produzierte unser alter Mann immer, wenn er von seiner Vergangenheit erzählte, dabei war er immer gelassen, salopp, und uns war nie klar, ob er es nun ernst meinte oder uns nur auf den Arm nahm, im Geiste, meine ich, er war so doppeldeutig, Das Leiden, das ich in meinem Leben erfahren habe, fuhr er im selben Ton fort, war nie adäquat, als Leiden entzog es sich mir immer, ich hatte es nur im Kopf

das nahmen wir einfach so, wie's kam, ohne Diskussion, denn immer, wenn er solche Sätze von sich gab, wußte man nie genau, ob er nun seine eigenen Gedanken aussprach, seine eigenen Worte oder lediglich die Gedanken und Worte eines anderen mißbrauchte, unser alter Mann war ein großer Wortentleiher, ein Sprachdieb, er kannte keine Skrupel, wenn es darum ging, sich die Worte anderer anzueignen und zu verdrehen, Was soll der Mist, sagte er immer, Sprache ist demokratisch, sie gehört jedem zu gleichen Teilen und in der gleichen elementaren Art, was man mit ihr macht, hängt davon ab, was man selbst für richtig und vertretbar hält

dieser Glaube mag tatsächlich seine Erbsünde gewesen sein, aber dazu stand er felsenfest und war durch nichts davon abzubringen, und jetzt, jetzt, wenn in der Nacht nichts Besonderes passiert, wird er morgen unterwegs zu den Kolonien sein, so fängt es an, und was als nächstes geschieht, weiß ich noch nicht und auch sonst niemand

II

Die Kolonien wurden, darauf wird später noch zurückzukommen sein, so etwa um das Jahr 1994 gegründet, dieses Datum hat man mir jedenfalls angegeben, nein, das halte ich keineswegs für zu durchsichtig oder zu früh gegriffen, es hat auch nichts Symbolisches und ist auch nicht seiner Zeit voraus, die Sache ist einfach, schlicht und ergreifend die, daß ich in einer Entfernung vom Jetzt arbeiten muß, die sich aus der Logik der Natur ergibt, damit mein alter Knabe 1918 geboren sein kann, wie mein Vater oder auch wie ich, alles eine Frage der Synchronisation, der zeitlichen Abstimmung

alle Nachkommen, wirkliche oder erfundene, sind Wortfortsätze in Zeit und Raum, und sollten das Geburtsdatum meines verstorbenen Vaters und das des alten Mannes mit meinem zusammenfallen oder mein Vater und ich tatsächlich am gleichen Tag wie der alte Mann geboren sein, so ist das nichts als ein purer Zufall im freien kreativen Spiel dieser Geschichte und wird sich auf die Entwicklung dieser Erzählung vielleicht überhaupt nicht auswirken, schließlich ist Geschichte, wie ein Freund einmal schrieb, ein schon geträumter und wieder zerstörter Traum

aber dieser Zufall, diese Zweiheit des alten Mannes, wird akzeptabel und historisch und genetisch sogar ohne weiteres vertretbar, wenn man bedenkt, daß mein leider allzufrüh verstorbener Vater, zweiundvierzig war er, als sie ihn auslöschten, was alltägliches damals, gar nicht die Zeit hatte, seinem Sohn, also mir, ein richtiger Vater zu werden, und daß er, mein Vater, heute der Sohn seines Sohnes sein könnte, alles eine Frage zeitlicher Neuordnung und familiärer Überschneidung, oder ist es andersherum

vielleicht fragt ihr euch, ob da etwas ist, was mich treibt, mich zwingt, in meine Vergangenheit zu reisen, in mein eigenes, wenig erfreuliches Leben, um die Geschichte des alten Mannes zu erzählen, nun, Literatur, jede Art von Literatur, beruht bis zu einem gewissen Grad auf dem Erleben des Autors, dem tatsächlichen oder dem imaginären, das dann lebendige Gestalt annimmt in seinen Figuren, so funktioniert es immer, keine Blutsverwandtschaft, Tintenverwandtschaft

was familiäre Überschneidung angeht, so braucht ihr doch nur mal Proust zu lesen oder Céline oder den großen Gabriel Garcia Marquez, dann werdet ihr schon sehen, was ich damit meine, die Vereinfachung oder Vervielfachung von Persönlichkeiten, steht alles auf den ersten Seiten, wo es heißt, Dann wurde sie immer weniger greifbar, wie nach der Seelenwanderung die Gedanken einer früheren Existenz, der Gegenstand meiner Lektüre löste sich von mir ab, ich konnte mich damit beschäftigen oder nicht

oder, Wieder sind wir allein, all das ist so träge, so schwer, so traurig, bald werde ich alt sein, und es wird endlich zu Ende sein

oder noch besser, Viele Jahre später sollte der Oberst Aureliano Buendia sich vor dem Erschießungskommando an jenen fernen Nachmittag erinnern, an dem sein Vater ihn mitnahm, um das Eis kennenzulernen ja, so fängt es immer an, und im Falle unseres alten Mannes würden viele Jahre vergehen, Viele Jahre würden vergehen, bis er endlich sein Ziel erreichen würde, vielleicht viel mehr, als bereits verstrichen waren, seitdem er den Ort verlassen hatte, der auch sein Ziel werden sollte, denn an dem Tag, als er aus der Abstellkammer seines Überlebens heraustrat und den ersten Schritt seiner Reise unternahm, weg von dem Ort, wo ihm das Leben geschenkt wurde, hatte er, ohne es zu wissen, bereits wieder den ersten Schritt zurück getan zu dem Ort, wo ihm das Leben wieder genommen werden würde, deshalb also 1918, nur das kann sein Geburtsjahr sein, auch wenn es, chronologisch gesehen, unsinnig erscheinen sollte, denn wenn ich die Geschichte früher ansetze, decken sich die Daten auf einmal nicht mehr mit den Ereignissen, und wenn ich, einfach weil's mir so gefällt, die ganze Geschichte weiter in die Zukunft schiebe, sagen wir mal in das Jahr 2033 oder 2034, etwa um die ganze Sache futuristisch glaubwürdiger zu machen, oder noch weiter, in die kosmikomische Zukunft des Raumzeitalters, wie es einmal heißen wird, dann wird mein alter Mann zu alt sein, das heißt, zu alt, wenn man von der Gegenwart ausgeht, unserer Gegenwart, aber auch von der inneren Logik seiner fiktionalen Existenz her gesehen, so alt, daß er einige der Ereignisse gar nicht erlebt haben könnte, vor allem historische Ereignisse tragischer, aber auch komitragischer Natur, die er während seines Erdenlebens mitbekommen soll, so wie ich mir das jedenfalls vorstelle

beispielsweise den lächerlichen Versailler Vertrag, den kläglichen Zusammenbruch des Völkerbunds, das Scheitern der Chinesischen Revolution im Jahre 1927 und den langen Marsch Mao Tse-tungs, den Alleinflug des schlanken Lindbergh über den Atlantik, den Wall Street Crash und die Weltwirtschaftskrise und die massenhaften Selbstmorde bankrotter Kapitalisten, den Reichstagsbrand, das triste Debakel des Spanischen Bürgerkriegs und Picassos düsteres Guernica im Jahre 1937, den Zweiten Weltkrieg, die Maginot-Linie, die Ardennenoffensive der Alliierten, bei der Carl Lester Bumpus den Tod fand, die Vichy-Regierung, den Bombenangriff auf Pearl Harbor am 7. Dezember, Pierre Lavals politische Schachzüge, die Verfolgung der Juden durch die Nazis und die Konzentrationslager

das ist ein wichtiger Punkt, den man nicht achtlos übergehen sollte, ja, mein alter Mann war dabei, hat den Holocaust miterlebt, jene schaurig schöne Geschichte für die Kunst, wie er einmal genannt worden ist, in gewissem Sinne zählte auch er zu den Überlebenden, damals, er hat sich nicht unterkriegen lassen von all den Erniedrigungen, hat das Ganze durchgestanden und es irgendwie geschafft zu überleben, in Fortsetzung sozusagen, und das ist entscheidend für unsere Geschichte, wie ich meine, von zentraler Bedeutung

denn die bestürzende Wahrheit ist nun mal, daß das epische Ereignis des 20. Jahrhunderts, und daran kommt man nicht vorbei, der Holocaust ist, der Holocaust, dessen tragische Wirklichkeit in ihrer Tiefe nie vollständig auszuloten sein wird, denn so viel steht fest, schon die banalsten Seiten des Lagerlebens, die alltäglichsten Dinge, die einfachsten und unschuldigsten Fragen, die man zum täglichen Dasein der Deportierten stellt, wie zum Beispiel, ob sie sich die Zähne geputzt, die Nägel geschnitten, sich die Nase geschneuzt haben in den KZs, ob sie miteinander geschlafen oder jemals gelächelt haben, diese Fragen erreichen sofort die Dimensionen der griechischen Tragödie, zumindest des absurden Theaters, und sollten daher nicht einfach beiseitegeschoben werden, gerade heute nicht

hier geht's lang zu den Duschen, meine Damen und Herren und liebe Kinder, wie sagte doch noch Borowski, denn es gehört zu den Grundregeln der Lager, daß die Menschen, die in den Tod gehen, bis zum letzten Augenblick getäuscht werden sollen, ein alter Trick der Geschichte, Hier, Jungen und Mädel, ein Stück Schokolade, und eure Angst ist weg, nur drei Minuten, dann hat euch das Gas erstickt, beim Prozeß der Vernichtung ist Täuschung die einzig zulässige Form von Barmherzigkeit, diese Lektion hat auch Dostojewski lernen müssen, am Morgen des 22. Dezembers 1849, wie ihr vielleicht noch wißt, als er dem Erschießungspeloton gegenüberstand, gewiß, er ist mit dem Leben davongekommen, aber gelernt hat er sie trotzdem, diese bittere Lektion, und wie, und seit jenem Tage Millionen und Abermillionen anderer Menschen mit ihm, und wer weiß, die Raumkolonien sind vielleicht auch nur eine neue Spielart von barmherziger Täuschung

doch wenn wir uns mit dem Thema Lager überhaupt beschäftigen, muß von vornherein klar sein, daß es in erster Linie nicht um die Vernichtung der Deportierten geht, unter ihnen übrigens die gesamte Familie des Alten, Vater, Mutter und auch seine Schwestern, vielmehr geht es um die Tilgung dieser Vernichtung als eines zentralen Ereignisses aus dem Bewußtsein, und es ist der innere Zwiespalt gegenüber diesem Tilgungsakt, der dem alten Mann zu schaffen macht, der auf ihm lastet und sich hinter allen Schritten, allen Wagnissen und Unwägbarkeiten seines Lebens verbirgt, aber möglicherwiese nehme ich damit schon zuviel vorweg

wie dem auch sei, jedenfalls sind das bisher nur ein paar von den Ereignissen, die mir so vorschweben, aber es gibt da noch viele andere, an die auch unbedingt erinnert werden muß, zum Beispiel die Explosion der ersten Atombombe, der Tag der alliierten Landung in der Normandie, der Kalte Krieg und der Bebop, die öffentliche Hinrichtung der Rosenbergs auf dem elektrischen Stuhl, der Eiserne Vorhang, Existentialismus und Strukturalismus

also Leute, denkt nicht, ich würde wieder mit diesem alten Kram kommen, na ja, höchstens mal am Rande, dieses Psychophilogefasel werden wir nur mal kurz streifen, denn so ganz für die Katz ist es schließlich auch wieder nicht gewesen

und die Hippiebewegung der sechziger Jahre, während der Studentenunruhen haben sie den alten Mann sogar hinter Gitter gebracht, damals war er natürlich noch jünger und leicht zu begeistern, nein, in Berkeley ist es nicht gewesen, und auch nicht an der Sorbonne im Mai 68, nein, in Buffalo war's, und nicht etwa, weil er so ein radikaler Fanatiker oder ein Politguru gewesen wäre, bestimmt nicht, nein, es war bloß ein dummer Zufall, und als wir von der Verhaftung hörten, sind wir auf schnellstem Weg zum Queen-City-Gefängnis, Moinous, Namredef und ich, um ihn gegen Kaution wieder herauszuholen

er war gerade zu Besuch bei einem alten Freund in Buffalo, der Achselhöhle Amerikas, wie er später immer sagte, auf dem Universitätsgelände, besser bekannt als Yellow Submarine, hatte sich Polizei aufgebaut, vierhundert hartgesottene Burschen, den Revolver tiefbaumelnd und den Kaugummi lässig im Mundwinkel, eine Spezialeinheit, herbeigerufen zum Schutz von Recht und Ordnung, weil die Jungs die Fenster mit Steinen und Cola-Dosen bombardierten und die Wände knallrot mit schmutzigen Parolen bepinselten, um damit ihrem Protest gegen die Regierung Luft zu machen, gegen Entscheidungen, an die sich heute kein Mensch mehr erinnert, Parolen wie Nixon lutscht, Agnew schlägt seine Frau, die C.I.A. frißt Shit, Make Love Not War, les structures ne descendent pas dans la rue, der stammte von einem Major der französischen Armee, Godot Go Home, Burn Baby Burn und andere starke Sprüche dieser Art

der alte Mann und sein Freund, ein dichtender Professor und Exzentriker namens Marrant, dem immer die Anerkennung versagt blieb, die er verdient gehabt hätte, und der 1998 von der Peace Bridge sprang, nein, nicht aus Verzweiflung, sondern aus einem Überschuß an Kreativität, deswegen ist es witzlos, sein Leben und Werk genauer unter die Lupe zu nehmen, obwohl man vielleicht wenigstens den Titel seiner wichtigen und umstrittenen Studie über das, was er Lachteratur nannte, erwähnen sollte, der alte Mann und sein Freund also schlenderten am späten Nachmittag am Campus vorbei und lieferten sich gerade ein hitziges Wortgefecht, über Dichtung vermutlich oder über Philosophie, und gestikulierten dabei wie zwei ausgeleierte Marionetten, als sie den Entschluß faßten, sich den Tumult mal aus der Nähe anzusehen

bloß um mal zu gucken, was da los ist, während sich die Bullen und die Jungs gegenüberstanden, Auge in Auge, direkt vor der Bibliothek, und sich mit Steinen bewarfen oder mit dem, was ihnen in diesem akademischen Tohuwabohu gerade so in die Hände fiel, Stühle, Tische, Schreibmaschinen, Bücher, natürlich vor allem die fest gebundenen aus der Raritätenabteilung, ganze Bücherschränke, Fahrräder, angekaute Hamburger und Hotdogs, einfach alles flog da durch die Gegend, sogar Kacke, und da, mittendrin in diesem Chaos, da stand er, da standen sie, zwei neugierige Herren mittleren Alters, mit leicht angegrauten Schläfen, überragten alle anderen um Haupteslänge, beide waren sie sehr groß, und brüllten zusammen mit den Jungs einen Slogan nach dem anderen in Richtung Polizei, aus Leibeskräften, gegen die, die das Bajonett schultern, gegen jene, die die Freiheit mit Statuen schmücken, gegen jene, die, können Sie mich hören, jene, die immer auf die Füße fallen, gegen jene, die hamletisieren und vietnamisieren, jene, die denken, daß sie denken, gegen jene, die mit Handschuhen onanieren und dabei ihrer Phantasie freien Lauf lassen, sie brüllten jene nieder, die es lieben oder lassen, die sich mit Orden brüsten, jene, die ihr Auto mit Aufklebern tapezieren, die sich sechsmal am Tag ihren Bauch vollhauen, während andere arme Schweine gerade einmal in der Woche ihr tägliches Brot bekommen, und sie schrien jene nieder, die im Dunkeln mit geschlossenen Augen bumsen, und improvisierten in diesem Stil weiter, gut gelaunt, so richtig fetzig und mit Feuer und Flamme, voll in ihrem Element und begeistert, dazuzugehören, Teil dieser jugendlichen Masse zu sein

Wahnsinn, guck dir das mal an, so was kriegste nicht alle Tage geboten, da muß man einfach zugreifen, und der alte Mann schnappte sich eins von den Fahrrädern, die gerade an seinem Kopf vorbeigeflogen waren und schmiß es zurück auf die Bullen, dabei traf er einen mit der Lenkstange voll aufs Nasenbein, der Ärmste schrie wie am Spieß und bespritzte seine Kollegen von oben bis unten mit Blut, und bevor der alte Mann überhaupt wußte, was los war, knüppelten sie ihn nieder, zogen ihm einen über, Schädelprellungen trug er davon, und dann schleiften sie ihn zu einem Mannschaftswagen, schleiften ihn an den Füßen über den Boden und warfen ihn in den Wagen wie einen Sack Kartoffeln, während er die Bullen beschimpfte

unser alter Knabe hatte ein ausgesprochen loses Mundwerk, ein zweisprachiges natürlich, Ihr Arschgeigen, enculés, Ihr Pisser, Primitivlinge, enfoirés, sales cons, nehmt eure dreckigen Finger von mir weg, er protestierte lauthals und erklärte, mit all dem habe er in Wirklichkeit gar nichts zu tun, er sei nur zufällig vorbeigekommen, Ihr Idioten ihr, couillons, Blödhammel, ihr Blindvögel, begreift ihr denn nicht, ich bin hier zur falschen Zeit am falschen Ort, sah ihm übrigens ähnlich, wieder so'n Zufall, typisch

unterdessen war sein Dichterfreund in dem ganzen Durcheinander untergetaucht und entging so seiner Verhaftung, den alten Mann aber, eine teure Lederjacke trug er, pelzgefüttert, ein Geburtstagsgeschenk von seiner Frau, es war ja ein kalter Märztag, den brachten sie hinter Gitter, ihn und vierundvierzig radikale Studenten, kurz die Fünfundvierzig von Buffalo genannt, in Handschellen führten sie ihn ab, links und rechts eingerahmt von zwei riesigen Bullen, die ihn am Arm gepackt hielten, einen von ihnen, der etwas weniger brutal aussah als die anderen, hätte man unter anderen Umständen für den freundlichen Herrn von nebenan halten können, so nervös und unsicher war er, trotz seines tiefbaumelnden Revolvers, ihm tat der eher distinguiert wirkende ältere Herr leid, irgendwie schien er so gar nicht in dieses Chaos zu passen

Machen Sie sich keine Sorgen, Sir, es wird schon alles wieder werden, wir müssen eben nur unsere Pflicht tun

und beiläufig, so, als ginge ihn das alles gar nichts an, antwortete unser alter Mann, Sorgen, warum soll ich mir denn Sorgen machen, in meinem Leben habe ich schon weitaus Schlimmeres durchgemacht

So, entfuhr es dem verblüfften Bullen

Jawohl, vier Jahre Konzentrationslager im letzten Weltkrieg, und wie man sieht, hab ich's überlebt, eines sollten Sie sich mal hinter die Ohren schreiben, mein Freund, fügte der alte Mann mit einem entwaffnenden Lächeln hinzu, man darf der Medizin eben nicht vorwerfen, daß sie noch kein Mittel gegen die Sterblichkeit gefunden hat

das traf ihn nun aber völlig unvorbereitet, den freundlichen Polizisten, und brachte ihn ganz aus der Fassung, derart verlegen und mies fühlte er sich, daß er unwillkürlich seinen Griff etwas lockerte, womit er dem alten Mann wohl heimlich signalisieren wollte, er solle fliehen, solange noch Zeit dazu war

Übrigens, was ich Sie noch fragen wollte, sagte der aufgeregte Bulle fast flehentlich, sind Sie überhaupt amerikanischer Staatsbürger, und dieses Mal klang tatsächlich so etwas wie Sorge aus seiner Stimme, denn ihm war, was Wunder, der starke, unverkennbar französische Akzent aufgefallen, den der alte Mann nie hatte ablegen können, selbst nach mittlerweile zwanzig oder dreißig Jahren in Amerika nicht, oft hänselten ihn seine Freunde mit dem Vorwurf, er kultiviere seinen französischen Akzent nur aus Sentimentalität oder Eigennutz, Weil, der besorgte Bulle zögerte kurz, na ja, Sie wissen schon, manchmal deportieren sie Ausländer, die, die, na, Sie wissen schon, was ich meine, Sir

Natürlich bin ich Amerikaner, antwortete unser alter Mann, und es klang stolzer, als es sollte, und so ging es dann ab mit ihm ins Gefängnis, wo auch die anderen vierundvierzig jungen Radikalen landeten, die ihr langes, fettiges Haar arrogant zur Schau stellten, ihre buschigen Bärte und ihre dreckigen Fingernägel, und tags darauf kam die ganze nationale Presse damit, alle Zeitungen, die New York Times, die Chicago Tribune, der Boston Globe, die Washington Post, alle großen, aber auch der Miami Herald, die Elkhart Truth, die

Peoria Post, die Kirksville Gazette, mit anderen Worten die ganzen Käseblättchen, unter ihnen natürlich auch die lokalen Buffalo Evening News und der Courier-Express, und, etwas später in der gleichen Woche noch, sogar die Newsweek und das Time Magazine, alle brachten sie die Story und das Bild vom alten Mann hinter Gittern mit der Unterzeile, Bislang unbekannter Rädelsführer mittleren Alters wiegelt Hippiemob gegen Polizei auf, fünfundvierzig Festnahmen und Anklagen wegen Körperverletzung, Zusammenrottung, Beleidigung, Widerstand gegen die Staatsgewalt und Erregung öffentlichen Ärgernisses

auf einmal sah sich der alte Mann zum Anführer der Fünfundvierzig von Buffalo ernannt, vermutlich wegen seines Alters und seiner offensichtlichen Reife, das Bild in der Newsweek zeigte ihn mit breitem Grinsen, sah ihm jedenfalls ähnlich, in so einer Situation zu lächeln, sein mangelnder Respekt vor der Obrigkeit und sein Sinn für Humor waren notorisch

die Mutter seiner Frau, eine nette aber konservative Witwe, die damals in Kalifornien lebte, genauer gesagt in Los Angeles, griff sofort zum Telefonhörer, als sie rein zufällig in ihrem Exemplar von Newsweek auf das Bild ihres Schwiegersohnes hinter Gittern stieß, und rief ihre Tochter an, Ich habe dir ja immer gesagt, er ist ein Kommunist, schrie die alte Dame ins Telefon, sie war ganz aufgebracht, Ich hab dich schon am Hochzeitstag gewarnt, aber du wolltest ja nicht auf mich hören, was willst du denn jetzt machen, du mußt auch mal endlich an dich denken, an deine Zukunft, schließlich hast du dein Leben ja noch vor dir

Aber Mutter, liebe Mutter, das kannst du nicht verstehen

es half alles nichts, die alte Dame hatte ihren Schwiegersohn noch nie gemocht oder geschätzt, im Gegenteil, sein exzentrisches Gehabe und das, was sie sein distanziertes Getue gegenüber anderen nannte, waren ihr immer suspekt gewesen, wobei ihr völlig entging, daß er nur ihr gegenüber so war, daß es eine Art Selbstschutz war, Zu alten Leuten, so sagte er oft, muß man immer schön Abstand halten, sie haben so was Erdrückendes an sich

vom ersten Augenblick an klappte es nie so richtig zwischen beiden, er ließ sie nie an sich heran, als Schwiegermutter war sie, gelinde gesagt, genau so, wie man sich eine Schwiegermutter immer vorstellt, aufdringlich und neugierig, humorlos und besserwisserisch, dabei immer so herausgeputzt und so damenhaft, und als dann der Tag gekommen war, an dem er seiner künftigen Schwiegermutter vorgestellt werden sollte, Es geht nicht anders, Liebling, erklärte ihm seine Zukünftige, bestand er darauf, daß das Treffen auf neutralem Boden stattfinden sollte, Wo ist mir egal, von mir aus in einer Bar, einem Bus oder einem türkischen Bad, aber auf keinen Fall so, wie's zuerst gedacht war, nämlich bei der alten Dame zu Hause, kommt nicht in Frage, und so kam es dann, daß die beiden zusammen abendessen gingen, in einem miefigen Restaurant in Beverly Hills, peinliche Momente gab es, in denen sie sich gegenseitig anschwiegen und die Dame ihn mit leicht zitterndem Kopf und durch ihre Zweistärkenbrille kritisch beäugte, er hatte sich zu diesem Anlaß eigens eine gestreifte Krawatte umgebunden und seine einzige Tweedjacke angezogen, an den Ellbogen war sie schon verschlissen, aber er brachte es fertig, die Ellbogen während des ganzen Abendessens unter der Tischkante zu halten, nicht gerade die bequemste Art und Weise, sich eine, wie sich herausstellen sollte, halbwegs vernünftige Mahlzeit einzuverleiben, Broccoli-Suppe, Hähnchen à la King, Gurkensalat und Reispudding, aus irgendeinem unerfindlichen Grund hatte er die Menüfolge jenes denkwürdigen Abends nie vergessen, doch die Tatsache, daß die alte Dame durch nichts davon abzubringen war, das Essen auf ihre Rechnung zu nehmen, machte das Mühselige und Unbehagliche dieses Abends schon fast wieder wett

jedenfalls hielten sie ihn acht Tage lang im Gefängnis fest, acht lange Tage, mit faden Wurstbrötchen und abgestandenem Kaffee ohne Milch und Zucker, und dann setzten sie ihn gegen 2000 Dollar wieder auf freien Fuß, das Geld wurde von einer Aktionsgruppe um Moinous und Namredef aufgebracht, eine echte Leistung, denn alles in allem waren ja 90000 Dollar vonnöten, um alle fünfundvierzig Gefangenen wieder freizukaufen, Anwaltskosten nicht eingerechnet, doch damals war die politische Solidarität auf ihrem Höhepunkt

an dem Tag, als die Fünfundvierzig von Buffalo freikamen, fand eine Riesenkundgebung statt, und June Fanon, ja, der berühmte Filmstar, zu jener Zeit eine bekannte politische Aktivistin, damals waren außer ihr noch viele andere Filmstars politisch aktiv, war mit dem Flugzeug aus Hollywood angereist, um eine flammende Rede zu halten, über Menschenrechte und das Recht auf Freiheit, eine phantastische Frau, sie stand auf einer hastig extra für diesen Anlaß zusammengezimmerten Plattform, mitten auf dem Lafayette Square

der alte Mann war natürlich auch zur Stelle, die Gelegenheit, June Fanon in natura zu erleben, wollte er sich um keinen Preis entgehen lassen

da stand sie nun, im Minirock und in Lederstiefeln, wie es damals Mode war, ihr rotes Haar flatterte im Wind, die Beine hatte sie weit auseinandergespreizt, eine Provokation der Sinne, und rief den Tausenden, die sich auf dem Platz versammelt hatten, zum Auftakt ein freundschaftliches Hallo ihr Chaoten zu, einfach hinreißend war sie und so selbstsicher, die ganze Masse, die erregten Studenten, die besorgten Professoren und die ängstlichen Bürger, alle reagierten mit spontaner Begeisterung

der Alte stand in der ersten Reihe, ganz vorne mitten vor der Bühne, er schaute geradewegs zu June herauf und hatte die beste Aussicht auf ihre wirklich sehr freizügige Stellung, doch als man in ihm den Anführer der Fünfundvierzig von Buffalo erkannte, riefen ihn die Organisatoren sofort auf die Bühne, die Menge klatschte und johlte und skandierte Hallo Chaot, als er sich in die Bühnenmitte begab, um direkt hinter June Platz zu nehmen, was ihn dann doch ziemlich anmachte, noch immer trug er seine pelzgefütterte Lederjacke, die mittlerweile zu so etwas wie einem Erkennungszeichen geworden war, von seinem Platz aus winkte er der Menge zu, June ging zu dem alten Mann hinüber, applaudierte mit der Menge und umarmte ihn, ein unvergeßlicher Augenblick

dann ging sie wieder zurück zum Mikrophon, riß die Beine aufreizend auseinander und rief noch einmal, Hallo ihr Chaoten, worauf die Menge völlig außer sich geriet und mit jugendlicher Arroganz ihre Opposition herausschrie gegen die Regierung, gegen die Polizeigewalt, gegen die Ölgesellschaften, gegen IBM und Xerox und Dow Chemical und General Motors, gegen den Einsatz des Geheimdienstes in Fernost, gegen die freie Marktwirtschaft, gegen Wall Street, gegen das R.O.T.C. und alle anderen repressiven Institutionen jener Zeit

dem alten Mann kamen die Tränen vor lauter Rührung und Mitgefühl, Hallo ihr Chaoten, wiederholte June Fanon, beschwörend fast, wie eine Gebetsformel, mit ihrer durch und durch amerikanischen Stimme, und dieses Mal rastete die Menge aus, wurde vollends hysterisch, und June kam erst gar nicht mehr dazu, ihre Rede fortzusetzen, die Polizei, die sich in Zwölferreihen hinter den Absperrungen bereitgehalten hatte, schoß einfach in die Menge hinein, und rasch verwandelten sich die Tränen des alten Mannes in Tränengastränen, denn die aufgebrachte Menge wurde jetzt mit Gas eingenebelt, mehrere hundert Verletzte gab es, als die Polizei, verstärkt durch die Nationalgarde und berittene Einheiten, die Demonstration mit brutaler Gewalt auflöste, blindwütig um sich schlagend, doch dieses Mal gelang es dem Alten, sich ohne eine einzige Schramme und unbemerkt aus der Affäre zu ziehen, zusammen mit June Fanon, Hand in Hand rannten sie davon, nichts wie raus aus dieser schrecklichen Szene, und danach nie wieder den Boden von Buffalo betreten, das schworen sie sich

doch daß sie den alten Mann wegen dieser politischen Geschichte in die Kolonien verfrachten wollen, das läßt sich mit absoluter Sicherheit ausschließen, Namredef und Moinous sind der Sache gründlich nachgegangen, letzten Endes wurde er in allen Punkten freigesprochen, wie dem auch sei, das gehört mit zu den Dingen der Zeitgeschichte, die er erlebt hat

und noch vieles andere mehr, beispielsweise das Attentat auf John F. Kennedy im Jahre 1963, das er und Millionen anderer entsetzter Amerikaner am Bildschirm miterlebten, und das auf Robert Kennedy ein paar Jahre später, 1968, nicht wahr, genauso live, Aufstieg und Fall des Richard Nixon und die historische Reise des ägyptischen Präsidenten nach Jerusalem, ein großer Tag im Jahre 1977 war das, als sich Anwar Sadat und Menachim Begin vor der Klagemauer einen Bruderkuß gaben, und jene legendäre Nacht im Jahre 1978, in der sich der große Muhammad Ali zum dritten Mal den

Titel des Boxweltmeisters im Schwergewicht zurückeroberte, als er Leon Spinks über harte fünfzehn Runden nach Punkten bezwang, auch das war ein historischer Augenblick, unser alter Mann saß am Ring in jener Nacht, und die totale Sonnenfinsternis am Montag, dem 26. Februar 1978, vielleicht wird unser alter Mann nie mehr eine sehen können, jedenfalls nicht von diesem Planeten aus, obwohl, wer weiß, vielleicht kann er von den Raumkolonien aus mal eine totale Erdfinsternis beobachten, falls das ein Trost ist

und noch mehr hat unser alter Mann mitbekommen, die unglückselige Italienische Revolution und den Brand des Vatikan im Jahre 1989, nein, der Papst hat es leider nicht überlebt, der Arme, auf dem Dach des Petersdoms ist er bei lebendigem Leibe verbrannt, im Morgengrauen, während er noch ein letztes Mal die Menschheit segnete, ich war nicht dabei, aber ein paar Freunde des alten Mannes haben es mir erzählt, doch ist das noch längst nicht alles, auch den ersten für Meisterschaften geeigneten Golfplatz mit 18 Löchern auf dem Mond, im Regierungsauftrag entworfen von Jack Nicklaus, hat er erlebt, wo 1991 die ersten offenen Weltallmeisterschaften stattfanden.

jetzt sagt bloß, ihr hättet tatsächlich noch nicht gewußt, daß Jack Nicklaus Golfplätze im All entworfen hat, na klar, nach seinem Rückzug aus dem Wettkampfsport war das, wegen chronischer Kniebeschwerden, er fand einfach nicht mehr zu seinem alten Schwung zurück, mehr als sechzig Millionen Dollar hatte er schon an Preisgeldern eingespielt und war immer noch gut drauf, da verdreht er sich in einem Sandloch in Pebble Beach das Bein

die Schläge hättet ihr sehen sollen, die die Golfer da oben auf dem Mond zuwege brachten, Schläge so um die sechzehn-, siebzehnhundert Meter, in den entlegenen Niederungen des Meeres der Ruhe, was ist das schon, sagt ihr, aber habt ihr schon mal zweihundert oder dreihundert Meter geschafft, Quatsch, nicht auf dem Mond natürlich, nein, hier auf der Erde, wenn ihr glaubt, der Golfsport sei was für alte Männer, dann habt ihr euch aber gründlich geirrt

und unser alter Kauz hätte euch da noch manches beibringen können, ja, wirklich, war sein Leben lang ein Golf-Fan und verdammt gut, kam zu seiner Zeit auf drei über Par, obwohl, was ihn immer gefuchst hat, war, daß er's nie geschafft hat, unter Par zu spielen, Bevor ich sterbe, sagte er immer, will ich wenigstens einmal unter Par geblieben sein, ein einziges Mal, aber daraus wird jetzt wohl nichts mehr

nebenbei, es stimmt, daß diese Raumgolfer spezielle Extrasuper-Gravitations-Mondbälle benutzten, Molitor XL Plus 3000

und das ist immer noch nicht alles, nein, noch längst nicht alles, was unser alter Mann erlebt hat, ehe er den Deportationsbescheid erhielt, das erste im Weltraum geborene Baby, ein russisch-amerikanisches Gemeinschaftsunternehmen, bei dem ein hübsches Mädchen herauskam, das den treffenden Namen Katerina Iwanowna Elisabeth Venus erhielt, und die ersten künstlichen Himbeeren und Bananen, ich erwähne das nur, weil mein alter Mann Himbeeren und Bananen so gerne aß, mhm, wenn ich an all die Himbeer- und Bananenorgien denke, die er in seinem Leben veranstaltet hat, aber es ist wohl ein und für allemal vorbei mit solchen Köstlichkeiten, ob künstlich oder natürlich, wenn er erst mal in den Kolonien ist

und da gibt es noch eine ganze Menge mehr, oh ja, so viel, was uns alle angeht, aber besonders meinen alten Mann beispielsweise das tragische, aber nicht unerwartete Erdbeben 1990 im Süden Kaliforniens, das fast ganz Los Angeles dem Erdboden gleich machte, nur in Orange County und Pasadena gab es aus irgendeinem mystischen Grund kaum nennenswerten Schaden, einige Leute vermuteten dahinter sogar politische Machenschaften, ja, fast ganz Los Angeles und all die kleinen sonnigen Plätzchen im Umkreis von hundertfünfzig Kilometern, alles kaputt, im Norden hoch bis zum malerischen Santa Barbara, wo, das soll nicht verschwiegen werden, unser Alter vor langer, langer Zeit viele unbeschwerte Jahre verbrachte, Tennis und Golf spielte, Gedichte schrieb und in Muße lebte

Ende der fünfziger Jahre verliebte er sich dort sogar bis über beide Ohren in jene Frau, die er später heiraten sollte, seine erste und einzige Ehefrau, soviel man weiß, eine großartige Frau, äußerst sensibel und sehr verständnisvoll, er war ihr völlig ergeben, blaue Augen, schwarze Haare hatte sie, sah einfach blendend aus, und obendrein taktvoll und großzügig, am Tage nach ihrer Hochzeit bezahlte sie all seine Spielschulden, einfach so, eine Geste, die ihn sehr rührte, eine beeindruckende Frau, die in dieser Geschichte zweifellos eine wichtige Rolle spielen wird, wenn wir sie ausfindig machen können, und mit der er ungefähr dreißig Jahre verheiratet gewesen ist, also wenn das nicht Ausdauer ist, bis eben im Jahre 1990, im gleichen Jahre wie das kalifornische Erdbeben, das Entehelichungsgesetz verabschiedet wurde und alle standesamtlich geschlossenen Ehen für ungültig erklärt wurden, eine Maßnahme zur Geburtenkontrolle

er las ihr gerade ein Gedicht vor, in ihrem Sommerhaus in Cassis, als der Nachrichtensprecher von Televista die Meldung vom Entehelichungsgesetz verlas, aber ja, der alte Mann ist ein Poet, und ein Romancier dazu, genau wie ich, hat einen gewissen Namen, darauf werden wir bestimmt noch zurückkommen, und sie hatten wirklich so ein kleines Häuschen auf dem Lande, ihre rustikale Residenz, so nannten sie es immer

er las ihr ein Liebesgedicht vor, das er gerade geschrieben hatte, etwas erotisch, das in seinen Metaphern jenen Augenblick wieder heraufbeschwor, in dem sie sich vor vielen Jahren zum ersten Mal der Liebe hingegeben hatten, mit der ganzen Heftigkeit und Leidenschaft, die sie füreinander empfanden, nein, natürlich war es für beide nicht das erste Mal, für sie beide nicht, jeder für sich hatte schon eine Menge sexueller Erfahrungen gemacht, aber es war eben das erste Mal, daß sie beide zusammen waren, sie begegneten sich eines Nachmittags in einem Aufzug und erlagen augenblicklich der elektrischen Spannung ihres Begehrens, das ist eine Metapher aus seinem Gedicht, Kurzschluß war der Titel, später am gleichen Abend, kam sie mit zu ihm, in sein heruntergekommenes Einzimmerapartment in der Nähe der Universität, wo er als Writer in residence logierte, er war arm damals, konnte sich gerade so über Wasser halten, aber, wie er gern über sein Bohème-Leben sagte, La vie de l'artiste c'est de la merde, immer, wenn ihm philosophisch zumute war, fiel er in seine Muttersprache zurück, und dann schliefen sie miteinander, sie gab sich ihm ohne Widerstand, ohne das geringste Zögern, ohne auch nur ein einziges Wort während des Akts mit ihm zu wechseln, man könnte sagen, es war ein stillschweigendes, tiefes Einverständnis, und außerdem war sie nicht von der redseligen Art, aber was für eine Frau, er liebte sie sehr

Weißt du noch, er hörte auf zu lesen und sah sie fragend an, Aber ja, sie griff nach seiner Hand, Mindestens sechs- oder siebenmal waren wir in dieser Nacht zusammen, erinnerte er sie und versuchte, sich die ganze Szene noch einmal vorzustellen oder wenigstens ihren absoluten Höhepunkt, Und darauf, erklärte er, spielt auch das Bild am Schluß des Gedichts an, Das Fenster zerbarst zu Staub, und jenseits der Unendlichkeit stieß die Sonne sechsmal mit der Nacht zusammen, aber im Grunde war seine Erklärung überflüssig, sie hatte verstanden und war offensichtlich sehr gerührt und wollte ihm gerade ihre Zuneigung zeigen, als der Nachrichtensprecher die Meldung verlas, das Entehelichungsgesetz sei von den Abgeordneten des Weltkongresses zum Schutz der Menschheit, vom WKSM, wie er in dieser Geschichte heißen wird, einstimmig verabschiedet worden, infolgedessen würden alle standesamtlichen Ehen mit sofortiger Wirkung für ungültig erklärt, und alle Ehepaare müßten sich trennen, ohne Rücksicht auf Alter, sozialen Status, Gesundheitszustand, Länge des Beisammenseins oder emotionale Bindung

das war der erste Schritt zu dem, was man heute als sexuelle Dreieckseinheit bezeichnet, oder als organische Dreiecksbeziehung, wenn euch dieser Begriff besser gefällt, drei Männer oder drei Frauen, oder auch zwei vom einen und eins vom anderen Geschlecht, obwohl diese Sexualeinheiten in letzter Zeit in manchen Teilen der Welt über die Dreiermarke hinaus erweitert wurden, zu Fünfergruppen, sogar zu Gruppen mit sieben oder neun, jawohl, immer eine ungerade Zahl, aus naheliegenden praktischen Gründen, die etwas mit Gefühlsharmonie zu tun haben

das sind also einige von den Dingen, die mein alter Knabe noch mitbekommen und miterleben sollte, hier auf der Erde, in dieser Geschichte, aber noch viel mehr, vor allem den Tod von berühmten Leuten wie Marcel Proust, Paul Valéry, Aristide Briant, Pirandello, Kafka, Leo Trotzki, Fernandel, Hitler und Marschall Pétain, na ja, berühmt oder berüchtigt, Gertrude Stein, Boris

Vian, Charlie Parker, Céline, Marcel Duchamp, Charles de Gaulle, Edith Piaf, Lumumba, Picasso, Franco, Jean-Paul Sartre, Vladimir Nabokov, Campbell Tatham

Campbell wie, fragt ihr, Tatham, habt ihr nie von ihm gehört, war ein guter Freund des alten Mannes, ist leider viel zu früh gestorben, jedenfalls hat er sein Schaffen und Wirken eine Zeitlang stark geprägt, und da wäre noch der Tod von Fidel Castro, Johnny Carson und von O. J. und von Professor Marrant, er und der alte Mann hatten den gleichen Sinn für Humor, und der von Joe Murez, Sylvia Plath und von Hombre della Pluma, und von Monoeil, um nur ein paar zu nennen, die mir jetzt einfallen und die alle direkt oder indirekt das Leben des alten Mannes beeinflußt haben, deshalb ist es auch verständlich, warum ich das Gründungsdatum der Raumkolonien in das Jahr 1994 legen muß, denn sonst

was soll das heißen, dies sei nicht plausibel, historisch und wissenschaftlich unhaltbar, im Gegenteil, was glaubt ihr denn, was das hier ist, eine pseudorealistische Story vielleicht, die so tut, als würde sie Tatsachen wiedergeben, wie phantasielos ihr doch seid, altmodisch, sklavisch eurem Realismus ergeben, Edgar Allan Poe hatte ganz recht, als er seinerzeit den um sich greifenden Realismus des neunzehnten Jahrhunderts eine erbarmungswürdige Erfindung von Kaufleuten zur Beschreibung zerlaufender Käse nannte, was glaubt ihr denn, was wir modernen Schriftsteller sind, Milchmänner oder was, dies würdet ihr von meinem alten Mann zu hören kriegen, wenn ihr ihm mit der Frage nach der Glaubwürdigkeit kämt, wieso, so abwegig und abstrus ist das doch gar nicht, überhaupt nicht weit hergeholt, unsere hypermoderne Technologie ist zu solchen Weltraumunternehmungen durchaus in der Lage, und außerdem ist die Errichtung solcher Raumkolonien, gemäß den Voraussagen von so weitsichtigen Schriftstellern der Vergangenheit wie Cyrano de Bergerac, Jules Verne, H. G. Wells, Charles Lutwidge Dodgson, H. P. Lovecraft, oder auch von Schriftstellern der Zukunft wie meinem jungen Freund Joe Francavilla, bis zum Jahre 1994 nicht nur möglich, nicht nur wünschenswert und ratsam, sondern angesichts unserer heutigen lausigen Moral geradezu lebensnotwendig, ganz zu schweigen von den vielen sozialen und kulturellen Vorteilen, die solche Einrichtungen in der Ferne für unsere Welt hätten

schließlich ist es doch Aufgabe von Literatur, und ich meine hier nicht nur von Science-fiction, der Welt ein besseres Gesicht zu geben, und wenn es der Schriftsteller dabei heutzutage auch keineswegs so einfach hat wie der Wissenschaftler, oder vielleicht doch, wer weiß, denn als diskreter Zeuge der Wirklichkeit muß er Präzision gleichzeitig anstreben und vermeiden, so weiß er doch, daß die Realität der Phantasie echter wirkt als die Realität ohne Phantasie, und für die Realität als solche hat sich sowieso noch nie jemand interessiert, sie ist und war immer eine Form von Entzauberung, würde mein alter Mann sagen, und völlig zu Recht, wenn man ihn fragen würde, denn über diese Frage hat er in seinem Leben häufig nachgedacht, was die Wirklichkeit zuweilen faszinierend macht, ist die imaginäre Katastrophe, die sich hinter ihr verbirgt, der Schriftsteller weiß das und geht dem nach, während der Wissenschaftler diesen Gedanken bewußt unterdrückt, und deshalb muß der Schriftsteller Genauigkeit gleichzeitig anstreben und vermeiden, was bei ihm zu heftigen Deliriumsanfällen oder zu Typographiphobie führen kann, aber was soll's, wissenschaftliche Genauigkeit dagegen führt nie ins Delirium, sie ist ein Beruhigungsmittel, also unter dem Blickwinkel von Lebensechtheit ist die Schaffung von Raumkolonien gar nicht so abwegig, wie ihr vielleicht meint, denkt doch nur mal daran, daß man gegen Ende der fünfziger Jahre schon in weniger als acht Stunden von Paris nach New York fliegen konnte

ist ja toll, sagt ihr, na gut, also toll, aber Mitte der siebziger Jahre, bloß fünfzehn Jahre später, und was sind schon fünfzehn Jahre in der langen Leidensgeschichte der Menschheit, konnte man die gleiche Strecke im Überschallflugzeug zurücklegen und in New York ankommen, bevor man in Paris überhaupt losgeflogen war, was den glücklichen Reisenden in die Lage versetzte, vor seinem Abflug in einem noblen Drei-Sterne-Restaurant Mittag zu essen, dazu eine edle Flasche Château Margaux oder einen 59er Château Latour, um dann nach seiner Landung ausgiebig zu frühstücken, Lachsschinken und Schmelzkäse zum Beispiel, womit er die natürliche Ordnung der menschlichen Mahlzeiten auf den Kopf stellt und das sensible Gleichgewicht des kulinarischen Empfindens gründlich durcheinanderbringt, na, was sagt ihr nun

läßt euch kalt, na schön, aber wißt ihr auch noch, daß sich Ende der siebziger Jahre oder so Kosmonauten und Astronauten schon mal ein Stelldichein im Raum gaben, während andere waghalsige Pioniere auf dem Mond Golf oder in der Ionosphäre Volleyball spielten, nein, ich übertreibe nicht, ihr braucht bloß einen Blick in die Zeitungen von damals zu werfen, und wißt ihr auch noch, daß ein paar kurze Jahre später fortschrittliche Unternehmen wie Coca Cola Unlimited und I. T. T. Transuniversal die Erforschung und Erschließung von Mars und Venus sowie anderer Planeten unseres Sonnensystems so weit vorangetrieben hatten, daß sie schon erste Vorbereitungen zu einer landwirtschaftlichen Ausbeutung und Vollautomatisierung trafen, kurz nachdem das erste Telefongespräch zwischen Erde und Mond stattgefunden hatte, erinnert ihr euch nicht mehr an den Augenblick, als ein amerikanischer Astronaut, wie hieß er noch gleich, zum ersten Mal den Mond betrat und über eine eigens eingerichtete Leitung das Weiße Haus in Washington anrief und direkt mit dem Präsidenten der Vereinigten Staaten in seinem ovalen Amtszimmer sprach, muß Johnson gewesen sein, oder war es schon Nixon, dieser Schweinepriester, na klar, Nixon war's, Irrtum meinerseits, was war das für ein Tag

das Ereignis wurde weltweit vom Fernsehen übertragen, live und in Farbe, obwohl viele mißtrauische Zuschauer das Ganze für einen schlechten Scherz hielten, für eine Fernsehente, für einen Orson-Welles-Aufguß à la Hollywood, Mister President, Sir, sagte der Astronaut mit tiefer, würdevoller Stimme, ich bin auf dem Mond, die ganze Welt hielt den Atem an, Wie sieht es denn aus da oben, Mann, fragte der Präsident diplomatisch bewegt, und an diesem Tag grübelte der alte Mann trübsinnig darüber nach, genau wie ich und Milliarden anderer, wie die Träume, die die Menschheit jahrtausendelang geträumt hatte, mit diesem historischen Telefongespräch und diesem Riesenschritt für die Menschheit einfach den Bach runtergingen

Träume, die mit jenem unfaßbaren Augenblick irgendwann im Diluvium beginnen, als der erste Primat sich die Rippen brach bei dem Versuch, von allen vieren auf zwei Beine zu kommen, und unter Schmerzensschreien, die durch die prähistorische Wildnis hallten, die Menschheit auf ihren langen Weg zur Zivilisation brachte und noch darüber hinaus

auf den Weg zur Erfindung des Rads, zum Bronzezeitalter, zu den Hängenden Gärten Babylons, den ägyptischen Pyramiden, zur griechischen Götterwelt und zum Ödipuskomplex, zum Brand von Rom, zum ersten

Nachttopf, zum Christentum, tja, all das ging einfach den Bach runter

die Erfindung des Sonetts, die Chinesische Mauer, Gutenbergs Druckerpresse, die Entdeckung Amerikas, das den Bach runter

die Inquisition, die Reformation, die Restauration, Pascals Rechenmaschine, Descartes' cogito ergo sum, den Bach runter

le fil à couper le beurre, Newtons Apfel, la sauce hollandaise, Goethes Faust, die Napoleonischen Feldzüge, die Französische Revolution, die Industrielle Revolution, der Aufstieg des Bürgertums, die Guillotine, Karl Marx' Attacke auf den Kapitalismus, den Bach runter

Les Fleurs du Mal, Darwins Evolutionstheorie, Schuld und Sühne, die Gesetze der Thermodynamik, der Realismus, der Naturalismus, der Positivismus, der Determinismus, der Tod Gottes, der Eiffelturm, den Bach runter mit diesem historischen Telefongespräch vom Mond

die Quantentheorie, $E = m^2$, Kitty Hawk, Konstruktivismus, Dadaismus, Sein und Zeit, der schlanke Lindbergh in der Spirit of St. Louis über dem Atlantik, Mein Kampf, Madagaskar für die Juden, Hiroshima oder Harry S. Trumans An mir bleibt es hängen, die Landung der Alliierten in der Normandie, der Holocaust und die deutschen Gaskammern, alles den Bach runter mit diesem Riesenschritt für die Menschheit da oben auf dem Mond

die Silent Generation, la littérature engagée, le nouveau roman, Tel Quel, die Reise unseres alten Mannes auf der S. S. Marine Jumper über den Atlantik nach Amerika, seine Begegnung mit dem American way of life, Warten auf Godot, die Beatles, Women's Lib und die Pille, die Schweinebucht, der Tod des Romans und Andere Geschichten, Alles oder Nichts, Null-Set und Andere Geschichten, Point Omega, die Concorde, Beaubourg, Enden der Parabel, Nuclear Love, Klonen und Leihmutterschaft, die Eroberung des Weltalls, Krieg der Sterne, Apocalypse Now und so weiter und so weiter, alles den Bach runter

nur zu verständlich, daß unser alter Mann so trübsinnig war, an jenem Tag, als der Mond mit der Erde sprach, denn von diesem Telefongespräch war es nur noch ein kleiner Schritt, ein wirklich kleiner Schritt, und kein Riesenschritt, zur Errichtung der Raumkolonien im Jahre 1994, so wie sie in dieser Geschichte entworfen und vorgestellt werden, denn, wie sagte mein alter Freund Sam doch einmal, Am schlimmsten ist das Ende, nein, der Anfang ist am schlimmsten, dann die Mitte, dann das Ende, am Ende ist das Ende am schlimmsten, was soll die ganze Aufregung also, der nutzlose Widerstand gegen das Unvermeidliche, vor allem jetzt, wo die Zeit wirklich drängt und wir der Sache auf den Grund gehen müssen, um ein und für allemal herauszufinden, ob der alte Mann noch gerettet werden kann, oder zumindest, ob sich sein unmittelbar bevorstehender Abflug noch hinauszögern läßt, bis wir alles in Erfahrung gebracht haben, was mit seiner Deportation zusammenhängt

III

Die Zeit verrinnt, während der alte Mann resigniert im engen Vorzimmer der Abreise hockt, die letzte Abstellkammer meines irdischen Daseins, nennt er es, den Kopf in die Hände gestützt, das Dröhnen der Vergangenheit in den Ohren, seinen treuen Hund, Sam heißt er, einen reinrassigen trägen Dalmatiner, wie eine Sphinx zu Füßen, das einzige Lebewesen, das bis zum letzten Augenblick bei ihm sein darf

tut uns leid, gnädige Frau, den Hund wird er dalassen müssen, Hunde werden nicht in die Raumkolonien deportiert, jedenfalls noch nicht, sie gelten immer noch als niedere Kreaturen, nur Ballast im Weltraum, vermutlich werden sie das arme Tier einschläfern, sobald das Raumschiff abgehoben hat, um Mitternacht, wie es seit 1994 jedes Jahr zu Silvester üblich ist

denn obwohl sich unsere Welt stark verändert hat, und das mit Sicherheit zum Wohle der Menschheit, ist unser Verhältnis zu Tieren zwiespältig oder vielmehr unterdrückerisch geblieben, und obschon sich viele Haustiere zusammen mit dem Menschen an einen höheren Lebensstandard gewöhnt haben und die neuen moralischen und sozialen Verhaltensregeln relativ schnell akzeptiert haben, erstaunlicherweise sogar das sexuelle Versorgungssystem, von den meisten wilden Tieren mal abgesehen, die sich immer noch jedem Zähmungsversuch widersetzen und lieber ungesellig und unzivilisiert bleiben, wird heutzutage viel über Tierrechte und Tierwohlfahrt diskutiert

und es ist noch gar nicht lange her, daß unser alter Mann, der sich sein ganzes Leben lang mit äußerstem Engagement für die Sache der Freiheit eingesetzt hat, als Sachverständiger in einem umstrittenen Fall von Vergewaltigung eines Tieres durch einen Menschen gehört worden war, es ging um ein Pudelweibchen, das bei einer älteren Dame lebte und im Treppenhaus unmittelbar vor ihrer Wohnung brutal überfallen und schändlich mißhandelt worden war, und dort hatte er die Ansicht vertreten, daß das Selbstbestimmungsrecht der Tiere und ihr Recht auf körperliche Unversehrtheit entsprechend ihrem Rang in der Ordnung des Tierlebens zunehme

Unser ganzes Sitten- und Rechtsverständnis, betonte der alte Mann vor den Geschworenen in Baltimore, wo der Prozeß stattfand, beruht auf der Annahme, daß zwischen Mensch und Tier eine unüberbrückbare Kluft besteht, und aus dieser Annahme leiten wir das Recht ab, nach unserem Gutdünken über die Tiere zu verfügen und sie auszunutzen, bei diesen Worten warf er dem Angeklagten einen vernichtenden Blick zu, einem heruntergekommenen Mann, der an seinen Fingernägeln kaute wie ein Eichhörnchen an einer Kastanie, Jawohl, meine Damen und Herren Geschworenen, rief er mit erhobener Stimme, sie sogar zu mißhandeln, ohne Rücksicht auf ihre ureigensten Interessen, aber, so fügte er hinzu und wendete sich diesmal mehr an die Zuschauer, wenn man sich vor Augen hält, daß unsere Wissenschaftler, unsere Sozialarbeiter und vor allem unsere Tierpsychologen heute davon ausgehen, daß sich, wenn überhaupt, die Tiere nur graduell von uns unterscheiden, im Eifer wurde seine Stimme lauter, und wenn ich, hohes Gericht, für diesen Sachverhalt die exemplarische

Freundschaft anführen darf, die mich mit meinem Hund Sam verbindet, er wies in die Richtung, in der Sam, alle viere von sich gestreckt, in einer Ecke des Gerichtssaales lag und seelenruhig am Schuh des Gerichtsreporters herumkaute, jetzt aber, da er seinen Namen hörte, seine Trägheit halbwegs überwand und freudig mit dem Schwanz wedelte, ja, wenn ich Sam als außerordentlich treffendes Beispiel anführen darf, dann bekommt die Tatsache, daß wir die Tiere ausbeuten, eine Dimension, die viel bedrohlicher ist, als wir bislang wahrhaben wollten, denn dann haben wir es mit einer ernsten Bedrohung der kosmischen Einheit zu tun, die nicht nur Mineralien, Pflanzen und Tiere umfaßt, sondern auch uns Menschen, es wird hier das Naturganze als kooperatives Unternehmen in Frage gestellt, meine Damen und Herren

durch die zahlreichen parteiischen Zuschauer und Vertreter der Massenmedien, die jeden verfügbaren Sitzplatz im Gerichtssaal eingenommen hatten, viele Leute hatten auch ihre Lieblingshaustiere mitgebracht, Hunde, Katzen, Affen, Vögel, Insekten und sogar einen ziemlich großen, aber freundlichen Alligator an einer Leine, ging eine beifällige Bewegung, als der Verteidiger des Vergewaltigers, bärenhaft in seinen Bewegungen und offenbar äußerst selbstgerecht, von Widerwillen erfüllt seine Akten zu Boden warf, woraufhin Sam prompt das Bein hob und vor aller Augen darauf pinkelte

Haben Sie jemals so was Widerliches gehört, zischte der Anwalt aufgebracht seinem Gehilfen zu, einem rothaarigen, klapperdürren Burschen, der herumhampelte wie ein dehydrierter Straußenvogel, der aber noch ganz unter dem Eindruck der eindrucksvollen Ausführungen des alten Mannes zu stehen schien, Was zum Teufel ist bloß los mit dieser Welt, schnaubte der Verteidiger und schleuderte seine Aktentasche nach Sam der alte Mann achtete nicht auf ihn, Sam ebensowenig, er lag wieder in seiner Ecke und leckte sich den Penis

Ich warne Sie, noch eine einzige Entgleisung dieser Art, sagte der Richter und drohte dem Anwalt mit dem Finger, und ich bestrafe Sie wegen Mißachtung des Gerichts, und dann, an den alten Mann gerichtet, Fahren Sie fort, Sir

Euer Ehren, begann der alte Mann langsam und bedächtig und behielt dabei den Richter im Visier, aus den jüngsten Erkenntnissen von Wissenschaft und Psychologie ergibt sich nicht etwa nur die Forderung nach mehr und besserem Tierschutz, nein, wir müssen endlich anerkennen, daß alle Tiere, ob wild oder zahm, ein Recht darauf haben, in Würde zu leben, unabhängig davon, wie nützlich sie für die Menschheit sein könnten, er legte eine kurze Pause ein und räusperte sich, und ein Recht darauf, unbehelligt über unsere Straßen zu gehen und sich ohne Angst um Leib und Leben ihrer tierischen Freiheit zu freuen

die Zuschauer brachen in stürmischen Beifall aus, der Richter sprang auf, ließ immer wieder seinen Hammer auf den Tisch niedersausen und schrie, Ruhe, Ruhe im Saal, sogar von den Schoßtieren kam freudiges Bellen und Miauen, Gequieke und Geknurre, schließlich gelang es dem Richter, die Ordnung wiederherzustellen, indem er drohte, den Saal räumen zu lassen

der alte Mann kam nun zum Schluß, immer noch sprach er den Richter an, der sich zurückgelehnt hatte und seine Robe glättete, Wenn jedem Menschenleben von unserem Rechtssystem der gleiche Wert zuerkannt wird und die Vivisektion eines Mongoloiden auch dann nicht erlaubt ist, wenn man auf diese Weise zehn normale Leben retten könnte, warum, so frage ich, haben wir dem Leben der Tiere keinerlei wirksamen Schutz gewährt, zumal wir spüren, daß ihr Leben einen Wert für sie darstellt, bei diesen Worten wendete er sich dem Pudel zu, der dem Staatsanwalt wie die reinste Unschuld zu Füßen saß, keinerlei wirksamen Schutz, griff der alte Mann wieder auf, in unserem anthropozentrischen Rechtssystem

Bravo, bravo, sehr richtig, rief einer aus der Menge, und diesmal bekam er eine stehende Ovation, woran auch die wiederholten Ermahnungen des Richters nichts ändern konnten, er werde solche einseitigen unstatthaften Beifallskundgebungen nicht dulden, aber der alte Mann winkte den Zuschauern zu, als er den Zeugenstand verließ und aus dem Gerichtssaal ging, gefolgt von seinem treuen Sam, dem der Auftritt seines Herrchens offensichtlich gefallen hatte und der nun mit seinem prächtigen Schwanz wedelte und seine außergewöhnliche Hundevollkommenheit zur Schau stellte, so als paradierte er gerade bei einer eleganten Hundeschau, natürlich nicht, ohne dem französischen Pudel einen schnellen Seitenblick zuzuwerfen, und ohne Zweifel sprach der alte Mann mit Überzeugung und in dem festen Glauben, daß er selbst in der Beziehung zu seinem Hund Sam diesem von Anfang an die gleichen Rechte wie einem Menschen, die gleichen Privilegien und die gleichen Freiheiten, gewährt hatte

doch, kaum hatte er den Gerichtssaal verlassen, da verriet er Moinous und Namredef, die ihn an jenem Tag begleiteten, er habe das ganze, offen gesagt, eher idiotisch gefunden, denn im Grunde interessiere ihn die angebliche Unmenschlichkeit gegenüber Tieren herzlich wenig, Was geht mich das Wohlergehen der Tiere an, meinte er achselzuckend, ich hab genug mit meinem eigenen Überleben zu tun, was er an diesem Fall interessant gefunden und was ihn bewogen habe, sich als Sachverständiger zur Verfügung zu stellen, sei dessen metaphorische Komplexität gewesen, und die Gelegenheit, die der Fall ihm bot, die Vollkommenheit seiner Beziehung zu Sam ins Licht der Öffentlichkeit zu rükken

richtig vernarrt war er in seinen Hund, Du verwöhnst das blöde Vieh nur, sagte seine Frau immer, bis sich ihre Wege dann trennten, 1990, im Zuge des Entehelichungsgesetzes, seit einundfünfzig Jahren ist er mit ihm zusammen, tja, so alt ist Sam nämlich jetzt, und wenn man bedenkt, mit was für sensationellen Ergebnissen die medizinische Forschung in jüngster Zeit auf dem Gebiet der tierischen Lebensverlängerung aufwarten konnte, ist das noch nicht einmal was besonderes, schade nur, daß man beim Menschen noch nicht so erfolgreich war, was aber auch ganz gut so ist, denn viele Leute mittleren Alters haben schon den Einwand erhoben, Und was passiert, wenn die Lebensverlängerung demnächst zur Routine wird, was soll dann mit all den Ururgroßeltern passieren, werden sie sich bis in alle Ewigkeit an ihre Stellen und Posten klammern, und wenn nicht, wer soll dann für ihren Unterhalt aufkommen, und was ist, wenn die ersten Verfahren zur Altersverhütung enorm kostspielig sind, heißt das dann, daß nur die Reichen imstande sein werden, ihre Lebensuhr zurückzudrehen, oder würde die Regierung die künftigen Methusalems auswählen, auf der Grundlage ihrer eigenen Maßstäbe, etwa Intelligenz, Rasse, Talent oder vielleicht sogar politische Gesinnung, eine untragbare Lösung, es ist also nur verständlich, daß man die Forschungen zur Verlängerung des menschlichen Lebens vorerst auf Eis gelegt hat, aber nicht die zur Verlängerung tierischen Lebens, denn in der Regel ist es den Menschen ganz egal, ob ihre Haustiere sie überleben oder nicht, und so kommt es, daß der alte Mann mit seinem Hund seit nunmehr einundfünfzig Jahren in einer äußerst innigen, äußerst erfreulichen Beziehung lebt

nicht in der zwischen Herr und dienstbarem Gefährten, sie gleicht eher der zwischen platonischen Liebhabern, Sam schlief immer am Fußende des Bettes, auf seinem eigenen Kissen, in eine Babydecke gekuschelt, begleitete ihn zum vollen Fahrpreis auf allen Reisen, im Zug, auf dem Schiff, im Bus und im Flugzeug, war auch bei all seinen sportlichen Aktivitäten dabei, und während der Mahlzeiten saß er geduldig neben dem alten Mann, der Speichel tropfte ihm aus dem Mund, während er auf sein Stück Fleisch wartete und vor allem auf die Pommes frites, die sie beide so gerne mochten, die ihm der alte Mann hinter dem Rücken der Frau zuwarf und die das gelenkige Tier mitten im Flug aufschnappte, mit der gleichen Eleganz und Leichtigkeit, mit der sich Willie Mays die hohen Bälle herunterpflückte, als er noch Centerfield bei den Giants spielte, wißt ihr noch

Sam war ein halbes Jahrhundert lang so sehr behütet worden, daß er nie Geschlechtsverkehr gehabt hatte, nicht einmal mit Artgenossen, deshalb kauerte jetzt ein 51 Jahre alter Dalmatiner träge zu Füßen seines menschlichen Freundes in diesem Vorzimmer der Abreise und brütete über seiner tierischen instinktiven Angst angesichts eines großen Geheimnisses, das sein Begriffsvermögen überstieg

so, damit wären wir also auf dem neuesten Stand der Dinge, das war's wenigstens, was mir die Erzähler dieser Geschichte seit ihrem letzten Besuch beim alten Mann und seinem Hund im Vorzimmer der Abreise erzählt haben, Moinous und Namredef, die bald, wenn die Geschichte in Gang kommt, eine wichtigere Rolle spielen werden, denn sie, Namredef und Moinous, die nicht weg zu denkenden Erzähler meiner Geschichte, die alten Freunde und treuen Gehilfen des alten Mannes, sind dem ganzen Fall nachgegangen, und alle Informationen stammen von den beiden

vielleicht hätte ich das schon früher sagen sollen, obwohl, eigentlich müßte das von Anfang an klar gewesen sein, daß ich hier nur die Rolle eines Schreibers spiele, die eines distanzierten Reporters, und daß ich beim Erzählen dieser Geschichte tatsächlich nur ein Mittelsmann bin, ich erzähle sozusagen aus zweiter Hand, wie ich es in der Vergangenheit schon einige Male getan habe, und daß dies so ist, wird sich im weiteren Verlauf zeigen und gleichsam von selbst erklären, denn die Fühlung, um es mal so auszudrücken, die Fühlung zu dem alten Mann habe ich schon seit Jahren verloren

ja, wenn ich mir's recht überlege, genau seit dem Tag in Buffalo, als er sich zusammen mit June Fanon aus dem Staub machte, Hand in Hand, wie ihr euch vielleicht noch erinnert, nach dieser erhabenen politischen Kundgebung, auch wir waren dabei, an jenem Tag, höchstpersönlich, Namredef, Moinous und ich, und damals ist uns richtig bewußt geworden, daß Politik einem erst im nachhinein, nach reiflichem Nachdenken begreiflich wird

Was, ach so, die Pudeldame, ja die hat ihren Prozeß gewonnen, den Sittenstrolch hat man in die Kolonien deportiert, aber für den alten Mann war der Prozeß da schon längst abgehakt, il avait d'autres chiens à fouetter, wie Moinous uns sagte, und davon abgesehen war das Ganze nur ein kleiner Umweg im Lauf der Dinge, sucht in dem, was ich berichte, nicht nach verborgenen Bedeutungen, das ist hier kein Flaschenständer zum Selberbauen und was unseren alten Freund und June Fanon angeht, so erfuhr ich später, daß sie eine leidenschaftliche Liebesaffäre hatten, eine skandalöse Liebesaffäre, obwohl sie sie sehr geheim hielten, der alte Mann war damals noch verheiratet, ist seine Frau doch dahintergekommen, sie hatte es nicht von anderen, nein, sondern von dem alten Mann selbst, ja er hat es ihr erzählt, hat ihr die ganze Sache gestanden, vielleicht aus Schuldgefühl oder aus Ehrlichkeit, war das ein Durcheinander

sie hat nur ein paar Wochen gedauert, diese Liebesaffäre, vier, höchstens fünf, aber intensiv war sie, unglaublich und verrückt, De la folie pure, wie Namredef und Moinous es beschrieben, oui auf französisch, denn als sie von der Sache erzählten, saßen wir gerade in einem Café auf dem Montparnasse, La Closerie des Lilas hieß es, jetzt fällt's mir wieder ein, wo der alte Mann im Laufe der Jahre ein paarmal zusammen mit Sam Beckett phantastisch gegessen hatte, war ihr bevorzugter Treffpunkt, dicke Freunde waren sie, Sam und der Alte, richtig per Du, aber wie sagte er mir doch mal, Beckett, oh ja Beckett, der ist eine Klasse für sich, eine Art Erzengel, er steigt herab zu uns, von oben, und ich, ich komme von unten, aus dem Keller, seit vielen Jahren kannten sie sich, die beiden, aber Beckett, quel grand homme, ein Heiliger, der alte Mann war sehr stolz auf seine komplette und signierte Erstausgabensammlung, Beckett zu lesen, erzählte er mir eines Tages, war für mich eine wahnsinnig wichtige Erfahrung, genauso wichtig wie das Konzentrationslager überlebt zu haben, im übertragenen Sinne, fügte er hinzu, daß wir an diesem Tag in der Closerie des Lilas saßen, war tatsächlich eine Art sentimentale Pilgerreise, wir hingen unseren Erinnerungen an den alten Mann nach, und da sagte Moinous, C'était le coup de foudre, ihr wißt schon, so was, was einem nur einmal im Leben passiert, eine Liebesgeschichte, von der die meisten nur träumen können, wenn sie nachts wachliegen und nicht einschlafen können, und die immer nur ein schöner Traum bleibt

sie kam in sein Leben hineinspaziert, als sei er ein Drehbuch, ein Drehbuch zu einem Film, in dem sie eine Rolle übernehmen soll, ohne jemals geprobt zu haben, die perfekte Schauspielerin, locker und selbstbewußt, und wie sie die Rolle spielte, war schon toll, sie war eine großartige Schauspielerin, fand sich sofort in die Rolle hinein, die sie spielen sollte, nein, nicht die wirkliche June, sondern die fiktive June, der nationale Mythos, den wir alle verehren und begehren, obwohl sie nachher gesagt hat, so als wolle sie sich noch einmal bestätigen, daß alles wirklich gewesen war, Ein Mann ist wie ein Abgrund, schaut man hinein, wird einem schwindlig

als sie so durch die Straßen von Buffalo rannten, weg von der schrecklichen Demonstration und der Brutalität der Polizei, weg von dem Tränengas und dem Geknüppel, da fragte June, Und jetzt, ihre Wangen waren vor Aufregung gerötet wie bei einem Mädchen, das gerade irgend etwas ausgefressen hat

Weiß nicht, ist mir auch egal, antwortete der Alte, der damals so alt noch gar nicht war, gut hat er ausgesehen, gut gebaut und gelenkig, eine äußerst attraktive Erscheinung, von robustem Körperbau und vom Scheitel bis zur Sohle durchtrainiert, vom Tennis und vom Golf, wofür er ja schon immer alles hatte stehen und liegen gelassen, aber das habe ich doch schon mal gesagt, und nicht zuletzt vom Schwimmen, das ist vielleicht nicht allzu bekannt, aber er war ein echtes Schwimmtalent, hat nicht viel gefehlt, eine Zehntelsekunde oder so, und er hätte sich als Rückenspezialist für die Olympiade 1936 in Berlin qualifiziert, Mensch, das wäre was geworden, er vor dem Führer, ein zweiter

Jesse Owens, er hätte der erste Jude sein können, der fünf oder sechs Goldmedaillen gewinnt

er hatte geschliffene, weltmännische Manieren, hätte er im siebzehnten Jahrhundert gelebt, und mich würde es nicht weiter wundern, wenn er das tatsächlich getan hat, oh ja, unser alter Mann glaubte an die Wiedergeburt, bis zu einem gewissen Grad jedenfalls, dann wäre er mit Sicherheit ein Edelmann gewesen, mindestens ein Marquis, ja, ich sehe ihn genau vor mir, als draufgängerischen, stolzen Musketier des berühmten Kardinals Richelieu, oder noch besser, als poeta laureatus am Hof Ludwigs XIV., an der Seite von Racine und La Fontaine, als Günstling des Königs, der erlesene Verse vorträgt, sehr zum Entzücken seiner Zeitgenossen, Verse wie, Draußen über die Dächer unserer Paläste schlich der Mond, die Anfänge unserer Unmäßigkeit anzuprangern, zurückgezogen in die Zerbrechlichkeit unseres sündigen Abenteuers, so oder so ähnlich, kraftvoll und eindringlich

er hatte markante Gesichtszüge, wobei besonders die Nase hervorstach, ein regelrechtes Gelände von Nase, ein verwegenes Gesicht mit ausgeprägten Linien, doch keineswegs streng, irgendwie unscharf, wie mit einem stumpfen Meißel gearbeitet, widerspenstiges, dunkelblondes Haar, das ihm aus der Stirn hochwuchs, nur an den Schläfen leicht grau, die Augenbrauen sichelförmig wie der Neumond, seine Augen waren schmal und frech und blitzten vergnügt, was eine gewisse Schlitzohrigkeit verriet, sein Gesichtsausdruck stets eine Mischung aus Stolz und Demut, Unverschämtheit und Großzügigkeit, sein Mund hätte sich jederzeit ohne bestimmten Grund zu einem entwaffnenden Lächeln verziehen können, seine Stimme war tief, mit einem starken französischen Akzent, seine Worte schmeckten, wie Moinous es einmal formulierte, wie crème caramel, ich kann auch nichts dafür, ich gebe ja nur wieder, aus zweiter Hand, so gut und wortgetreu ich kann, hinter seinen Sätzen kam ein absichtlich in die Irre führender Humor zum Vorschein, der sich in einer weitschweifigen Pseudologik äußerte, die einen schier zur Verzweiflung bringen konnte, die langen Jahre in Amerika hatten sich bei ihm anscheinend in einer gewissen jungenhaften Unbekümmertheit niedergeschlagen, in einer ständigen jugendlichen Ausgelassenheit, in einer Liebe zum offenen Wort, ja, so war er, und so hat er ausgesehen, zur Zeit seiner Affäre mit June Fanon, und launisch konnte er sein, unberechenbar in seinem Auftreten und in seinem Handeln, ein wahres Energiebündel, immer in Bewegung, aber immer freundlich und verbindlich, ein toller Kerl

Also, langweilig sind Sie nicht, gar nicht so ohne, sagte June und sah ihn an, sie waren stehengeblieben, um wieder zu Atem zu kommen, Ich glaube, Sie gefallen mir

er legte seinen Arm um ihre Schultern und drückte sie sanft an sich, zum Zeichen seiner Dankbarkeit und auch seiner Zuneigung, Regungen, wie sie die meisten fortschrittlich gesonnenen Amerikaner für June Fanon empfanden, damals, Sie sind auch nicht schlecht, erwiderte er, halb ironisch halb zärtlich, sogar ziemlich faszinierend, als Romanfigur würden Sie sich gut machen

Ich bin ganz hingerissen, wie Sie das so sagen, aber wissen Sie, das habe ich schon öfter gehört, sie lächelte wissend, ganz wie Daisy, offensichtlich ahmte sie eine Zeile aus irgendeinem Film oder Roman nach, plötzlich fröstelte sie in ihrem Minirock, obwohl sie sich einen schweren Pelzmantel lässig über die Schulter geworfen hatte

Ist Ihnen kalt, fragte er

Nein, es geht schon

aus der Ferne war noch schwach das Geschrei der Menge zu hören und das Geräusch explodierender Tränengasbomben, Wie wär's, wenn wir unser Abenteuer noch ein wenig fortsetzen, sagte June mit treuherzigem Augenaufschlag, Schwer zu sagen, ob sie es so meinte oder nur so tat, warf Moinous ein, aber sie sah einfach so überzeugend aus, so hinreißend und so begehrenswert

Von mir aus, antwortete der alte Mann, dem die Idee zu gefallen schien, und wem hätte sie in dieser Situation nicht gefallen, er war sowieso kein Zauderer, wenn's drauf ankam, sprang er lieber ins Wasser, ohne sich vorher zu vergewissern, ob es zu heiß oder zu kalt war, Eine Wahrheit ist so gut wie die andere, pflegte der alte Mann immer zu sagen, wenn er sich schnell entscheiden mußte, woher sollen wir denn wissen, was wahrer ist als alles andere, Schwimmen ist wahr, und Ertrinken ist wahr,wenn er so etwas sagte, nickten wir immer zustimmend, obwohl wir nie genau wußten, was er eigentlich meinte

Was hast du gesagt, fragte June, und hielt sich an seinem Arm fest, als sie wieder losrannten

Ach nichts, hab' nur munter vor mich hin gemurmelt, komisch, wie der Puls des Lebens manchmal doppelt schlägt

Hmm, passiert dir das öfter, ich meine, daß du so vor dich hinmurmelst

genau in diesem Augenblick kam ein Taxi vorbei, der Alte steckte zwei Finger in den Mund und ließ einen schrillen Pfiff los, das hatte er als Kind gelernt, in den Straßen von Paris, als sie à cache-cache spielten, Früher bist du bestimmt mal Pfadfinder gewesen, was, sagte June neckisch, Du spinnst wohl, ich doch nicht, ausgerechnet ich, ich war noch nie irgendwo Mitglied, nein, ich hab's mir selbst beigebracht, du solltest erst mal hören, wie gut ich Saxophon spiele

Was, du spielst Saxophon

Konnt's mal können, wie sie in Texas sagen, Tenorsax

schlitternd kam das Taxi auf der vereisten Straße zum Stehen, erinnert euch, es war ein trostloser, kalter Wintertag in Buffalo, und obendrein fing es auch noch an, wie verrückt zu schneien, das trägt zwar nicht viel zum Lokalkolorit bei, aber es macht die ganze Szene etwas realistischer, Wohin soll's denn gehen, fragte der Taxifahrer, als er die Tür aufstieß, Mann, ihr seht aus, als ob ihr euch den Arsch abfriert da draußen

Halten Sie doch die Klappe, sagte June und schmiegte sich an unseren alten Mann

Rülps, Tschuldigung, die Dame

Schon gut, ich bin's gewöhnt

der Alte sah June fragend an, sie legte ihren Zeigefinger auf den Mund und dachte nach, Wie wär's, wenn wir zuerst nach L.A. fliegen, damit ich ein paar Sachen zusammenpacken kann, und dann können wir uns immer noch überlegen, wohin die Reise geht, ist sowieso egal, wohin, Hauptsache, wir sind zusammen

Wie wäre es mit der Côte d'Azur, rutschte es dem alten Mann heraus, einfach so, vielleicht hätte man etwas besseres finden können, damals, zu einer Zeit, wo es überall auf der Welt drüber und drunter ging, der Krieg in Vietnam, politische Intrigen überall, Krisen, wohin man auch blickte, die Jugend rebellierte gegen das Establishment und gegen die elterliche Autorität, Vorurteile und Ausländerfeindlichkeit griffen um sich, aber er war schon seit Jahren nicht mehr dagewesen, und insgeheim hatte er schon das mondäne Spielcasino von Monte Carlo vor Augen, wo er bei seinem letzten Besuch eine phantastische Glückssträhne am Roulettetisch gehabt hatte

Klingt hervorragend, tolle Idee, rief June, zum Flughafen, Fahrer, und was die Revolution angeht, die kann warten

Das ist doch nicht dein Ernst, sagte der alte Mann, ich weiß, wie engagiert du bist, wie sehr du dich auf Politik und Menschenrechte eingelassen hast.

Hm, ich glaube, du hast recht, ihre Gesichtszüge wurden wieder hart, aber weißt du, in letzter Zeit habe ich so viel einstecken müssen, besonders von diesen Hollywood-Typen, von Bob Hope, John Wayne und Konsorten, all diese Hurra-Amerikaner, Was will sie uns denn beweisen, ich sei eine Schande für unseren Beruf, behaupten sie, diese Maulhelden, und in der Zwischenzeit verdienen sie sich dumm und dämlich, aber das ist ihre Sache, vielleicht wissen sie ja genau, was sie wollen und wofür sie stehen, ich muß das für mich erst noch herausfinden, muß erst noch sehen, wer ich bin und wo ich stehe, in unserer beschissenen Welt, nicht nur als Mensch, meine ich, sondern als Frau, man kann doch nicht sein Leben lang als Image herumlaufen

Ich verstehe, sagte er, und nach kurzem Zögern, vielleicht ist es doch besser, wir kehren zum Lafayette Square zurück und stellen uns der Revolution

Nein, die kann warten, sagte sie, lächelte wieder und griff nach seiner Hand, weißt du, die Bullen mit Steinen zu bewerfen, ist nicht gerade die beste Methode, die Probleme dieser Welt zu lösen, ist zwar ein erhebendes Gefühl, einen von ihnen zwischen den Augen zu treffen, aber was dann, vielleicht sind wir einfach noch nicht reif für die Revolution, nicht reif für die politische Realität

Ja, ich nehme an, sie kann warten, stimmte der alte Mann zu, sie kann warten, bis wir erwachsen geworden sind, politisch, meine ich, bis wir reif für die Revolution sind, und außerdem, die meisten von uns leben politisch in der Vergangenheit

Oder in der Zukunft, fügte June hinzu

Ja, immer mit dem Blick zurück oder mit Verzögerung, immer nur im Wenn, im Wenn von dem, was wir hätten tun können oder tun werden, wenn wenn

Seid ihr beiden etwa berühmte Politiker oder so was, fragte der Taxifahrer nach hinten und warf dabei einen Blick in den Rückspiegel, offensichtlich hatte er June Fanon nicht erkannt

Eigentlich nicht, man könnte sagen, wir sind verantwortungsbewußte Bürger, das ist alles

Was soll denn das ganze Feuerwerk da draußen, fragte der Taxifahrer, als er auf den Kensington Expressway abbog, was gibt es da eigentlich zu feiern, wir haben doch noch nicht den 4. Juli

Da hast du recht, mein Lieber, sagte June, der Unabhängigkeitstag ist erst später, da draußen hörst du, wie Amerika in den Gelenken knackt

Ach so, stammelte der Taxifahrer verdutzt

und da hatten sie auch schon den internationalen Flughafen von Buffalo erreicht, June ging voraus, um sich nach den Abflugzeiten zu erkundigen, Na dann, gute Reise und toi, toi, toi, sagte der Taxifahrer zu dem alten Mann, der gerade das Wechselgeld nachzählte, Eh, entschuldigen Sie vielmals, aber könnten Sie mir vielleicht sagen, der Taxifahrer stockte, also, ich will ja nicht aufdringlich sein, aber könnten Sie mir sagen, wer diese hinreißende Frau bei Ihnen ist, ich kenn sie irgendwoher, ich meine, ihr Gesicht kommt mir so bekannt vor, verstehen Sie, der alte Mann zuckte mit den Schultern und gab ihm einfach keine Antwort, außerdem war ihm gerade aufgefallen, daß er dem Taxifahrer eben seinen letzten Zwanzig-Dollar-Schein gegeben hatte, so ein Mist

Ich hab da ein Problem, sagte er zu June, als er sie am Flugzeugschalter einholte

Was ist denn, fragte sie, hast du's dir anders überlegt

Nein, ich bin nur völlig blank, ich habe nicht mal mehr zwanzig Eier dabei, und damit kommen wir nicht sehr weit, unser alter Mann konnte einfach nicht mit Geld umgehen, total leichtsinnig war er, verantwortungslos, es ging, wie es kam, zerrann ihm einfach zwischen den Fingern, wenn er mal abgebrannt war, lieh er sich einfach welches, verpfändete seine Uhr, seinen Mantel, sein letztes Hemd, was soll's, aber dieses Mal blieb keine Zeit, irgendwelche Leute anzupumpen, auch uns nicht, der Direktflug nach Los Angeles ging in fünfzehn Minuten, die Leute stiegen schon ins Flugzeug, wie praktisch

Ach, ist doch egal, sagte June lässig, mit ihrem verführerischen Lächeln, mach dir nichts draus, ich hab ne

Menge Geld und Dutzende von Kreditkarten, ich schieß es dir vor

im Flugzeug, erster Klasse natürlich, turtelten sie wie frisch Verliebte, die gerade ausgerissen sind, flüsterten und kicherten in einem fort, berührten sich neugierig, schmusten mit spontaner Zärtlichkeit, schamlos ließen sie ihren Gefühlen freien Lauf, der Teil des Flugzeugs, in dem sie saßen, war sowieso leer, er erzählte ihr, wie er sich vor Jahren in sie verliebt hatte, Als ich dich in dieser rührenden, dieser aufwühlenden Rolle gesehen habe, in »Sie tanzten durch die Nacht«, Ach, den hast du gesehen, Ja, sechsmal sogar, kann auch öfter gewesen sein, Und wie fandest du ihn, Du warst einfach perfekt, so real, so kompromißlos und stark, Meinst du das wirklich, Natürlich mein ich das, du warst so herrlich unverschämt

Weißt du, es ist eine meiner Lieblingsrollen, ich meine, von allen Rollen, die ich gespielt habe, war es eine der schwierigsten, vielleicht die anspruchvollste überhaupt, viel schwieriger als die der Dolly Pyle, ja, Dolly in »Zarte Liebe«, und die war auch nicht gerade einfach, das kannst du mir glauben

Moment mal, unterbrach er sie, das kommt doch erst noch, ich meine, das ist doch noch gar nicht passiert, der Film ist doch noch gar nicht gedreht

Na und, ist das denn so wichtig, der Film wird gedreht werden, bald sogar, in allernächster Zukunft, das steht so gut wie fest, das müßtest du doch eigentlich wissen, irgendwer wird diesen Film schließlich drehen, weshalb sollen wir also nicht über ihn reden dürfen, erzähl mir bloß nicht, du würdest es mit der zeitlichen Abfolge der Ereignisse immer sehr genau nehmen, was soll ich denn tun, etwa im Futur sprechen, na schön, also, wenn ich die Rolle der Dolly Pyle in »Zarte Liebe« spielen werde, dann werde ich wissen, wer ich sein werde und was ich machen werde, aber in »Sie tanzten durch die Nacht« war ich noch auf der Suche, ich lernte noch, könnte man sagen, ich lernte gerade, was Schmerz ist, was leiden ist und was es heißt, ausgenutzt zu werden, Mensch, war ich naiv, weißt du, es ist nicht einfach, diese Arroganz durchzuhalten, diese Kratzbürstigkeit, nicht mal im Film, nein, es ist wirklich alles andere als einfach, zumal als Frau, so etwas wie stumme Verzweiflung gut zu spielen, wo es in unserer Welt doch nur Männern vorbehalten ist, sich still und romantisch mit ihrem Schmerz herumzuquälen, von Frauen erwartet man eher, daß sie ihre Schwächen offen zeigen, was natürlich Blödsinn ist, aber das habe ich in diesem Film jedenfalls gelernt, in gewissem Sinne hat mir die Rolle der Martha in diesem Marathontanz geholfen, zu mir selbst zu finden, so hieß sie doch, oder, Martha

für einen kurzen Augenblick wurde ihr Gesicht hart und abweisend, es schien, als versuche sie sich die Tiefe und den Schmerz dieser Rolle noch einmal zu vergegenwärtigen, er nahm ihre Hand, Ja, ich glaube, im Grunde sind wir die Summe der Rollen, die wir spielen, derjenigen, die wir in der Vergangenheit gespielt haben, und derjenigen, die wir in Zukunft noch spielen werden, sagte er, Ich glaube nicht, daß er so geschwollen klingen wollte, so abgedroschen, warf Namredef ein, aber er wollte wohl Eindruck bei ihr schinden

Mir hat die Mischung aus Stärke und Verzweiflung gefallen, die du in dieser Rolle verkörpert hast, fuhr er fort, und das alles ohne Gefühlsduselei, völlig kontrolliert, sogar als du in das Büro von diesem, wie hieß er doch, Guy Yeats gegangen bist, um dich ihm hinzugeben, nein, du hast ihn flachgelegt und ihm gezeigt, was Sache ist, Mensch, das war ne großartige Szene

Nett, daß du das sagst

Was heißt hier nett, nein wirklich, du warst hinreißend arrogant, aber tief da drinnen bist du, glaube ich, sehr sanft und sentimental, sogar verletzlich

Kann schon sein, verletzlich bin ich bestimmt, vielleicht habe ich es deswegen am Ende nicht fertiggebracht, mich selbst zu erschießen, und habe Ronnie gebeten, es für mich zu tun

Nein, ich rede doch nicht vom Film, ich meine hier, hier in der wirklichen Welt

Ach, wo ist denn da der Unterschied, wirkliches Leben, wirkliche Welt, Filmwelt, Wortwelt, meinst du etwa, wenn wir beide hier zusammen sind, sieht das nicht aus wie in einem Film, ist doch völlig unwahrscheinlich, sieh doch mal, wie wir beide hier sitzen, wer glaubt denn so was, das hat doch was völlig Unlogisches

Ja, da hast du verdammt recht, für kurze Zeit saßen sie da und schwiegen, in Gedanken zitierte er seine Lieblingsverse aus Ein Sommernachtstraum, wie rührselig ein Mann doch sein kann, Verliebte sind wie Narren, hitzigen Geistes und schwärmerischen Sinnes, der mehr schaut, als je die kühlere Vernunft begreift, Mondsüchtige, Verliebte und Poeten sind eitel Phantasie

Woran denkst du gerade, fragte sie, Daran, wie wundervoll du bist, flüsterte er, und dein Mund, vor allem dein Mund, er beugte sich zu ihr hinüber und küßte sie auf ihren schönen, dreieckigen Mund, küßte sie sanft und schaute ihr dann tief in die Augen, Du bist ein fabelhafter Mythos, sie lachte und warf ihren Kopf nach hinten, doch ihre pastellgrünen Augen verrieten Traurigkeit, Ach ja, diese gräßliche Suche nach Selbsterkenntnis, um nichts anderes geht es doch, im Leben und im Kino, sie sprach offenbar mit sich selbst, und einen Moment lang baute sie eine Wand um sich auf, doch dann streckte sie ihre Hand aus, berührte sein Gesicht, fuhr über seine Augen, seinen Mund, küßte ihn sanft auf die Wange, Du bist schon ein toller Mann, und ein echter Charmeur, fügte sie hinzu, ihr Trübsinn wich plötzlich jenem schelmischen, mädchenhaften Lächeln, das so typisch für sie war, zunächst erwiderte er nichts, aber dann, halb im Ernst und halb im Scherz, Nein, ich halte mich eher für einen heruntergekommenen Solipsisten

Was du nicht sagst, was für eine Idee, du bist wohl eine Art Literat oder so was, ein heruntergekommener Solipsist, daß ich nicht lache, wie Murphy, steht dir wirklich gut, er lief rot an, June konnte natürlich nicht wissen, wie gerne der alte Mann diese von Selbstmitleid erfüllten Worte zitierte, die Worte jener burlesken und irrationalen Gestalt des zeitgenössischen Romans, die, wie ihr vielleicht noch wißt, es sprach jetzt Moinous, in die Welt der Literatur unter dem Motto eingeführt wurde, Amor intellectualis quo Murphy se ipsum amat, dieses Motto hätte auch gut zu unserem alten Mann gepaßt, wenn die Umstände etwas anders gewesen wären

Ein heruntergekommener Solipsist, nein, das ist zu komisch, June brach in schallendes Gelächter aus, da muß man sich doch fragen, was du hier überhaupt verloren hast, an meiner Seite, nee, mein Lieber, solche Redensarten passen nicht zu dir, dafür bist du einfach zu extrovertiert, zu jugendlich und zu spontan, sie ließ ihre Finger spielerisch durch sein Haar gleiten

Laß dich nicht von Äußerlichkeiten täuschen, ich bin zeitlos, oder vielleicht sollte ich sagen, ich füge mich lediglich meinen atavistischen Voraussetzungen

Du alter Eierkopf, wenn du so weiter machst, landen wir demnächst auf einem anderen Planeten, sie wollte damit natürlich einen Witz machen, aber sie ahnte ja nicht, wie sehr sie recht behalten sollte, im Jahre 1997 wurde June Fanon in die Raumkolonien deportiert

es war ein schlimmer trauriger Tag, dieses Silvester 1997, als June zusammen mit Tausenden anderer Erdenbürger in die Raumkolonien deportiert wurde, unser alter Mann erfuhr rein zufällig davon, als er im Wartezimmer seines Zahnarztes das Jahresheft der Sonnensystem-Gazette las, fürchterliche Zahnschmerzen plagten ihn an jenem Tag, da stieß er auf die Liste der Deportierten von diesem Jahr, nur Namen und wie immer ohne Angabe von Gründen, er überflog die Liste und blieb an ihrem Namen hängen, Fanon, June, alphabetisch eingerahmt von Fancy, Simon und Fonderman, Marguerite, einen Moment lang schnürte sich ihm die Kehle zu, viele Jahre waren vergangen seit jenen denkwürdigen Tagen, den wie im Traum verflogenen leidenschaftlichen Wochen, die sie zusammen verbracht hatten, er hat sogar ein wenig geweint, glaube ich, während er sich die wie verrückt schmerzende Wange hielt, ein runzeliger, alter Kauz mit schmerzverzerrtem Gesicht, der noch nicht wußte, welches Schicksal ihm bevorstand

aber das war Jahre später, jetzt, gerade im Moment, im Flugzeug nach Kalifornien, schwiegen sie wieder, seine Hand ruhte auf ihrem Oberschenkel, ihr Kopf auf seiner Schulter, und dann schliefen sie beide langsam und friedlich ein, erschöpft nach allem, was an diesem strapaziösen Tag auf sie eingestürmt war, während das Flugzeug den Grand Canyon überflog, weiter nach Kalifornien und seiner zitronengelben Sonne entgegen, so jedenfalls schilderten Namredef und Moinous in der Closerie des Lilas den Anfang dieses Abenteuers, und dann bestellten wir drei uns noch eine Runde Pernod mit Wasser

Namredef und Moinous haben eine verwirrende Art, gleichzeitig zu reden und sich gegenseitig ins Wort zu fallen, die es so schwierig macht, Klarheit in ihre Geschichten zu bringen, vor allem, was den zeitlichen Ablauf betrifft, manchmal fängt einer von ihnen an, etwas zu erzählen, beginnt einen Satz, und mitten im Satz macht plötzlich der andere weiter, als wären sie ein Geist und ein Mund, oft verlieren sie sich in schier endlosen Abschweifungen, in überraschende Umwege und Gedankengänge, und dabei reden sie englisch, französisch, wie es ihnen gerade in den Sinn kommt, sie sind beide zweisprachig, spinnen ein Netz aus Worten und lösen es dann wieder mit einer Leichtigkeit, als wäre Sprache für sie nur ein Gemurmel, das sich unendlich in jede beliebige Richtung fortpflanzen ließe, so funktionieren sie, so vertraut sind sie miteinander, so unzertrennlich, zwei Stimmen, die zu einer einzigen zusammenfließen, zum Verrücktwerden, aber nach einer Weile gewöhnt man sich daran, und davon mal abgesehen, ich bezweifle, daß ich ohne sie, ohne ihre Hilfe und Weisheit, weiterkommen würde und dieses Projekt zu einem zufriedenstellenden Ende führen könnte

nein, das könnte ich bestimmt nicht, und außerdem kann man sich bei einem so einsamen Geschäft wie dem unseren seine Mitarbeiter nicht aussuchen, da können sie noch so melancholisch und noch so störrisch sein, auf einmal sind sie da, meistens mitten in der Nacht, mitten in einer schlaflosen Nacht, und dann wird man sie nicht mehr los

IV

Wir saßen immer noch in der Closerie des Lilas, Namredef, Moinous und ich, und hatten gerade den ersten Gang einer, wie sich herausstellen sollte, sehr üppigen Mahlzeit in Angriff genommen, Namredef und Moinous hatten escargots de Bourgogne bestellt, und ich ließ mir eine terrine de pâté maison schmecken, war vielleicht ein bißchen egoistisch von uns, hier zu prassen, während der alte Mann allein und trübsinnig in seinem Vorzimmer der Abreise saß, aber was hätten wir denn machen sollen, wir hatten alles versucht, alles, und tappten immer noch völlig im Dunkeln, all unsere Nachforschungen waren im Sande verlaufen, von den zuständigen amtlichen Stellen hatten wir nur ausweichende Antworten erhalten, und langsam wurde die Zeit knapp

Namredef und Moinous erzählten abwechselnd, je nachdem, wer gerade den Mund voll hatte, weiter von der Affäre des alten Mannes mit June Fanon, denn nachdem alle bisherigen Versuche gescheitert waren, wurde uns klar, daß uns vielleicht irgendein unscheinbares Detail aus dem Leben des alten Mannes den entscheidenden Hinweis liefern konnte, den Schlüssel zum Verständnis seiner jetzigen fatalen Lage

von Los Angeles flogen sie direkt zur Riviera, nahm Moinous den Faden der Erzählung wieder auf, nach Nizza, und ließen zwischen Menton und San Tropez kein einziges Kasino aus, June war genauso versessen aufs Spielen wie er und spielte immer mit vollem Risiko, genau wie er, und sie hatten ein Wahnsinnsglück, Ihr werdet es nicht glauben, sagte Moinous ganz erregt, offenbar freute er sich für seinen alten Freund, der nicht immer soviel Glück gehabt hatte, das steht mal fest, sie räumten am Roulettetisch richtig ab, verließen sich ganz auf ihr Gefühl, kümmerten sich nicht um Wahrscheinlichkeiten, überließen alles dem Zufall, das muß man sich mal vorstellen

eng nebeneinander standen sie am Rouletterad, folgten der kleinen weißen Kugel mit starrem, herausforderndem Blick und dachten sich immer neue, immer verrücktere Zahlenkombinationen aus, die Hände immer voller Jetons, großer versteht sich, Die Fünf, alle Fünfen, sagte sie, und sofort setzte er einen Haufen Chips auf die Fünf, die Fünfzehn, die Fünfundzwanzig, die Fünfunddreißig, ohne zu zögern, ganz lässig, fast arrogant, Ich weiß es, flüsterte sie ihm zu, es wird eine von den Fünfen sein, ich weiß es einfach, die kleine Kugel machte noch einen letzten Satz und, Cinq Rouge Impair et Manque, rief der Croupier, als würde er sich für sie freuen, und wieder stopfte sich unser Freund einen Packen Chips in die Taschen

Die Siebzehn, los, die Siebzehn kommt, ich spür's, June war wie im Rausch, Rien ne va plus, der Croupier ließ die Kugel rollen, und sie packte ihn ganz fest am Arm, und, kaum zu glauben, aber wahr, Dix-Sept Noir Impair et Manque, sie hatten eine Glückssträhne, so viel stand fest, selbst den Croupiers schien es Spaß zu machen, alle anderen sahen ihnen gebannt zu, Finale trois maintenant, vas-y mon vieux, June sprach seine Muttersprache fließend, mit reizendem Akzent, los, alle Dreien, Bist du dir da ganz sicher, fragte er, während er schon auf die Dreien setzte, Absolut, ich weiß schon was ich tu, Faites vos jeux, Mesdames et Messieurs, er verdoppelte schnell den Einsatz, und tatsächlich, Dreiundzwanzig, es war nicht zu fassen

Die Fünfen, schnell, noch mal die Fünfen, und dreifach, kam es von June wie aus der Pistole geschossen, mit traumhafter Sicherheit, die Leute drängten sich um ihren Tisch und zwängten sich nach vorne, streckten ihre Finger gierig vor zwischen ihre Hände und folgten jedem ihrer Glücksgriffe, June versuchte natürlich, ihr Inkognito zu wahren, aber trotz der getönten Brille und der weißblonden Perücke, die sie extra für diesen Anlaß gekauft hatten, wurde sie erkannt, Da, guck mal, das ist June Fanon, sieht sie nicht toll aus, Geh doch mal zu ihr hin und bitte sie um ein Autogramm, Mais si vas-y quoi sois pas timide, dis-lui que tu la trouves formidable, Nein, den Kerl neben ihr, kenne ich nicht, keine Ahnung, wer das ist, sicher ein Freund oder so was, oder ein Regisseur, oder ein Produzent, Non non je suis sur que c'est pas Midas, moi je le connais Midas, Aber dieser Kerl sieht auch verdammt gut aus, ich wette, er ist ihr heimlicher Geliebter

sie brauchte nur zu lächeln oder ein paar belanglose Worte zu sagen, in ihrem typisch amerikanischen Singsang, und schon gab es einen Menschenauflauf, ihre grazilen Gesten verrieten sie, Es ist die Art, wie du dich bewegst, wie du schwebst, das fällt einfach auf, du hast etwas Unwirkliches, Unfaßbares, Mystisches an dir, und trotzdem bist du so wirklich, so nah und greifbar, du bist einfach perfekt

Hör auf, du übertreibst, manchmal fühl ich mich gar nicht gut und so fehl am Platze, manchmal denke ich, ich bin bloß das, was die Leute sich vorstellen, ein Image ohne Leben, sie standen am Strand von Monte Carlo, und sie starrte gedankenverloren ins Wasser, da umarmte er sie, ihr Mund suchte begierig den seinen, er tastete nach ihren Brüsten und ließ seine Hand dann tiefer gleiten, an ihrer Hüfte entlang, sie trug ein Kleid aus schwarzer Seide, durch den dünnen Stoff konnte er ihren Körper spüren, leidenschaftlich preßte sie ihre Schenkel gegen die seinen, hinter ihnen drehte sich Monte Carlo in gleichgültigem Wirbel weiter um Sieger und Besiegte, streute Moinous in seine Geschichte ein, in der er nacherzählte, was der alte Mann meinen beiden Erzählern über seine Affäre mit June Fanon berichtet hatte

es fiel mir plötzlich schwer, ihren Worten zu folgen, irgend etwas nahm mich gefangen, irgend etwas zwischen ihrer Stimme und dem Geräusch der Wellen, vor allem diese geheimnisvolle, anziehende Stimme, holte mich zurück in alte Kinofilme, in verlorengeglaubte Träume, ihr Spiegelbild wurde allmählich meines, Weißt du, in Wirklichkeit bist du noch schöner als auf der Leinwand, sagte ich zu ihr

sie wandte sich ab und ging langsam bis ans Wasser, bückte sich nach einem Kiesel, warf ihn ins Wasser und zerbrach den Mond in tausend Stücke, Letzten Endes sind Leinwandbilder leblos, sagte sie, und deshalb zählt das Leben, ja, das ist es, was Menschen schön macht, sie faßte mich bei der Hand und zog mich sanft fort, Komm, wir gehen zurück ins Hotel

in unserem Zimmer, in dieser Nacht, nachdem wir unsere unglaubliche Glückssträhne fröhlich und ausgelassen mit einer Flasche Champagner gefeiert hatten, haben wir uns geliebt, zuerst wild und stürmisch, auf dem Tisch, auf dem Boden, im Stehen vor dem Spiegel, immer fest umschlungen, bis wir schließlich auf's Bett fielen, wo June unvermittelt zu mir sagte, Weißt du, ich hab noch nie mit jemandem so gesprochen wie mit dir, mit dir fühle ich mich einfach frei und ungebunden, sie richtete sich auf und warf sich über mich, streichelte und küßte mein Gesicht, und dann liebten wir uns wieder, nicht mehr so ungestüm wie zuvor, nein, voller Zärtlichkeit, neckisch und verspielt, ihr Körper war zarter und zerbrechlicher, als ich gedacht hatte, und dennoch kraftvoll und elastisch, das weckte Zartgefühl in mir und Großmut, mit einer Hand hielt ich sie am Hinterkopf, während ich mit der anderen ihre Hüften zu mir hochzog, mit den Schenkeln hielt sie mich fest umklammert und streichelte meinen Rücken, mit den Fingernägeln fuhr sie an meinem Rückgrat entlang, unsere beiden Körper bewegten sich im Einklang, in völliger Harmonie, ohne Stöhnen, ohne Seufzer, einfach ruhige Lust

Ja, du gibst mir ein Gefühl von Erfülltheit, wir lagen nebeneinander auf dem Bett und ruhten uns aus, ein Bein hatte sie über meine Beine gelegt, Villeicht liegt es einfach daran, daß wir so viel in die kurze Zeit packen, die uns bleibt, erklärte ich

etwas besseres fiel ihm nicht ein, meinte Moinous, zwar nicht gerade brillant für einen Mann des Geistes, aber es ist wohl nicht immer leicht, Banalitäten zu vermeiden, und außerdem war ihm in dieser Nacht sentimental zumute

Hat auch was mit Überleben zu tun, Bilder ändern sich, sagte sie, und es klang, als wollte sie an unsere Unterhaltung unten am Meer anknüpfen, aber wenn ich mit dir zusammen bin, kommt es mir vor, als würde alles dauerhaft, als wäre es für immer, so bequem, mit dir zusammen sein ist, wie wenn man alte Turnschuhe anzieht, weißt du, so richtig ausgelatschte alte Turnschuhe, die wirft man einfach nicht weg

auf ihrem Gesicht lag ein sonderbarer Ausdruck, ich umarmte sie, und dann liebten wir uns ein drittes Mal, langsam, fast ohne uns zu bewegen, und es war, als würde ich mir im Traum dabei zusehen, wie ich sie liebte, ihre Haut war glatt und duftete, ihre Schenkel fest und ihre Brustwarzen hart, es war fast Morgen, das Licht sickerte durch die zugezogenen Vorhänge, Träumen wir das alles nur, fragte ich sie und ließ meine Hand über ihr Gesicht gleiten

Das ist kein Traum, sagte sie und kniff mich fest in den Hintern, Aiie, das tut weh, warum hast du das getan, Damit du weißt, daß du nicht schläfst, sie rückte ein bißchen näher und legte ihren Kopf auf meine Brust, Klappt nicht schlecht mit uns beiden, nicht wahr, sagte sie, ist doch toll, wie wir uns verstehen

Pas mal, mais c'est parce que tu m'inspires, ou plutôt disons que c'est en hommage à June que nous nous surpassons

Nun hör bloß mit diesem Französisch auf, sagte sie, sprang aus dem Bett und warf mir die Bettdecke über den Kopf, stellte sich nackt vor den Spiegel und fing an, Gymnastik zu machen

Du bist schön, ich sah ihr vom Bett aus zu, den Kopf auf dem Kissen, die Hände dahinter verschränkt

plötzlich drehte sie sich um und sah mich an, Aber vielleicht hast du sogar recht, vielleicht ist das Ganze wirklich nur ein Traum, aber was soll's, da gibt's sowieso keinen Unterschied, ist doch alles dasselbe, woher soll ich denn wissen, wann ich wirklich bin und wann eine erfundene Gestalt in einer Geschichte, bei dem Leben, das ich führe, verliert man nach einiger Zeit jeden Blick für die Wirklichkeit, ich bin mir nie ganz sicher, wer ich bin und wo ich bin

Das hört sich an wie aus einem avantgardistischen Roman, sagte ich, aber laß es dir gesagt sein, liebe June, jetzt gerade im Moment siehst du absolut wirklich aus, und so schön

Aber du, wer bist du, wer bist du eigentlich, ich meine, ich weiß so gut wie nichts über dich und dein Leben, sie hatte das Talent, ihm Selbstoffenbarungen zu entlocken, von der Riviera waren sie inzwischen abgereist, waren auf dem Weg nach Como, in einem Mietwagen, einem blauen Alfa Romeo, ergänzte Moinous

er starrte vor sich hin auf die Straße, Mein Leben begann in einer Abstellkammer, sagte er, mit dem gleichen blasierten und affektierten Tonfall wie der Hauptdarsteller in einem altmodischen Melodram, zwischen leeren Häuten und staubigen Hüten, und ich lutschte dabei gestohlene Zuckerwürfel

Warum machst du Witze

Ich mach keine Witze, das ist ernst, es stammt aus einem Gedicht, einem alten Gedicht, das ich vor langer Zeit geschrieben habe, und das an mein Leben unter den Raubtieren erinnert

Mach weiter, es gefällt mir, ich möchte mehr hören

Nein, es funktioniert nicht mehr, es stimmt nichts mehr

Was soll denn das heißen, es funktioniert nicht mehr, wieso funktionieren Gedichte denn, und wieso hören sie irgendwann auf zu funktionieren

Ja, manchmal funktionieren sie, manchmal nicht, wie bei Filmen, sie werden alt, verlieren ihre Bedeutung, ihre Aussagekraft

Dann erzähl mir von dir etwas, das funktioniert

er zögerte, konzentrierte sich ganz auf die schmale Straße, die sich neben einem steilen Abgrund durch die Berge schlängelte, Ich bin ein Überlebender, meinen Tod habe ich hinter mir

Puh, was soll denn dieses morbide Gerede auf einmal, wo wir beide so glücklich sind

Ich bin nicht morbid, ich bin glücklich, merkst du das denn nicht, glücklich, daß ich hier mit dir zusammen sein kann, aber wenn man ein Überlebender ist, wenn man den Tod hinter sich hat, dann fühlt man sich irgendwie frei, frei und unbekümmert gegenüber dem eigenen Ende und dem eigenen Ziel, natürlich kommen einem ein paar Schuldgefühle, wenn man so überlebt, denn da ist diese Vergangenheit, deine tote Vergangenheit und das alles, aber da mußt du durch, das Leben geht weiter, du mußt sozusagen deine eigene Überflüssigkeit aushalten, stell dir doch mal vor, du hättest diese Vergangenheit, diese beschissene, gräßliche Vergangenheit, aber du hast nun mal keine andere, du wirst sie nicht mehr los, aber dann nehmen sie sie dir einfach weg, radieren sie aus, machen Schriftsymbole daraus, lauter komische kleine xxxx auf irgendwelchen Papieren, für sie bist du einfach tot, nicht existent, ich meine, wie soll man denn ohne Vergangenheit leben, nun, irgendwie schafft man das, irgendwie überlebt man, man legt sich eine neue zu, eine fiktive, improvisierte, kein revenant, sondern ein devenant, indem man sich über sich selbst hinaus entwirft

June blickte verständnislos, Damit kann ich nichts anfangen, das ist mir zu unklar, kannst du dich nicht deutlicher ausdrücken, ich meine, wozu die ganzen Abstraktionen, aber mach ruhig weiter, es ist interessant, und ich höre dich gern reden, dein Akzent ist so sexy, wenn du englisch sprichst

Lago di Como 32 km, stand auf einem Straßenschild, Gleich sind wir da, sagte er und fuhr fort, Tja man erfindet sich quasi im Vorwärtsgang, im Weitergehen, erfindet das neu, wovon man denkt, daß es wirklich so geschehen ist, auf diese Art und Weise kann man alles überleben, einen Abgrund wie den da beispielsweise, er zeigte mit dem Finger zum Straßenrand und das Auto machte einen Schwenk auf den Abgrund zu

He, paß auf, ich hab noch keine Lust auf mein Ende, schrie June

Keine Sorge, ich hab' alles im Griff, er lächelte, als die Reifen in der Kurve quietschten, Ja, man kann alles überleben, einen Fallschirmsprung, einen Hungerwinter, einen Krieg, ein Konzentrationslager, sogar eine katastrophale Liebesaffäre, überleben kann man alles, ist nur eine Frage der Sturheit, aber bringt man diese tote Vergangenheit nachher groß zur Sprache, nein, man läßt sie nur, wie soll ich sagen, das zentrale unausgesprochene Etwas sein, das das eigene Leben und die Arbeit emotional belastet, aber man erspart sich die schmutzigen Einzelheiten

Hmm, ich glaube, langsam begreife ich, worauf du hinauswillst, sagte June, aber trotzdem, irgendwas stört mich daran, irgendwas stimmt da nicht, irgendwo muß da ein Haken sein, es kommt mir so vor, als würdest du mir das Eigentliche verschweigen, das, was hinter allem steckt, aber wenn ich das, was du mir zu sagen oder nicht zu sagen versuchst, richtig verstehe, dann hast du einen Weg gefunden, um deine Vergangenheit wieder lebendig zu machen, indem du mit dem Finger auf ihr Grab zeigst, und damit bist du natürlich fein raus, es ist bloß eine Bewegung, eine Gebärde, ein schlauer Tausch, aber so schiebst du deine ganze Schuld auf andere, auf uns, aber daß du dich entschlossen hast, darüber zu reden, egal wie ausweichend, und darüber zu schreiben, gerade darin, so meine ich, besteht die Überwindung oder die Flucht

Stimmt, das ist das ganze Problem, genau darum hat sich mein ganzes Leben gedreht, und heute noch immer, Überwindung oder Flucht, du hast den Nagel auf den Kopf getroffen, obwohl ich eher Flucht als Überwindung sagen würde, das heißt, wenn wir uns früher getroffen hätten, vielleicht hätte ich dann erst gar nicht zu fliehen brauchen, vielleicht wäre es mir dann mit deiner Hilfe gelungen, zu überwinden statt zu flüchten

lange Zeit sagten sie nun kein Wort mehr, sie waren in Como angekommen, der Ort schien wie ausgestorben, es regnete, sie fuhren durch die engen, menschenleeren Straßen, vorbei an der Halbinsel Bellagio, dann die Porta Vittoria, die Kathedrale Santa Maria Maggiore, der imposante Palazzo Rusconi, sie hielten kurz an, um das Alessandro Manzoni-Denkmal zu bewundern, Hat ein paar gute Romane geschrieben, sagte der alte Mann, für meinen Geschmack ein bißchen zu romantisch, aber nicht zu verachten, dann überquerten sie die Piazza Cavour zur Seeuferstraße, Schön ist es hier, aber nicht viel los, meinte June, Stimmt, ist reichlich trostlos hier, pflichtete der alte Mann bei, vielleicht hat uns das Glück verlassen, und das Kasino ist auch zu, wetten, um diese Jahreszeit sah Como tatsächlich aus wie eine Geisterstadt, mit seinen vornehmen Hotels, von denen die meisten außerhalb der Saison geschlossen blieben, und seinen heruntergekommenen Privatvillen, alle verriegelt und verrammelt

Also, laß uns ein paar Tage hier bleiben, sagte June, die Stadt ist so leer, so verfallen, genau das richtige für uns

Weißt du eigentlich, fragte der alte Mann, als sie sich im Albergo Carramaza anmeldeten, einem der wenigen Häuser, die geöffnet waren, wie das Gedicht heißt, dessen Anfang ich dir vorhin vorgetragen hab

Nein, keine Ahnung

Flucht heißt es, Flucht

Ach, interessant, kannst du es mir nachher vorlesen

Ich hab leider kein Exemplar dabei, aber vielleicht kann ich es dir aus dem Gedächtnis vortragen

die Dame an der Rezeption hatte den Meldeschein überflogen, auf dem er sie als Monsieur et Madame Onsenfout eingetragen hatte, und sprach sie daher auf französisch an, Eh bien j'espère que vous vous plairez ici, c'est si tranquille vous savez à cette époque, sie deutete auf den leeren Salon, wo zwei alte Männer in einer Ecke ruhig Domino spielten und eine elegante ältere Dame vor dem Aussichtsfenster saß und strickte, neben ihr döste ein Herr, dessen Beine in eine Decke gewickelt waren

Reizendes Plätzchen, sagte June

Gefällt es dir nicht

Doch, sehr sogar

inzwischen saßen sie auf der Veranda des Hotels, mit Blick über den See, es hatte aufgehört zu regnen, doch der Himmel war grau, genauso grau wie der See, sie hatten sich eine Flasche lombardischen Wein kommen lassen, er sah an ihr vorbei, als läse er den Text von der Landschaft ab, Mein Leben begann in einer Abstellkammer, zwischen leeren Häuten und staubigen Hüten, und ich lutschte dabei gestohlene Zuckerwürfel, draußen über das Dach schlich der Mond, die Anfänge meiner Unmäßigkeit anzuprangern, zurückgezogen in die, nein, Moment mal, warte, es geht anders, Mist, ich hab's vergessen, zurückgezogen in die, verdammt noch mal, jetzt hab ich's, in die Zerbrechlichkeit meines Abenteuers, Neugierde trieb mich die Treppe hinunter, auf der zwölften Stufe aber glitt ich aus und fiel, und alle Türen öffneten stumme Augen, meine Nacktheit anzustarren, als ich unter dem Himmel dahinlief, ja, so geht es, glaube ich, als ich unter dem Himmel dahinlief, traf ein gelber Stern meine Brust, und alle Augen wandten sich ab, sie packten mich und sperrten mich in eine Kiste, wälzten mich hundertmal über die Erde, zum Ausdruck meiner Schande, während sie einander jagten, Steine in den Händen, und alle Sterne in einem Ofen verbrannten, jeden Tag kamen sie, mich zu berühren, mir ihre Finger in den Mund zu stecken und mich schwarz und blau zu bemalen, aber durch einen Spalt in der Mauer sah ich einen Baum, den Umriß eines Blattes, und eines Morgens flog mir ein Vogel in den Kopf, diesen Vogel liebte ich so sehr, daß ich, während mein blauäugiger Herr in die Sonne blickte und geblendet war, den Käfig öffnete und mein Herz verbarg in einer gelben Feder, er nippte kurz an seinem Glas Wein, Ja, das ist der Schluß, mein Herz verbarg in einer gelben Feder, das war's

Wie schön, wirklich ergreifend, jetzt wird mir auch klar, glaube ich, was du eben mit Überleben gemeint hast

Ach was, es ist sentimental und zu hermetisch

Nein, das finde ich nicht, mir gefällt es, es funktioniert, und außerdem verrät es mir eine ganze Menge über dich wir saßen noch immer in der Closerie des Lilas, beim dritten oder vierten Gang mittlerweile, als Namredef Moinous ins Wort fiel, Oh, darauf hätte ich jetzt richtig Lust, eine gute Flasche lombardischen Wein, Hé garçon, une bouteille de vin de Lombardie, s'il vous plaît, du blanc

Tout de suite, Monsieur

Übrigens, meinte Namredef zu mir, wußtest du, daß der alte Mann vorher schon mal in Como gewesen war

Nein, das ist mir neu, wann denn

Zusammen mit seiner Frau, kurz nach ihrer Hochzeit, sie hat es uns erzählt, als wir endlich mit ihr reden konnten

Was, ihr habt mit ihr gesprochen

Ja, das haben wir dir noch gar nicht erzählt, am Ende ist es uns gelungen, sie ausfindig zu machen, vor ein paar Wochen, in Wien, dort ist sie auch geboren

Ja, das wußte ich, ich meine, daß sie in Wien geboren ist, aber ich wußte nicht, daß sie dorthin zurückgekehrt ist

Doch, doch, 1990 ist sie nach Wien zurückgegangen, gleich nachdem sie getrennt worden waren, ihr wißt schon, das Entehelichungsgesetz, sie sagte, es gehe über ihre Kräfte, sie brächte es einfach nicht über's Herz, ihm so nahe zu sein in Amerika und doch nicht für ihn sorgen zu dürfen, und sie wußte noch gar nichts von seiner Deportation, sie hatte nichts davon gehört, sie wollte natürlich sofort mit uns zurückkommen, um etwas zu unternehmen, Wenn es nötig ist, werde ich mit ihm gehen sagte sie sogar, aber wir machten ihr klar, daß das keinen Sinn hätte, daß es vielleicht schon zu spät wäre, und außerdem wäre es zu anstrengend für sie gewesen, zu aufregend, sie ist jetzt sehr alt

Aber immer noch eine sehr hübsche Frau, warf Moinous ein, ziemlich alt, das schon, genau wie er, aber sie ist hellwach, das heißt, mehr oder weniger, und immer noch sehr schön, allerdings konnte sie uns nicht weiterhelfen, kein bißchen, wie Nam schon gesagt hat, sie wußte von nichts, ich meine von der Deportation, und ich frage mich, ob ihr überhaupt klar ist, was das heißt, irgendwie lebt sie noch sehr in der Vergangenheit, sie hat immer nur von ihrer gemeinsamen Zeit gesprochen, vor allem von der Zeit, als sie kurz nach ihrer Hochzeit diesen verrückten Europatrip machten, Wir beide, so eine Art Hochzeitsreise, obwohl, offen gesagt, wir konnten uns das eigentlich gar nicht leisten, aber so war er nun mal, das Geld hatte er locker sitzen, überall haben wir auch gespielt, unser gemeinsames Laster, richtig wild waren wir damals, und die Reise erst, absolut verrückt, von einem Kasino zum anderen, was wir an einem Abend gewannen, verloren wir am nächsten, manchmal sogar mehr, als unser Budget zuließ, wir lösten Schecks bei American Express ein, die gar nicht gedeckt waren, aber das war uns völlig egal, und ich war genauso leichtsinnig wie er, am Comer See, das weiß ich noch, sind wir auch ein paar Tage geblieben, ein reizendes Plätzchen, im Winter war's, die Stadt menschenleer, damals waren wir noch dabei, einander zu entdecken, und so verliebt waren wir, er hatte gerade einen Roman angefangen und saß den ganzen Morgen in unserem Hotelzimmer und schrieb, während ich in einem Liegestuhl auf der Veranda lag und las, dann kam er herunter und las mir die Seiten vor, die er gerade geschrieben hatte, es war ein komisches, trauriges Buch, es erzählte keine Geschichte, oder vielmehr, eine völlig pulverisierte Geschichte, als sperrte sie sich gegen das Erzähltwerden, die Geschichte eines kleinen Jungen, den man in eine Abstellkammer gesperrt hat, aber man konnte kaum folgen, ständig sagte ich zu ihm, Warum kannst du die Geschichte nicht einfach von vorne bis hinten erzählen, ohne die ganzen Mätzchen, aber dann wurde er zornig, Du kapierst aber auch gar nichts, es kommt nicht auf die Geschichte an, es kommt darauf an, wie sie erzählt wird, da war er stur, kompromißlos, dennoch, ich wußte, daß er so schreiben mußte, er mußte einfach, ich glaube, ich war die einzige, die das verstand

vom Comer See aus fuhren wir nach Süden, ja, ich erinnere mich, mit dem Zug, nach Florenz, bloß um die Galleria Degli Uffizi zu besuchen, wegen der Botticellis, Botticelli war immer einer meiner Lieblingsmaler, sagte er oft zu mir, weil du so aussiehst wie die Frauen, die er gemalt hat, ätherisch und wollüstig, er übertrieb natürlich, nahm mich auf den Arm, wir hetzten von Raum zu Raum in diesem riesigen, verstaubten Museum, die Marmortreppen rauf und runter, wir müssen wie typische Touristen ausgesehen haben, wie wir die Leute anrempelten, hier und da halt machten, um ein berühmtes Gemälde oder eine Skulptur zu bewundern, er wußte eine ganze Menge über Malerei, vor jedem Bild hielt er mir einen Vortrag, aber das störte mich nicht, er hatte immer etwas Faszinierendes zu sagen, auch wenn er es sich meistens nur ausgedacht hatte, wenn er noch einmal von vorn anfangen könnte, sagte er oft, würde er Maler werden, wie sein Vater, wußtet ihr, daß sein Vater ein Künstler gewesen war, ein surrealistischer Maler, ja, bevor er ausgelöscht wurde, ich habe ihn nie kennengelernt, aber er muß ein bemerkenswerter Mann gewesen sein, aber ohne viel Glück, mein armer Mann dagegen konnte nicht mal eine gerade Linie zeichnen oder einen Nagel in die

Wand schlagen, ohne sie zu demolieren, er hatte zwei linke Hände, so ein ungeschickter Kerl ist mir nie wieder begegnet

ist wirklich sehenswert, diese Galleria, seid ihr schon mal dagewesen, obwohl ich mich noch gut daran erinnere, daß er gesagt hat, Eigentlich gefällt es mir hier nicht, es ist wie ein Supermarkt für Kunst, ein Flohmarkt, alles ist zusammengewürfelt, er hatte recht, da paßt nichts zusammen, die Gemälde und Skulpturen wirken alle wie fehl am Platze, ich kann mich noch entsinnen, wie wir lange oben am Ende einer gewaltigen Treppe gestanden haben und Donatellos Holzstatue der Maria Magdalena betrachteten und wie ich dann sagte, Was für eine Schlichtheit, schau, wie ihre Hände nicht ganz gefaltet sind, und doch ist Beten für sie offensichtlich die einzige Hoffnung, worauf er etwas verärgert antwortete, Ja, aber so wie sie hier steht, auf diesem Podest, durch das Geländer vom Zuschauer abgeschnitten, wird ihrer Geste alles Innige genommen, und statt dessen sollen wir nun die Kunst anbeten — das ist es, was mich hier stört, dieses Museum macht uns zu passiven Anbetern und läßt nicht zu, daß wir mitfühlende Zeugen werden, Das ist wahr, sagte ich, du hast recht, das ist mir gar nicht aufgefallen, aber schön ist sie doch, oder

warum mir gerade dieses Gespräch so gut in Erinnerung geblieben ist, weiß ich nicht, irgendwie hat es sich die ganzen Jahre über gehalten, vielleicht weil es zeigt, wie verschieden wir waren und wie wir uns doch gegenseitig ergänzten, und, richtig, jetzt fällt es mir wieder ein, genau in diesem Moment blieb ein alter Mann neben uns stehen, ich kann mich noch genau an sein runzliges Gesicht erinnern und die listigen grauen Augen, er hatte uns wohl zugehört, denn er sagte, Das ist ihr gleichgültig, sie sieht uns gar nicht an, sehen Sie mal, wie sie den Blick in die düstere Vergangenheit oder in die ungewisse Zukunft abgewendet hat, und dann ging er davon, der alte Mann, einfach so, ich hätte mich noch gerne etwas mit ihm unterhalten, vielleicht war er ein Künstler oder ein Museumsführer, er trug ein Namensschild am Revers, und diesen Namen habe ich nie vergessen, Minkoff, so hieß er, Minkoff, er war kein Amerikaner, sein Englisch war zwar fast fehlerlos, doch sprach er mit Akzent, ist schon seltsam, warum sich einem manchmal so flüchtige Eindrücke für immer einprägen, ich sehe sein Gesicht noch genau vor mir, so ungefähr muß mein Mann jetzt aussehen, zehn Jahre, ja, zehn Jahre ist das jetzt her, seit ich ihn zum letzten Mal gesehen habe

dann fuhren wir nach Rom, es war, als liefen wir vor etwas davon, vor dem Rest der Welt, irgendwohin, auf der verzweifelten Suche nach einem idealen Ort, wo wir allein sein konnten, aber immer landeten wir im dichten Getümmel, so als seien wir unbewußt nur darauf aus, zusammen gesehen zu werden, als sollten alle Leute merken, wie glücklich wir waren, man muß es uns angesehen haben, und ständig haben wir geredet, über alles und nichts, im Museum des Vatikans für moderne Kunst blieben wir einen Moment vor einem Chagall stehen, der Papst Johannes gewidmet war, Wie komisch, sagte ich, daß ein Jude hingeht und sein Werk dem Papst widmet, zunächst antwortete mein Mann nichts, aber dann, nach kurzem Nachdenken, sagte er, Mir gefallen seine Bilder immer weniger, sie sind sentimental, zu eingängig, das ist für Leute, die immer noch glauben, wahrscheinlich hat er es deswegen dem Papst geschenkt, wir gingen weiter, wir waren noch dabei, einander zu entdecken, herauszufinden, wer wir waren, was wir fühlten und dachten, und Stück für Stück kam es heraus, hier ein paar Worte, da ein paar Worte, das geht wohl allen so, die frisch verheiratet sind, ja, ich erinnere mich noch, später, am gleichen Tag standen wir in der Mitte des Kolosseums, verwilderte Katzen strichen uns um die Beine, es waren so viele, und alle sahen so aus, als würden sie verhungern, ich bekam es fast mit der Angst zu tun, da sagte er plötzlich ganz unerwartet zu mir, Man hat behauptet, ich sei ein Nihilist, ein Sinnlosigkeitsapostel, das hat er gesagt, genau das, warum weiß ich bis heute nicht, jedenfalls klang er danach sehr bedrückt, Ich wandere hierhin und dorthin, von einem Ort zum anderen, die meiste Zeit in meinem Kopf, Da bist du nicht der einzige, tröstete ich ihn, Ja, ja, ich weiß, es gibt viele wie uns, die die Welt anschauen, aber die Welt blickt nicht zurück, das macht das Leben ja so tragisch, wir standen uns gegenüber, er faßte mich bei den Schultern und sah mir in die Augen, Aber jetzt und hier schauen wir beide uns doch an, nicht wahr, sagte ich, und die Welt blickt auf uns, nicht wahr. Ja, ja, seine Miene hellte sich wieder auf, und deswegen existieren wir

danach flogen wir weiter nach Athen, es war verrückt, wir hatten das gar nicht vorgehabt, aber irgendwo sahen wir ein Plakat, auf dem Athen abgebildet war, und schon waren wir unterwegs, er hatte schon was Verrücktes an sich, unser Drang, immer weiter zu fahren, ständig den Ort zu wechseln und ununterbrochen zu reden, obwohl, manchmal kam es auch vor, daß wir lange Zeit nichts sagten, wenn wir nebeneinander auf dem Bett lagen und einander streichelten, und meistens war ich es, die dann nach einiger Zeit fragte, Woran denkst du jetzt, es schien, als ginge ihm irgendein Satz durch den Kopf, ich weiß nicht warum, aber es war ein französischer Satz, nun ja, wir haben auch oft französisch miteinander gesprochen, und außerdem war sein ganzes Leben ein Mischmasch von Französisch und Englisch, in seinem Denken wie in seinem Schreiben, so als wollte er die beiden Sprachen in seinem Inneren miteinander verschmelzen, aber an dem Tag, als ich ihn fragte, woran er gerade dachte, da antwortete er, La vérité de ce monde c'est la mort, il faut choisir, mourir ou mentir, ich blickte ihn verständnislos an und erwiderte, tu sais cela ne me dit pas grand chose sur notre situation présente, Sie hat einen reizenden Akzent, wenn sie französisch spricht, sagte Moinous, Und außerdem will ich nicht sterben, und lügen will ich auch nicht, ich versuchte zu lachen, als ich das sagte, Tu ne comprends pas que mourir et aimer c'est la même chose, erwiderte er und drückte mich an sich

das ist lange her, es war nicht einfach, ihn zu verstehen, oft war er schwermütig und doch so voller Lebensfreude voller Überschwang, aber auch so widersprüchlich, einmal, als wir in Santa Barbara wohnten, sagte er zu mir, Amerika gibt es nicht, ich muß es wissen, ich lebe dort, so war er, dreißig Jahre, geschlagene dreißig Jahre haben wir zusammengelebt, alles miteinander geteilt, und doch habe ich nie gewußt, was in ihm vorging, irgend etwas Gewaltiges, das ihn die ganze Zeit nicht losließ

von Athen aus flogen wir nach Korfu, wir flanierten durch die engen Gassen der Altstadt, ich kann mich gut daran erinnern, ich trug den großen Strohhut, den er mir in einem dieser kleinen Läden gekauft hatte, wütend waren wir, wütend auf uns selbst und aufeinander, wir hatten gerade unser letztes Geld im Kasino verspielt, wirklich alles, in diesem pompösen, etwas heruntergekommenen Palast, den Prinzessin Elisabeth von Österreich auf einem Hügel hatte errichten lassen und wo man auf einer Terrasse spielt, im Hintergrund leise Musik, alles hatten wir verloren, er war drauf und dran, unsere Tickets für den Rückflug in die Staaten zu versilbern und beteuerte immerfort, Ich sag's dir, mit diesem Geld können wir alles wieder zurückgewinnen die Tickets zu verkaufen, so verrückt war ich nicht, Niemals, sagte ich, das kommt nicht in Frage, und er wußte, daß ich es ernst meinte, Mensch, was war ich wütend, könnt ich euch das vorstellen, allein der Gedanke, die Tickets zu versetzen

Wenn du wütend bist, siehst du aus wie eine Tigerin, sagte er zu mir, komm, du Bestie, wir gehen zum Hotel zurück und gehen zusammen ins Bett, Verdammter Kerl, schrie ich ihn an, und wovon sollen wir das Hotel bezahlen, Ach, wir hauen einfach ab, sagte er, und das haben wir dann auch getan, ohne zu bezahlen, durch einen Nebeneingang, ich hatte furchtbare Angst, aber so war er, und ich gewöhnte mich allmählich an seine unberechenbare Art, wie er die schrecklichsten Situationen mit einem Achselzucken abtat, obwohl ich nie genau wußte, ob es ihm in der Seele wehtat oder nicht

ich war so wütend, Du kannst sagen, was du willst, sagte ich, ich will von deinem Gelaber nichts mehr hören, okay, wir gehen zurück zum Hotel und packen und dann nichts wie weg, und noch am gleichen Nachmittag, nachdem wir uns durch den Nebeneingang verdrückt hatten, sind wir in die Staaten zurückgeflogen, ja, wir waren verrückt damals, aber so verliebt

sie muß wirklich eine tolle Frau sein, sagte ich, als Namredef eine Pause einlegte, genauso habe auch ich sie in Erinnerung

ja, eine tolle Frau, nickten Namredef und Moinous, und du kannst dir gar nicht vorstellen, wie sehr sie noch an ihm hängt

aber sagt mal, hat sie denn mal irgendwas über seine Deportation gesagt, warum er ausgewählt worden ist kein Wort, nichts, das haben wir doch schon erzählt, sie wußte nicht mal davon, das einzige, was sie gesagt hat, gerade, als wir uns von ihr verabschiedeten, so als wollte sie uns eine Botschaft übermitteln, war ein Zitat, wahrscheinlich etwas, das der alte Mann mal geschrieben hat, sie fuhr sich mit einer Hand über die Stirn, als versuchte sie sich an den genauen Wortlaut zu erinnern, und dann sagte sie mit leiser Stimme, Nein, ich kann mich nicht damit abfinden, die Liste seiner Fehlkalkulationen zu sein, für meinen Schlußstrich ist es noch viel zu früh

das ist interessant, es stammt aus einem seiner Gedichte, aber das hilft uns auch nicht viel weiter, diesen Punkt hätten wir jedenfalls, und jetzt erzählt mal weiter, wie es June und dem alten Mann erging, was war mit ihnen

oh, sie blieben in Como, redeten und schliefen miteinander und hatten eine schöne Zeit, begann Moinous jetzt wieder

eines Nachmittags spazierten sie auf der Uferpromenade am See entlang, die Sonne war endlich herausgekommen, ein schöner Tag, wenn auch ein bißchen kalt, er war still, in Gedanken versunken, Warum bist du denn so ernst, fragte June, Ich bin nicht ernst, ich hab nur an etwas gedacht, Woran denn, er zögerte, weißt du, ich hab es dir nicht erzählt, aber ich war schon einmal hier in Como, es ist schon Jahre her, mit jemandem, den ich sehr geliebt habe und noch immer liebe, Deine Frau, nicht wahr, Ja, meine Frau, Du blöder Kerl, warum erzählst du mir das, June riß sich von ihm los, Ich weiß nicht, sagt er, ich weiß es wirklich nicht, tut mir leid

Schon gut, ich wollte nicht so gehässig sein, jeder hat wohl seine kleinen Geheimnisse und seine Gewissensbisse, sie hakte sich wieder bei ihm unter, aber sei nicht mehr so ernst und sag mal was, irgendwas, erzähl mir was, niemand kann wirklich schweigen, selbst wenn man ganze Meere von Gedanken durchquert, gibt es kein inneres Schweigen

Stimmt, du hast recht, aber dann können wir bei unserer Fahrt durch das Erwachsenenbewußtsein nur Ironie oder Sarkasmus hinüberretten

sie schüttelte den Kopf, Es ist erstaunlich, wie du immerzu solchen naiven Tiefsinn von dir geben kannst, sie schien verärgert

Jetzt hör mal bitte zu, er blieb stehen und sah sie an, du und ich hier, Tag für Tag lassen wir unsere überflüssigen Reden ab, und wenn wir damit fertig sind, sind wir wieder wie neu, das meine ich, wenn ich von Ironie rede

He, das hört sich gut an, nicht schlecht, der Gedanke, er faßte sich ans Kinn, Ja, kein schlechter Gedanke, aber eben nur ein Gedanke, und Gedanken verändern nichts, sie kommen und gehen einfach

Und was ist daran so schlimm

Nichts, außer daß Denken nicht das Schlimmste ist, fürchterlich ist es erst, wenn man nachgedacht hat, manchmal konnte er stundenlang so weitermachen, fast irrational in seinem intellektuellen Eifer, aber sie hielt mit, Das gleiche könnte man auch vom Leben sagen, oder auch vom Lieben

Sicher, nur, daß wir durch Leben verändern können, wir können die Ergebnisse unseres Handelns modifizieren, die der Tod schließlich unsterblich macht und verewigt, aber durch Denken können wir gar nichts bewegen, auch wenn wir so tun, deswegen kann man sich dem Leben nicht entziehen, während man dem Denken immer entkommen kann, und doch genügt es nicht, gelebt zu haben, es genügt nicht, geliebt zu haben, man muß auch ständig darüber sprechen, er schien jetzt völlig gedankenverloren vor sich hin zu brüten, und sie wußte nicht, was sie sagen sollte, da fügte er nachdenklich hinzu, Ich glaube, ich habe die Todesverfallenheit erreicht

So ein Quatsch, fuhr June ihn an, du alter Spinner, ich will nichts mehr davon hören, und dann, nach einem langen Augenblick des Schweigens setzte sie sanft hinzu, komm, wir gehen zurück zum Hotel und schlafen zusammen

als sie zum Hotel zurückgingen, legte er den Arm um ihre Taille, plötzlich blieb er stehen und zeigte hinüber zum See und auf die Berge dahinter, Das Universum ist ein autoerotischer Kreis

Jetzt geht es schon wieder los, mokierte sie sich, du bist unverbesserlich

aber er beachtete sie nicht, Ja, eine Schlange, die sich selbst in den Schwanz beißt, sie kennt keinen Unterschied zwischen Anfang und Ende

Ja, ja, ich weiß, sagte sie mit einem Anflug von Sarkasmus in ihrer Stimme, die Doppelschwingung, soll ich dir mal was sagen, ich fange an, mir Sorgen um dich zu machen, im Ernst, wenn du so weitermachst, wird man dich eines Tages auf einen anderen Planeten verschikken, mit dem Kopf nach unten, und dann hast du wirklich Grund, den Kopf hängenzulassen, sie lachte und fing an, auf einem Bein zu hüpfen wie ein kleines Mädchen, ehrlich, die schießen dich auf den Mond oder noch weiter

Hmm, sehr interessant, er hielt inne, seitdem wir zusammen sind, ist es schon das zweite Mal, daß du andeutest, ich könnte auf einen anderen Planeten geschickt werden, weißt du etwas, das ich nicht weiß

als sie wieder auf ihrem Zimmer im Albergo Carramaza waren, machten sie eine Flasche Champagner auf und tranken sich einen kleinen Schwips an, und dann fing er wieder an, daherzureden, als verfolge er im Geiste die verschwommenen Linien einer abstrakten Zeichnung, Es gibt zwei Arten von Versagen, nicht besitzen können, dies ist tragisch, und sich nicht mitteilen können, das ist komisch

Na, wenn das so ist, sagte June, die nackt mit gespreizten Beinen, die Arme in die Hüften gestemmt, in der Mitte des Zimmers stand, als wollte sie sich selbst in der Rolle der Barbarella parodieren, wenn das so ist, dann reden wir entweder weiter Schwachsinn und halten uns selbst zum Narren, oder wir schlafen jetzt sofort miteinander, damit wir nicht zu tragischen Figuren werden

Du bist großartig, sagte er, und ein Lächeln huschte über sein Gesicht, als er sie sanft zum Bett bugsierte, warum können wir denn nicht einfach tragikomisch sein

es hat nur ein paar Wochen gedauert, höchstens vier oder fünf, erzählten Namredef und Moinous, sie jagten von einem Ort zum anderen, redeten und redeten, liebten sich zu jeder erdenklichen Tages- und Nachtzeit, und dann war's vorbei, der Alltag rief sie zurück, sie zu einem neuen Film, einer neuen Rolle, die sie spielen sollte, in eine andere Geschichte, in eine neue Serie von Bildern und Images, ihn in seine Wortwelt, zu dem

Buch, an dem er damals schrieb oder das er gerade anfangen wollte

morgen früh muß ich abreisen, eröffnete sie ihm eines Abends, einfach so, ohne Kommentar, er tat so, als ob es ihm nichts ausmachen würde, fuhr in dem fort, was er ihr gerade sagte, als hätte er nicht das geringste gehört, er zuckte noch nicht mal mit der Wimper, doch später an diesem Abend sagte er zu ihr, Ich hab das Gefühl, als ob ich dir für etwas danken müßte, aber ich weiß nicht wofür

Mir geht es genauso, antwortete sie, aber ich weiß auch nicht, wofür, am nächsten Morgen ging sie fort, er hörte, wie sie früh aufstand und ihren Koffer packte, tat aber so, als würde er noch schlafen, danach hat er nie wieder über sie gesprochen, nie wieder, Moinous und Namredef verfielen in Schweigen

nach kurzer Zeit brach ich das Schweigen und sagte, Und wenn wir jetzt seine Abreise nicht verhindern können, wird er die Erinnerung an sie in die Kolonien mitnehmen, wenn wir nicht schnell etwas unternehmen, solange er noch in diesem Vorzimmer sitzt, wird das Dröhnen in seinem Kopf die Bilder seiner Vergangenheit verschwimmen lassen

Vielleicht sehen sie sich da oben wieder, meinte Moinous ohne rechte Überzeugung

Vielleicht, aber wie würden wir davon erfahren

wir bestellten noch eine Flasche Wein zum Käse und zum Nachtisch, dann schwiegen wir eine Weile nachdenklich vor uns hin, ich fragte mich, was June Fanon zu der ganzen Sache sagen würde und ob sie sich überhaupt noch an ihn erinnerte

Das ganze klingt wie eine Parodie auf das Leben, sagte ich schließlich, als wir mit dem Essen fast fertig waren

Möglich, antwortete Namredef mit einem Stück fromage de chèvre im Mund, aber Parodie gibt es nur im Verhältnis zu etwas Echtem, das mehr oder weniger verborgen ist

Völlig richtig, nahm Moinous den Faden des Gesprächs wieder auf, und Karikatur gibt es nur in bezug zu einer nicht entstellten Form, Wörter belügen nur die, die vor ihrer Wahrheit Angst haben

Mag ja sein, sagte ich und leerte mein Glas Wein, doch unterdessen ist unser alter Freund immer noch in diesem Zimmer eingesperrt, und was tun wir, wir sitzen da und reden, schwelgen in Erinnerungen, stopfen uns den Bauch mit guten Sachen voll und philosophieren wie die Eierköpfe, sehr rücksichtslos von uns

V

Ja, morgen werde ich unterwegs sein, sagte er zu uns, als wir bei ihm waren, gerade vor ein paar Stunden, und er weigert sich nach wie vor, irgend etwas zu tun oder zu sagen, was ihn retten könnte, obwohl wir versucht haben, ihn zu überzeugen, daß das Ganze ein Irrtum sein muß, Computer zeichnen schließlich auch menschliche Irrtümer auf, das ist doch bekannt

habt ihr ihm das tatsächlich gesagt

na klar, wir haben ihm auch erzählt, daß all unsere Anfragen bei den höchsten Regierungsstellen nichts erbracht haben, was seine Deportation rechtfertigen könnte, nicht einmal vage Hinweise, nichts

und was hat er dazu gesagt

tja, nicht viel, bloß Liebe Freunde, es ist zu spät, laßt mich jetzt, laßt mich, ich will jetzt ein wenig allein sein, mit dem alten Sam

was heißt hier zu spät, wir haben noch längst nicht alle Möglichkeiten, alle offiziellen und nichtoffiziellen Quellen ausgeschöpft, die uns zur Verfügung stehen, schließlich sind wir, genau wie du, immer noch Mitglieder des W.O.W., angesehene Mitglieder des Weltverbandes Offenes Wort, und das zählt etwas, gib uns doch bitte einen Anhaltspunkt, irgendwas, alles, was man sonst an

Gründen und Andeutungen aufgetischt bekommt, wenn jemand zu Unrecht deportiert wird, das übliche Blabla, scheint auf deinen Fall nicht zuzutreffen, so hilf uns doch

Nein, mein lieber Nam, mein lieber Moimoi, es ist zwecklos, da hilft alles nichts, sagte er mit einer Spur Zynismus und streichelte Sam über den Kopf

überrascht mich nicht, sage ich und lehne mich in meinen Stuhl zurück, richtige Zyniker sind oft die freundlichsten Leute, denn sie sehen die Sinnlosigkeit des Lebens, und aus dem Wissen um diese Sinnlosigkeit entsteht so eine Art kosmischen Mitleids, und so verhält es sich auch hier

richtig, bestätigt Moinous, niemand hat sich seine Sicht der Dinge härter und schmerzlicher erarbeiten müssen als er, aber er hat nichts von Selbstmitleid an sich, das kann ich euch versichern, keine Spur

das glaube ich, im Gegenteil, so wie ich ihn kenne, bemitleidet er eher die, die unwillentlich oder irrtümlich über sein Schicksal entschieden haben

doch unterdessen sind wir, seine Freunde, Weggenossen und alten Begleitstimmen, alle hier versammelt, um seinen Abgang zu begleiten, seine Abreise, seine Vertreibung, verdammt noch mal, und müssen alle ohnmächtig zusehen, wie er an der Schwelle eines neuen traurigen Anfangs steht, uneins und zerstritten, da unsere Wege unweigerlich, langsam aber sicher auseinandergehen, normalerweise reden wir nicht so hochtrabend, so geschwollen daher, meinen Namredef und Moinous zu mir, aber in diesem Fall ist es einfach angebracht

ich nicke verständnisvoll, was soll ich anders tun, das hat er nicht verdient, trotz seiner Fehler, seines Egoismus, seiner Unvollkommenheit und Schwächen, niemand ist vollkommen, nein, trotz seiner Sturheit, seiner Unvernünftigkeit, seines unnützen Trödelns und Zeitvergeudens, angefangen bei seiner seltsamen Geburt in der uranfänglichen Abstellkammer, meinem unergründlichen Ursprung, wie er zu sagen pflegte, bis hin zu dieser letzten Zelle, dieser Metallzelle, an der Schwelle zum neuen Jahrhundert, oder schließt sich hier vielleicht der letzte Türspalt, nach all dem aberwitzigen Hin und Her, den Millionen und Abermillionen vergeudeter Wörter und Gesten

das sind seine Worte, ich gebe sie hier nur wieder, aus zweiter Hand

Wie bitte, ach, ihr wüßtet gerne, woher ich all die Informationen habe, von den Erzählern natürlich, von Moinous und Namredef, den Erzählern dieser Geschichte, deren Identität und Stellung innerhalb dieser intramuralen Darstellung sich noch klarer abzeichnen wird, wenn sie ihre Nachforschungen weiter vorantreiben, wenn sie von der Angst des alten Mannes, seinen Selbstzweifeln und seiner Furcht berichten, aber auch von seinen Freuden, seinen Lachanfällen, dem verrückten markerschütternden Lachen, das ihn sein Leben lang begleitet hat, gestattet uns daher ein wenig Eleganz, einen Hauch von Glanz und Dekor, von Stil, ja Stil ist es, was wir hier brauchen, am Rand der Finsternis, angesichts der Endlosigkeit des Überlebens am Abgrund, im ständigen Kampf gegen den Wind, Stil soll sie haben, die Reise morgen, denn wenn in dieser Nacht nichts Besonderes passiert, wird er morgen zu den Vertriebenen zählen, zu denen, die man aus unserer Welt verbannt hat, die Entscheidung ist unabänderlich, hat man uns gesagt

da sitzt er, der runzlige, alte Körper, und stirbt nicht, sitzt dort im letzten Abstellraum, im Wartezimmer, im Transitraum zur Zukunft, die ihn zwischen den Sternen erwartet, und wie die vielen anderen Männer, Frauen und Kinder aller Rassen, die wie er im Vorzimmer der Abreise sitzen und warten, zu Tausenden, das Kontingent von Silvester 1999, trägt er bereits die traditionelle Kleidung der für die Kolonie Bestimmten, eine weiße Tunika, nettes Detail, nicht wahr, und ergeht sich in Erinnerungen, den Überbleibseln seiner Vergangenheit, denkt zurück, denkt aber auch voraus, versucht, sich ein Bild zu machen von den Tagen, Monaten, Jahren, die ihm bevorstehen, dort draußen, in der großen Leere, der großen Weltraumfotze, wie Moinous sie in einem Anfall ohnmächtiger Wut einmal nannte

wenn er doch bloß etwas sagen würde, ich bin mir sicher, er kennt den Grund, aber nein, als wir vor ein paar Stunden bei ihm waren, erzählen Moinous und Namredef weiter, hat er nur gesagt und streichelte dabei seinen treuen Hund, Worte helfen uns, dorthin zu gelangen, wohin wir wollen, und sie hindern uns auch daran, dorthin zu gelangen, wozu also reden, hat ja doch keinen Sinn, laßt mich jetzt in Ruhe, ich muß allein sein, mich auf morgen vorbereiten

dich vorbereiten, Scheiße, wie denn, fragten wir ihn, er klang doch sonst nicht so förmlich, so geschwollen, so kennen wir ihn gar nicht, im Gegenteil, immer jovial, immer unbeschwert, heiter, ungezwungen, ja immer voll feiner Ironie, immer gut gelaunt, selbst in den schmerzvollsten und fürchterlichsten Augenblicken seines Lebens, den niederschmetterndsten Situationen, und es hat viele solcher niederschmetternden Momente in seinem Leben gegeben, aber wie oft haben wir gesehen, daß er sich in seine Fröhlichkeit und seinen sorglosen Optimismus zurückgelacht hat

vielleicht schickt man ihn gerade deswegen in die Raumkolonien, sage ich probeweise zu meinen beiden

Erzählern, wegen seines unerschütterlichen Optimismus, es wäre nicht der erste Fall, in letzter Zeit hat man viele deportiert, weil sie zu großen Optimismus an den Tag gelegt haben, zu viel Heiterkeit

nein, das haben wir zuerst auch gedacht, Namredef und Moinous schütteln den Kopf, aber man hat uns versichert, das sei es nicht, wäre ja auch wirklich lächerlich, wegen seines Optimismus, warum dann nicht wegen seines Eigensinns oder wegen seiner analen Zwanghaftigkeit, nein, das wäre zu weit hergeholt, obwohl es stimmt, unser alter Mann war immer ein glühender Optimist, und sein Lachen hat ihn mehr als einmal aus den Tiefen einer Depression gerissen, weißt du noch, Moinous, einmal hat er sich sogar aus einer langwierigen, fast tödlichen Krankheit wieder gesund gelacht

ja, ich erinnere mich, in Sizilien war es, er hatte Tuberkulose, genau wie sein Vater, spuckte Blut in die Kloschüssel und hustete sich die Lunge aus dem Leib, Spezialisten hatten ihm geraten, er solle ein warmes, trockenes Klima aufsuchen, sonst, nicht, daß er es sich hätte leisten können, das bestimmt nicht, aber wir haben ihm unter die Arme gegriffen, und nicht nur wir, wir waren damals unzertrennlich

wir saßen auf dem Balkon dieser netten Pensione di Sole in Palermo, zu dritt, wißt ihr noch, muß gut fünfzig Jahre her sein, ach was, viel mehr, zu dritt, wie eine Neuauflage der heiligen Dreifaltigkeit, wir waren sein Paul Rée und seine Lou Salomé

er litt unter Depressionen an jenem Tag, starken Depressionen, sein Zustand wollte sich nicht bessern, Wißt ihr was, sagte er und starrte mit leerem Blick auf das Meer, ich überlege mir ernsthaft, ob ich mir das Leben nehmen soll, um nicht mitansehen zu müssen, wie mein Leben letztlich scheitert, aber das wäre natürlich nur eine andere Form von Selbsttäuschung, denn das eigene Leben, das eigene Werk unvollendet zurückzulassen, bedeutet doch, daß Erfolg möglich gewesen wäre, was ungelebt, ungesagt bleibt, könnte jene potentielle Wahrheit in sich bergen, nach der man immer gesucht hat, diejenigen, die sich umbringen, tun das in der Überzeugung, daß sie diese Wahrheit schließlich erreicht hätten, wenn sie bis zu ihrem natürlichen Ende weitergelebt hätten, sie sterben in jener illusorischen Hoffnung, die uns andere in gewisser Weise am Leben erhält

dazu haben wir einfach gar nichts gesagt, wenn er uns mit dieser Art von Logik kam, waren wir immer sprachlos, auf seinem Gesicht spielte ein seltsames Lächeln

So ungewöhnlich ist das doch gar nicht, unterbreche ich meine Erzähler, in der Welt von heute mischt sich in den alten, schmerzlichen Gedanken an Selbstzerstörung oft eine heimliche, funkelnde Schadenfreude

Namredef beachtet mich nicht und erzählt weiter davon, was auf jenem Balkon geschah, Und dann fing er plötzlich an, uns eine Geschichte zu erzählen, das sah ihm ähnlich, mitten in einer Depression auf einmal mit einer Geschichte zu kommen, es war die seltsame Geschichte von dem kleinen Jungen in der Abstellkammer, die er uns schon so oft erzählt hat

Die Soldaten waren schon im Hof und schnauzten herum, seine Stimme klang wie von fern, es war früher Morgen, sehr früh, sechs Uhr morgens vielleicht, im Juli, glaube ich, oder vielleicht auch August, schwer zu sagen, und die Mutter weckte den Jungen sanft auf, er war gerade zwölf damals, sie weinte leise vor sich hin, pst, pst, der Junge muß gerettet werden, sagte sie und schob ihn vorsichtig in einen Abstellraum, er trug seine kurzen Jungenhosen, eine Kammer gleich draußen vor der Wohnungstür, auf dem Treppenabsatz, im dritten Stock, unmöglich zu sagen, ob der alte Mann sich aus den Fingern sog, was er da berichtete, oder ob er sich tatsächlich erinnerte, ein finsterer, muffiger Kasten, in dem alte Kleider verstaut waren, leere Häute, nannte er sie, staubige Hüte und alte Zeitungen, und als die Soldaten seine Mutter abgeführt hatten, seinen Vater und seine beiden Schwestern, sie stolperten die Treppenstufen hinunter mit ihren Bündeln, Nomadenbündel nannte er sie immer, klagende gelbe Sterne auf dem Weg zur Endlösung, um verarbeitet und weiterverarbeitet zu werden, als Schirm gegen das Licht, wie er es ausdrückte, und als alles wieder ruhig war, da setzte sich der kleine Junge auf einen Stapel Zeitungen, immer noch halbnackt, horchte auf die Stimmen jenseits der Wände und lutschte Zuckerwürfel, die er in einer Schachtel hinter den Zeitungen gefunden hatte, farbige Ringe vor den brennenden Augen, so hockte er stundenlang da und wartete wohl auf den Einbruch der Dunkelheit, damit er sein Loch verlassen konnte, und tastete mit den Händen im Dunkeln herum, ein Kribbeln im Bauch und Staub im Mund

an dieser Stelle begann der alte Mann zu husten, bekam einen regelrechten Hustenanfall, ein kleiner Blutfaden rann aus seinem Mundwinkel, wir beobachteten ihn und wußten nicht, was wir machen sollten, dann reichte ihm einer von uns ein Handtuch, der Husten hörte auf, er wischte sich den Mund ab und holte tief Luft, Verdammter Husten, sagte er, und erzählte weiter

Später, Stunden später, am Nachmittag, vor Bauchschmerzen fast wahnsinnig, ja, das arme Kind mußte auf die Toilette und hatte ein schlechtes Gewissen, weil es nicht da machen konnte, wo man soll, faltete er eine der Zeitungen auseinander, eine voll mit Bildern von siegreichen Soldaten beim Einmarsch in die Stadt, und, in der Hocke wie ein Tier, wie eine Sphinx, drückte er seine Angst heraus und hielt dabei den Penis von den Beinen weg, um sich nicht naßzumachen, dann faltete er alles zu einem sauberen Päckchen und beroch danach unwillkürlich die Wärme an seinen Händen, und als es dann draußen endlich dunkel war und die Züge durch die Nacht schon nach Osten rollten, da kletterte er über die Leiter neben der Tür seiner Abstellkammer zur Dachluke hinauf und deponierte sein schmuddeliges Päckchen auf dem Dach

der alte Mann musterte uns mit einem Lächeln, für die Vögel, nehme ich an, oder damit es sich im Wind auflösen und Jahre später zum Symbol seiner seltsamen Wiedergeburt werden konnte, dann ging der Junge die Treppen herunter, langsam, eine Stufe nach der anderen, tastete sich im Dunkeln vorwärts, an den Wänden entlang, und zählte jede Stufe wie in einem Spiel, aber auf der zwölften Stufe glitt er aus und fiel, eine Tür öffnete sich, und ein Mann rief, Ist da wer, er hatte sich einen von Vaters Mänteln angezogen, der ihm bis zu den Knöcheln ging, und einen staubigen Filzhut aufgesetzt, der ihm ständig über die Augen rutschte, und als er nach draußen kam, auf den Innenhof, fing er an zu laufen, barfuß, Schuhe hatte er in der Kammer nicht gefunden, rannte unbeholfen auf die weite Leere seines Schicksals zu, sein Leben lang dazu verurteilt, diesen dunklen Beginn immer wieder zu durchleuchten, immer neue Fragen zu stellen und nie zu begreifen, wie er an jenem Tag aufgehört hatte, Sohn zu sein und sein eigener Vater geworden war, der alte Mann hielt inne und rieb sich unzufrieden das Kinn, der Schluß der Geschichte gefällt mir nicht, sagte er, daran muß ich noch ein bißchen feilen ich habe nie verstanden, warum er uns diese Geschichte erzählt hat, sagt Moinous und greift nach der Packung Zigaretten auf meinem Schreibtisch, darf ich, und ausgerechnet an diesem Tag, und warum er sie immer wieder erzählt hat, einmal hat er sogar versucht, sie aufzuschreiben

stimmt, bestätigt Namredef, er hat es uns mal gezeigt, so wie es geschrieben war, war es kaum lesbar, er hatte sich eine spezielle Form dafür ausgedacht, eine ausgefallene Typographie, lauter perfekte Vierecke aus Wörtern, ohne jedes Satzzeichen, ohne jeden Absatz, ein einziger langer außer Kontrolle geratener Wortrausch ohne Anfang und ohne Ende, lauter Kästen voller schwarzer Wörter, Gefangene ihrer eigenen Form, er nannte es The Voice in the Closet / Die Stimme in der Abstellkammer, ein dunkler, verwirrender Text, jahrelang hat er daran gearbeitet, nannte es immer Meine Zeit in der Hölle, ein Bollwerk der Unlesbarkeit, wo eine Stimme in seltsamer Rollenverkehrung in die andere hineinspricht, wo sich der Autor von der Stimme der Fiktion den Vorwurf gefallen lassen muß, er habe die ganze Story vermasselt, ihm sei es nicht gelungen, die wirkliche Geschichte zu erzählen, und zwar vom anderen Ende der Ferne, wie es im Text heißt

meint ihr, es ist autobiographisch, frage ich, aber Namredef und Moinous wollen sich anscheinend nicht festlegen

Meiner Ansicht nach ist eine Biographie immer etwas, das man nachher erfindet, nach den Fakten, antwortet Namredef

und meistens von jenseits des Grabes, outre-tombe, ergänzt Moinous, denn die Wahrheit der Welt ist der Tod, man muß sich entscheiden, sterben oder lügen wie wahr, sagt Namredef, und Literatur ist nichts als die Umformung alter Wahrheiten zu Lügen oder umgekehrt

hört mal, Jungs, dieses Gequassel bringt wirklich nichts, jetzt erst mal weiter

kennst du diese Geschichte gut, ich meine The Voice in the Closet, fragt mich Namredef

ja, ich hab sie mal gelesen, ist schon ne Weile her, das reinste Verwirrstück, ohne jeden Zusammenhang, aber irgendwie berührt es einen, ich glaube nicht, daß es irgend jemand richtig begriffen hat, aber das ist jetzt auch gar nicht wichtig, wie wär's, wenn ihr beiden endlich mit eurem Bericht weitermachen würdet

du meinst, was geschah, nachdem er uns die Geschichte von dem kleinen Jungen in der Abstellkammer erzählt hatte, nun ja, wir blieben einfach auf dem Balkon der Pensione sitzen, die Sonne ging gerade unter, es war ein herrlicher Abend, ein Sonnenuntergang, wie er für das Mittelmeer typisch ist, irgendwie hatte ihn das Erzählen aufgemuntert, er fühlte sich besser, Viel besser, sagte er, sein Gesicht bekam wieder ein bißchen Farbe, er stand auf und reckte seinen schlanken und hochgewachsenen Körper, durch die blasse Haut zeichneten sich die Rippen ab, er war sehr abgemagert, er stützte sich auf das Balkongeländer und ließ seinen Blick über das Meer gleiten, Manchmal staune ich darüber, sagte er ruhig, wie ich es geschafft habe, in meinen eigenen Geschichten eine Rolle zu spielen, und wie aus diesem Jungen eine Figur in meinem eigenen Leben geworden ist, und plötzlich fing er an, zu lachen, lachte und hustete gleichzeitig, und zwar heftig, beinah hysterisch, als ob bei ihm da drinnen etwas zerrissen wäre

Ich fühle mich besser, viel besser, wirklich, und er lachte immerzu, tagelang, ja, tagelang, sogar nachts, wenn er allein auf dem Balkon der Pensione stand, dem diesigen Meer zugewandt, konnten wir ihn von unserem Zimmer eine Etage tiefer hören, sein Zimmer lag genau über unserem, ja, wir konnten hören, wie er lachte, immerzu, ein teuflisches Lachen, so als wollte er die Natur und seine Krankheit herausfordern, und manchmal sprach er im Lachen sogar laut vor sich hin, eines Nachts redete er so laut, daß wir dachten, es sei noch jemand oben in seinem Zimmer, obwohl wir die einzigen Gäste der Pensione waren, wir standen auf und schlichen die Treppe hoch, um ihn durch die geöffneten Fenstertüren zu beobachten, ohne daß er uns im Dunkeln sehen konnte, er stand da, über das Geländer gebeugt, als spräche er mit jemandem da unten, aber da war natürlich niemand

Diese beschissene Welt ist randvoll mit falschen Hoffnungen, rief er, wir versaufen in einer Jauchegrube theosophischer Emanationen, kosmischer Influenzen, okkulter Mächte, spiritueller Heimsuchungen, stellarer Vibrationen und göttlicher Furze, ja, das ist alles Scheiße, de la merde molle et fumante, hört ihr mich, de la saloperie, de la crasse

wir ließen ihn einfach weiterreden, ohne uns einzumischen, und gingen wieder zurück auf unser Zimmer, er aber stand Nacht für Nacht da und lachte und plapperte wie ein Irrer, wir glaubten schon, er würde den Verstand verlieren, aber wunderbarerweise, anders kann man es nicht nennen, war er keine zwei Wochen später wieder geheilt, gesund und munter, es war kaum zu glauben, er hatte sich einfach gesundgelacht

è stupefacente, è fantastico, sagte der alte sizilianische Arzt, der sich um ihn kümmerte, nachdem er ihn untersucht hatte, die Flecken auf seiner Lunge gingen langsam zurück, und das Blut schoß ihm nicht mehr in den

Hals, er hatte auch seinen gargantuesken Appetit wiedergefunden, verschlang gewaltige Schüsseln Pasta zum Frühstück, zum Mittag- und zum Abendessen, oh er liebte Pasta über alles, habt ihr gewußt, daß er mal einen ganzen Roman geschrieben hat, während er sich ein Jahr lang nur von Nudeln ernährt hat, ehrlich, Nudelzeit hat er das Buch genannt, später hat er den Titel allerdings noch mal geändert, soviel ich weiß

ist ja auch egal, jedenfalls kam er schnell wieder in Form, und eines Morgens weckte er uns ganz früh und schlug vor, wir sollten zum Spielen nach Monte Carlo fahren, für ein paar Tage, eine Woche oder so, egal, er war geradezu besessen von Monte Carlo, wo er früher schon eine Menge Geld verloren hatte und in Zukunft sicher noch viel mehr verlieren würde, aber er war überzeugt, daß er eines Tages gewinnen würde, Irgendwann, verdammt, muß ich doch mal Glück haben, und dann sahne ich groß ab

er lud sogar den alten Arzt ein mitzukommen, Dire mio caro Dottore, er konnte ein paar Worte Italienisch, die er immer wieder falsch gebrauchte, waren Sie schon mal in Monte Carlo, es ist der schönste Ort der Welt, molto grandioso, si, molto dekadent auch, doch der alte Sizilianer schüttelte nur entsetzt den Kopf und murmelte vor sich hin, Dio mio, Dio cane

tja, so war er eben, unser alter Mann, so unberechenbar, so sprunghaft und so leichtfertig mit seinem eigenen Leben, mal himmelhochjauchzend und dann wieder zu Tode betrübt, immer war er mehr am Tun interessiert, als an dem, was dabei herauskam, aber du kennst ihn ja, sagt Moinous zu mir, ist nicht leicht, mit ihm auszukommen

am selben Nachmittag noch verließen wir drei Palermo, setzten mit der Fähre zum Festland über, und dann mit dem Zug aus der Stiefelspitze raus, nein, natürlich hatten wir nicht viel Geld, konnten uns gerade so über Wasser halten, aber damals war uns das absolut egal, alle möglichen Leute haben wir angepumpt, Freunde, Kredithaie, und wenn's gar nicht anders ging, haben wir eben verpfändet, was uns noch blieb, sogar unsere Schreibmaschinen oder unsere Diktiergeräte, als die Schreibmaschinen aus der Mode kamen, unsere Armbanduhren oder unsere Wintersachen, sobald der Frühling kam, was für ein Leben, doch dem alten Mann gelang es immer wieder, alles mit einem seiner üblichen Sprüche abzutun, ich weiß noch, wir stiegen gerade im Bahnhof von Monaco aus dem Zug, da sagte er, Oui la vie c'est ça, un jour on est prêt à crever et le lendemain bah on dit merde à la vie, wie immer, wenn er französischen Boden betrat, fiel er sofort wieder in seine Muttersprache zurück, als fühlte er sich plötzlich befreit

eine frenetische Woche voller Ausschweifungen brachten wir in Monte Carlo zu, die ganze Nacht am Spieltisch und tagsüber geschlafen oder gevögelt, zumindest der alte Mann machte es so, völlig außer Rand und Band war er damals, eine wilde, maßlose Geilheit, als wollte er auf einen Schlag alles nachholen, was er versäumt hatte

ich weiß nicht so recht, ob wir dir das erzählen sollten, Namredef zögert, aber an einem Nachmittag nahm er drei filles de joie mit auf sein Zimmer, uns war das sehr peinlich, erinnern sich die beiden Freunde, wir wohnten in einem ziemlich luxuriösen, etwas miefigen Hotel, er war so fest überzeugt, wir würden im Casino gewinnen, daß er das teuerste Hotel aussuchte, aber an diesem Tag, ich meine an dem Tag, als er die drei Huren mit aufs Zimmer nahm, haben sie uns aus diesem schnieken Hotel rausgeworfen, als man ihn dabei erwischte, wie er einem der Mädchen die große Wendeltreppe hinunter nachjagte und sie schließlich in der Empfangshalle zu packen bekam, eine kleine, rundliche, kichernde Brünette mit Riesentitten, beide waren sie splitternackt, Komm her du salope, schrie er zwischen all den eleganten Leuten, die da in der prächtig ausstaffierten Empfangshalle wie Schaufensterpuppen herumstanden, er warf sie sich über die Schultern und trug sie wieder in sein Zimmer hinauf, ihre Arschbacken schimmerten im Licht des Kristalleuchters, er warf sie bäuchlings aufs Bett, kletterte auf sie und klemmte ihren zuckenden Körper zwischen seine haarigen Beine

damit wir uns nicht falsch verstehen, fügt Namredef entschuldigend hinzu, wir haben diese Szene nicht etwa miterlebt, sie ist uns erst viele Jahre später zugetragen worden, mehr oder weniger so, wie's passiert ist, obwohl man bestimmt einiges unterschlagen hat

und währenddessen, fährt Moinous fort, waren die beiden anderen Mädchen auf dem Bett daneben voll zugange, küßten, leckten und befingerten sich ihre Fotzen, wild und hingebungsvoll, Hoch den Arsch, befahl der alte Mann der Brünetten zwischen seinen Beinen und schob ihr dabei ein Kissen unter den Bauch, sie wand sich immer noch kichernd, eh arrête de bouger comme ça et lève ton cul cocotte, und als sie seinem Wunsch nachkam, faßte er sie bei den Oberschenkeln, hob sie, machte einen Bogen, eine Brücke aus wollüstigem Fleisch aus ihr und schob ihr von hinten seinen steifen Schwanz ins feuchte Loch, sie stöhnte vor Entzücken

ich vögelte so schön vor mich hin und grunzte voller Lust, das sind seine eigenen Worte, als ich plötzlich etwas Kitzliges an meinem Hintern spürte, es war naß und vorsichtig tastend, eins der beiden anderen Mädchen hatte mir die Zunge ins Arschloch gesteckt und leckte zart und neugierig, während sie ihren Arm um meine Hüfte schob und mit meinen Eiern spielte, es war zum Verrücktwerden, vas-y mollo mignonne, sagte ich fast außer mir, das dritte Mädchen hatte sich unterdessen vor mein Gesicht geschoben, die Schenkel weit geöffnet, und reckte ihre pelzige Möse meinem Mund entgegen, ich warf mich nach vorn und tauchte mein Gesicht hinein, wir vier bildeten ein Knäuel aus menschlichem Fleisch und Schweiß, ein richtiges Tableau, ich sage euch, auch Hans Bellmer hätte das nicht besser hingekriegt, à la Biennale de Venise hätten wir bestimmt den ersten Preis für die beste Komposition bekommen, und wir leckten, fummelten, knufften, fickten in einem fort, Ihr macht mich wahnsinnig, schrie ich und rammelte weiter, mein Körper erschauerte unter wilden Zuckungen, das Mädchen vor meinem Gesicht griff nach einer Packung Zigaretten auf dem Nachttisch, Gitanes, ich weiß es noch genau, zündete eine an, steckte sie sich zwischen die Zehen und hielt sie mir hin, ich tat einen Zug, einen tiefen Zug, und während ich den Rauch ganz langsam herausblies, ergoß ich mich in die rundliche Brünette, Mann, bin ich gekommen, hab sie richtig vollgeladen, und dann haben wir vier auf dem Bett uns einfach fallen lassen, Arme, Beine, Titten, Ärsche, ein einziges Durcheinander aus schwitzendem, kicherndem Fleisch

in diesem Augenblick sind wir ins Zimmer gekommen, erklären mir Namredef und Moinous, zusammen mit dem keifenden, wütend gestikulierenden directeur de l'hôtel, Ah ah vous voyez Messieurs, non vraiment je regrette beaucoup mais vous comprenez ce genre de conduite, dans un établissement comme le nôtre, et en plein jour pardessus le marché, ah ça alors non, non, wir haben uns nicht mit ihm angelegt, sind einfach in ein anderes Hotel gezogen ich verstehe, und wie lange hat er es so getrieben, will ich wissen, doch Namredef und Moinous überhören meine Frage einfach und wechseln schnell das Thema

wir beide haben im Kasino verloren, am Ende alles, was wir hatten, auch wenn es nicht gerade viel war, der alte Mann aber hatte eine unerhörte Glückssträhne, in einer Nacht gewann er siebenmal hintereinander auf Zahl, stell dir das mal vor, siebenmal Zahl bei einer Gewinnquote von 36 zu 1, nein 35 zu 1, das zahlen sie dort aus, aber trotzdem, er setzte immer auf die beiden gleichen Zahlen, die Vier und die Zweiundzwanzig, ob diese Zahlen eine symbolische Bedeutung für ihn hatten, wissen wir nicht, obwohl er uns später erklärte, daß er, der Kabbala zufolge, ein Vier Zweiundzwanzig sei, was immer das heißen mag, sicherlich wird dir nicht entgangen sein, daß wir beide in Zahlenmystik nie besonders gut waren, aber das war jedenfalls der Grund, warum er ständig auf diese beiden Zahlen gesetzt hat, weil er eben ein Vier Zweiundzwanzig war, und in dieser einen Nacht gewann er sage und schreibe eine Viertelmillion Francs, ehrlich, ja, neue Francs natürlich, und daß Nam und ich pleite waren, machte überhaupt nichts aus, denn wir haben immer alles geteilt, das Geistige und das Materielle, Freude und Leid, ein perfektes Trio waren wir, eine wirklich perfekte Dreiecksbeziehung, einer ergänzte den anderen und machte das wett, was dem anderen fehlte, vor allem in puncto Charakter

das glaube ich euch aufs Wort, sage ich bei mir und werfe meinen beiden Erzählern einen nachdenklichen Blick zu, stimmt, der offene, rastlose Moinous und Namredef, immer so ruhig und bedächtig, und dann der alte Kauz, ein Gewirr von Verwicklungen und Irrationalitäten, ein herrliches Team

mit einem Teil des Geldes haben wir uns einen Alfa Romeo gekauft, ein wunderschönes Auto, nagelneu, mit blauem Verdeck und weißen Ledersitzen, einem elektrischen Fensterheber, Speichenfelgen, Michelinreifen, Fünfganggetriebe, zählt Moinous einzeln auf, er ist von uns immer derjenige, der auf die Kleinigkeiten achtet und dem nichts entgeht, zwei Tage und zwei Nächte fuhren wir in einem durch nach Hamburg, nur um uns da eine Aufführung von Wagners Parzival anzusehen, unser alter Freund hatte eine Schwäche für diese Oper, eine völlig irrationale Schwäche, sie stand völlig im Gegensatz zu seinem sonstigen Kunstgeschmack und auch zu seinen eigenen künstlerischen Neigungen, die, wie ihr ja wißt, eher aufs Esoterische und Ultraprogressive gingen

er wollte die ganze Strecke unbedingt allein fahren, durch die Schweizer Alpen, den Schwarzwald, dann weiter nach Freiburg, Stuttgart, Frankfurt, Köln, immer über Nebenstrecken, die viel befahrenen Autobahnen mied er und warf nie einen Blick auf die Straßenkarte, die wir vor unserer Abfahrt aus Monte Carlo gekauft hatten, er fand seinen Weg intuitiv und mit Hilfe zufällig auftauchender Straßenschilder, Ici on avance au pifomètre, lächelte er und faßte sich an seine Nase, während er immer Richtung Norden fuhr, Hamburg liegt doch im Norden, und dahin wollen wir doch, nach Norden, antwortete er, wenn uns Zweifel an seinem Orientierungssinn kamen, doch manchmal wurden wir das Gefühl nicht los, daß er die ganze Zeit im Kreis fuhr, und zu allem Unglück regnete es auch noch die ganze Fahrt über, Dieses Scheißland ist ein richtiger Pisspott, fluchte er immer wieder

Nam und ich wechselten uns auf dem engen, unbequemen Rücksitz ab, wo man nur mit angezogenen Beinen sitzen konnte, das ist doch verrückt, völlig wahnsinnig, murmelten wir ständig vor uns hin, bloß wegen einer blöden Oper hört auf, hier rumzumeckern, ihr zwei, sagte er und drückte aufs Gaspedal, ihr habt kein Geschichtsbewußtsein

Geschichte, daß ich nicht lache, was zum Teufel hat Wagners Parzival mit Geschichte zu tun, ist doch lachhaft, nur wegen einer Oper, und was für einer, war das nicht Nietzsche, fragte ich ihn, als wir durch Koblenz fuhren, der bei der Premiere des Parzival gesagt hat, in Bayreuth glaube ich, Welch ein Sumpf, was für ein verzerrtes, gewissenloses Stück, wahrhaft eines Cagliostro würdig

ja, das war Nietzsche, bestätigte Namredef, aber der alte Mann hatte nur mit den Schultern gezuckt und sei mal ehrlich, Moimoi, bist du denn nicht auch der Meinung, daß es sich gelohnt hat, war doch eine phantastische Aufführung

stimmt, einfach überwältigend, das muß ich sagen, ein denkwürdiger Abend, eine historische Aufführung, diese sechs Stunden in der Hamburgischen Staatsoper unter der Leitung von Eugen Jochum, wenn ich mich recht erinnere, und Sven Olof Eliasson als erster Tenor, grandios und majestätisch, aber auch ziemlich erschöpfend

der alte Mann war ganz aufgeregt, Wenn man diese Musik hört, versteht man die deutsche Seele, und vor allem den Nazismus, sagte er, als er den Saal verließ und das hell erleuchtete Foyer des Opernhauses betrat, er stand noch völlig unter dem Eindruck des Spektakels, heiter und angespannt zugleich, Wenn man so etwas erlebt, so etwas Wahnsinniges, dann kann man verstehen, warum Nazismus und Faschismus als obszöne und pornographische Formen der modernen Erneuerung angesehen werden, als eine verzweifelte Erneuerung machiavellistischer Macht, als gewalttätige Auferstehung einer Macht, die an ihrer rationalen Grundlage verzweifelt

immer wenn unser alter Mann so anfing, war es das beste, ihn einfach weiterreden zu lassen, bis er seinen Dampf abgelassen hatte, aber wir sagten immerhin, Kannst du dich nicht ein bißchen zusammenreißen, du brauchst doch nicht so zu brüllen, um uns herum standen all diese Deutschen, die aus dem Konzertsaal herausströmten, die meisten von ihnen stumm und mechanisch in ihren Gesten, als seien sie noch betäubt von der Aufführung, die sie gerade miterlebt hatten

er hörte nicht auf uns, Wagner mit seiner naiven neoromantischen Ekstase war einer der Wegbereiter des Nazismus, er wußte ganz genau, was er tat, seine mystisch-politischen Maskeraden sind die Vorläufer von Hitlers hysterischen Hollywoodspektakeln, ah Hitler, der größte metteur en scène aller Zeiten

wir standen immer noch im Foyer des Opernhauses und hatten das Gefühl, die Leute um uns herum versuchten aufzuschnappen, was der alte Mann gerade sagte, aber er ließ sich nicht beirren, seine Haltung war fast arrogant

Wißt ihr, irgendwie ist der Nazismus faszinierend, natürlich auch erschreckend, weil er alle politischen Wahrheiten herausfordert und alle Macht für sich beansprucht, bis zum Tod, seinem eigenen und dem der anderen, ein raffiniertes Blendwerk und auf tragische Weise selbstzerstörerisch, er hat es meisterhaft verstanden, sich noch einmal das ritualistische Prestige des Todes zunutze zu machen, indem er alles überdreht, übersteigert, aber auf eine Art und Weise, die völlig verlogen und schon bei ihrer Geburt überaltert und tot ist und deshalb nicht mehr den Charakter von Opfer, nichts Kathartisches mehr hat, die Politik des Nazismus heißt Tod, es ist eine Politik der Vernichtung unter dem Deckmantel unbegrenzter Staatsgewalt und rassischer Überlegenheit, die auf die systematische Ausrottung aller anderen hinausläuft und sich zugleich an der totalen Selbstvernichtung ergötzt

verdammt, halt doch mal die Klappe, komm, wir wollen jetzt gehen, sagten wir zu ihm und zerrten an den Ärmeln seiner Jacke

Ich aber nicht, laßt mich ausreden, und er redete weiter, noch lauter, ja, meine lieben Freunde, der Nazismus beruht auf einer rückwärtsgewandten Ästhetik, und alles Rückwärtsgewandte kann sich nur aus einer Obszönität und einer Gewalttätigkeit speisen die schon nostalgisch sind, wenn es dazu kommt, Nazismus Faschismus, das gleiche gilt natürlich auch für alle anderen Ismen, auch für den Kommunismus, das sind rückschrittliche Szenarien der Macht und des Todes, die schon überholt sind und ausgespielt haben, wenn sie in der Geschichte auftreten, und darin liegt auch die Bedeutung von Parzival, eine geschickte Verschiebung der Wiederkunft Christi oder, wie Kafka es einmal ausdrückte, eine falsche Ankündigung eines bevorstehenden Erscheinens des Messias, und vermutlich hat Nietzsche das gemeint, als er von Niedergang und Gewissenlosigkeit sprach, ja eine ewige Simulation einer im Sterben liegenden inneren Macht, die nur noch ein Zeichen dessen sein kann, was einmal war, was nun erloschen ist, begreift ihr jetzt, warum Parzival eine so verlogene Verkehrung der Geschichte ist

warum gefällt dir die Oper dann so gut, fragten wir ihn, warum hast du uns dann damit verrückt gemacht, wir müßten unbedingt hierhin fahren und dieses Ding ansehen ich mag sie als Kunstwerk, ein hinreißendes Kunstwerk, antwortete der alte Mann, und ich mag Wagners Musik, auch wenn ich die verlogene Ideologie hasse, die da mitschwingt, dieses Prätentiöse

Ist das nicht sehr widersprüchlich, wendeten wir ein

In der Kunst ist alles widersprüchlich, das müßtet ihr doch wissen

während er sprach, starrte er die Deutschen an, starrte sie ohne Scheu an, allesamt waren sie elegant gekleidet, ernst und schweigsam, wie benommen und verführt von der sechsstündigen Aufführung, die sie gerade gesehen hatten, wem wäre das nicht so gegangen, alle sahen sie so bedrohlich reich und selbstzufrieden aus, draußen regnete es, deshalb standen die meisten noch im Foyer der Oper

Nichts wie raus hier, meinte der alte Mann plötzlich und schob uns hinaus auf die Straße

Ich verstehe gar nicht, warum du dich so aufregst, meinte Namredef zu seinem alten Freund, ich begreife es nicht, schließlich warst du es doch, der hierhin wollte und achtundvierzig Stunden am Stück wie ein Besessener gefahren ist, um uns hierhin zu lotsen, der alte Mann ging mit langen Schritten, er rannte fast, Namredef und Moinous mußten laufen, um Schritt zu halten, sie sind beide klein von Gestalt und ein bißchen schlapp, Oder hängt es vielleicht damit zusammen, daß du Jude bist, fragte Namredef völlig außer Atem, auch ich bin Jude, und trotzdem rege ich mich nicht so auf wie du, wenn ich unter Deutschen bin, man kann nicht allen die Schuld geben, oder liegt es daran, daß deine ganze Familie von den Nazis ausgelöscht worden ist, na und, auch aus meiner haben sie in Auschwitz Lampenschirme gemacht, oder hast du das etwa vergessen

Aus meiner auch, warf Moinous ein, der sich die Seite hielt, während bei jedem seiner Schritte das Regenwasser hochspritzte

der alte Mann zuckte mit den Schultern, Nein, damit hat es nichts zu tun, und außerdem bin ich gar nicht aufgeregt, ich bin nur philosophisch, das ist alles, ihr beide verwechselt ständig Ideologie mit Gefühl, überhaupt, es ist erstaunlich, wie ihr beiden Schnorrer alles auf eure jüdische Sentimentalität reduzieren müßt

ach so, ihr wußtet nicht, daß auch Namredef und Moinous Juden sind, nun, ich hab es nicht erwähnt, weil ich dachte, es liegt auf der Hand, und außerdem ist es ja auch nicht ihre Geschichte, sie sind nebensächlich hier, ich habe sie nur eingeführt, um die Geschichte besser erzählen zu können, sie können aushelfen und gestatten hier und da mal einen Perspektivenwechsel und ein bißchen freies schöpferisches Spiel

wir ließen das Thema fallen, der alte Mann wurde langsam wütend, aber später, als wir auf der Terrasse des Kaffeehauses Bismarck saßen, mit Blick auf die Außenalster, und Kaffee mit Schlagsahne und ein Stück Haselnußtorte genossen, unser alter Mann war ein ziemlicher Feinschmecker, da nahmen wir das Gespräch von vorhin wieder auf

Ich für meinen Teil sehe nicht, was Wagners Parzival mit dem Judenproblem zu tun haben soll, sagte Moinous, als wäre das Gespräch völlig an ihm vorbeigelaufen, also beim besten Willen, ich sehe nicht, was Parzival mit der Frage der jüdischen Sentimentalität zu tun hat

Wer hat denn behauptet, daß das was miteinander zu tun hat, schnauzte der alte Mann, und überhaupt, ich habe damit nicht angefangen, das wart ihr

Okay, aber warum hast du dich denn so aufgeregt, vorhin, fragte Namredef, und erzähl mir nicht, es hätte nichts mit dieser Aufführung zu tun

Ich war nicht aufgeregt, ich hab nur nachgedacht, das ist alles, aber wo ihr beiden schon so voller Mitgefühl seid, will ich euch mal was über die Judenfrage erzählen, sie hat nichts mit Gefühl zu tun, sondern mit politischer Strategie, die Unterdrückung der Juden beginnt immer als Spiel und endet als Verbrechen, es geht immer schlimm aus, weil hier zwei undurchsichtige Realitäten aufeinander treffen, auf der einen Seite der in Frage gestellte Jude, der in seiner Unverwechselbarkeit bedroht ist, auf der anderen Seite der, der in Frage stellt, der Antisemit, der sich als Sprecher einer Allgemeinheit darstellt, als Sprecher eines Ganzen, des Volkes, der Gemeinschaft, der Nation, der Rasse, doch diese beiden Realitäten sind im Grunde undefinierbar, denn was ist das, die jüdische Unverwechselbarkeit, ist es eine bestimmte Haltung, eine Erinnerung, ein bestimmtes Geschehen, eine Nase oder ein beschnittener Schwanz, eine Reihe von Ritualen, sind es Worte oder Echos von Worten, ja, es ist wirklich schwer zu begreifen, durch was für eine vertrackte Operation das alles zu einer klebrigen, homogenen Universalität verschmelzen konnte, zu dem, was man jüdische Identität nennt, denn Juden sind ja nicht anders als alle anderen, wie uns der Rassismus weiszumachen versucht, und was uns die Juden mit ihrer Zählebigkeit zeigen, ist die Differenzbeziehung, die das menschliche Antlitz offenbart und unserer Verantwortung anvertraut, das wußte sogar Wagner

Oh, gut gesagt, warf Moinous ein

Und das ist auch der Grund, fuhr der alte Mann fort, wir waren wieder in unserem Hamburger Hotel und saßen in seinem Zimmer, er war wieder ganz aufgeregt, stand auf und rannte hin und her, schlug im Auf- und Abgehen mit der Faust auf die Möbel, das gute, solide deutsche Mobiliar, ja, das ist der Grund, warum es nicht ausreicht, die Juden auszuschließen, und warum es nicht genügt, sie auszulöschen, auch das ist zu wenig, ausradieren müßte man sie, aus der Geschichte ausradieren, aus den Büchern streichen, in denen sie zur Menschheit gesprochen haben, so als ob es sie nie gegeben hätte, ein und für allemal vernichten müßte man sie, vor und nach allen Büchern, ihre störrische Gegenwart, das geschriebene Wort, mit dem sich seit frühester Zeit die Menschen verständigt haben, mit anderen Worten, um die Juden loszuwerden, müßte man auch alle anderen aus der Welt schaffen, und genau das hat dieser beschränkte Gefreite Hitler nie begriffen, Körper kann man vernichten, und aus getrockneter Haut kann man Lampenschirme machen, aber Worte kann man nicht vernichten, sie überleben in den Korridoren der Geschichte, und da Juden und Bücher immer schon synonym gewesen sind, das hat uns Jabès gelehrt, vereint den Judaismus und das Schreiben schon immer ein und dieselbe Erwartung, ein und dieselbe Hoffnung, ein und dieselbe Erosion

Da hast du verdammt recht, sagten Namredef und Moinous wie aus einem Munde und nickten beifällig, während der alte Mann ins Badezimmer verschwand, Ich dusche mich schnell, rief er hinter der Tür, bin gleich wieder da

schweigend standen wir am Fenster, blickten auf die Stadt und ließen uns durch den Kopf gehen, was der alte Mann eben gesagt hatte, ein dichter Nebel legte sich über die Häuser, und plötzlich hörten wir die Sirene eines entfernten Schleppers, die in die Nacht heulte, es war ziemlich spät als der alte Mann aus dem Badezimmer kam, war er völlig angezogen, Mantel und alles

Wo willst du denn hin, fragten wir

Los, ihr beiden, bewegt euren lahmen Hintern mal 'n bißchen, jetzt gewinnen wir noch ein bißchen Geld, Wo denn, und um diese Zeit, fragte Moinous, In Lübeck, er rieb sich die Hände, Wie, Lübeck, Moinous blickte entgeistert, so spät in der Nacht noch, Na klar, da gibt's ein Kasino, ein sehr vornehmes, soviel ich gehört habe, das ist durchgehend geöffnet, und von hier aus ist es nur eine Stunde oder so

He, das ist ne tolle Idee, sagte Moinous mit einem kindlichen Glanz in den Augen, dann können wir uns auch das Haus von Thomas Mann ansehen, dem alten Buddenbrook wollte ich schon immer mal einen Besuch abstatten, ist doch in Lübeck, oder

Heiliger Strohsack, Moinous, schnaubte der alte Mann verächtlich, willst du damit sagen, daß du auf solchen Touristenschrott abfährst

Na ja, bietet sich doch an, oder, beharrte Moinous, und außerdem, wer weiß, wann wir noch einmal hinkommen

Also, jetzt mach mal nen Punkt, Moimoi, du willst mir doch nicht erzählen, daß du dir was aus Ruinen machst, und dann noch aus restaurierten Ruinen, nein, wenn wir hinfahren, dann einzig und allein zum Spielen, alter Sportsfreund, und nicht, um irgendwelche mickrigen Überbleibsel einer verkommenen Gesellschaft zu besichtigen, also, das Haus von Thomas Mann schlag dir mal aus dem Kopf, spielen, ja, im Kasino von Travemünde, dahin fahren wir, also los, schnappt euch eure

Mäntel und auf geht's, heute ist mein Glückstag, das spür ich

dieser alte Knabe ist wirklich 'ne Nummer für sich, und so rauschten wir ab in die Nacht, mit Karacho über die Autobahn in unserem kleinen Alfa Romeo, aber eine Stunde später, als wir im Zentrum von Lübeck an dem Haus von Thomas Mann vorbeifuhren, begann der alte Mann zu unserer Überraschung die letzten Zeilen aus den Buddenbrooks zu rezitieren, die habe er damals auswendig gelernt, als ich auf dem College war, puh ist schon ne ganze Weile her, nur so zum Spaß, mir gefiel der Klang der Worte, der Satzrhythmus, Sie stand da, eine Siegerin in dem guten Streite, den sie während der Zeit ihres Lebens gegen die Anfechtungen von seiten ihrer Lehrerinnenvernunft geführt hatte, bucklig, winzig und bebend vor Überzeugung, eine kleine, strafende, begeisterte Prophetin

wißt ihr, der alte Mann hielt inne, ich denke, als Thomas Mann diese Zeilen geschrieben hat, wollte er nicht nur eine desillusionierte Frau beschreiben, Sesemi Weichbrodt, so hieß sie, glaube ich, sondern auch das ganze Haus Buddenbrook, dieses Monument von Stolz und Selbstzufriedenheit, und darüber hinaus die Stadt selbst, Lübeck, ja Lübeck, diese alte Stadt, die schon viele hat leben und sterben sehen, eine Stadt der mitwisserischen Duldung, eine Stadt der Krankheit und des Genies, eine Stadt des Niedergangs und der Kultur, eine Stadt, in der der Zerfall des Lebenswillens einhergeht mit einer Vergeistigung, die den Tod hinzunehmen bereit ist, und, wißt ihr was, ganz Deutschland ist so, das ist es, ein doppelköpfiges Monstrum von Duplizität, Thomas Mann hat das begriffen, und diese Duplizität hat er sich zum ästhetischen und philosophischen Prinzip gemacht, und deswegen haben die Nazis ihn verjagt, sie konnten die Wahrheit nicht ertragen, doch er wußte Bescheid, und so recht hatte er, als er schrieb, daß der Geist hier als Haß sein Spiel treibt, und daß die Kunst eine schaffende Sehnsucht nach der Vergangenheit ist, und beides lebt fort in einem Land voller Betrogener und voller Hungernder, einem Land voller Ankläger und Leugner, ja, Thomas Mann wußte, daß der deutsche Hang zum philosophischen Idealismus nur die Scheinheiligkeit und Verrohung der Gesellschaft maskiert

Ich weiß nicht, was den alten Mann auf diese finsteren Gedanken gebracht hat, unterbrach Namredef seine Erzählung, und er ist auch nicht ausführlicher geworden, der Anblick dieses eindrucksvollen Hauses kann es jedenfalls nicht gewesen sein, nein, vermutlich stand er noch unter dem Eindruck von Wagners Oper, oder es war etwas Persönlicheres, aber stellt euch bloß mal vor, da fahren wir mitten in der Nacht durch Lübeck, und er hält uns solche Vorträge

na ja, jedenfalls fuhren wir zum Kasino, gleich auf der anderen Seite der Trave, wir beide haben nicht gespielt, erklärten Moinous und Namredef, wir haben nur zugeschaut, der alte Mann stand am Rouletterad und starrte auf die kleine weiße Kugel, als wolle er sie hypnotisieren, und als sie immer wieder in die Vier und die Zweiundzwanzig rollte, hielt er stur an seinen Glückszahlen fest, er rührte sich kaum von der Stelle, zeigte fast keine Regung, er raffte einfach seine Jetons zusammen, lässig, arrogant, und warf den Croupiers ein paar große rüber, Pour les employés, rief er verächtlich, Vielen Dank mein Herr, pour les employés, die ehrfürchtig zu ihm aufschauten, als sei er eine gottesähnliche Gestalt, obwohl er ziemlich kaputt aussah in jener Nacht, ziemlich schäbig und gar nicht wie ein Gottesmensch

seit vier Tagen hatte er sich nicht rasiert, und die Sexorgien von Monte Carlo, die lange kräfteraubende

Fahrt nach Hamburg, das Musikmarathon mit Wagner, all das hatte Spuren in seinem Gesicht hinterlassen, besonders in seinen Augen

Oui, il avait plutôt une sale gueule, meint Moinous auf französisch, da er das treffende Wort im Englischen nicht findet, um die bedauernswerte Verfassung seines Freundes zu beschreiben, ausgemergelt sah er aus, aber das tat seinem Glück oder seiner Arroganz keinen Abbruch, non pas du tout, er war unglaublich in dieser Nacht

Namredef und Moinous konnten sich nicht daran erinnern, wieviel er gewonnen hatte, aber es war eine schöne Stange Geld, er wollte alles in kleinen Scheinen, darauf bestand er, Tausende von kleinen Scheinen, damit es so aussah, als hätte er noch mehr gewonnen, der Kassierer mußte alles in Säcke stopfen, ihr kennt doch diese großen Plastiksäcke, grünliche Müllsäcke, acht waren es, das weiß ich noch, und im Morgengrauen fuhren wir dann nach Hamburg zurück, in dichtem Nebel, er saß am Steuer und fuhr wie ein Verrückter, völlig unkontrolliert, die Straße war kaum zu sehen, Der bringt uns noch um, sagten wir beide immer wieder, aber er überhörte es einfach, die ganze Fahrt über sprach er kein einziges Wort, nur einmal, da murmelte er vor sich hin, Nie wieder, nie wieder

als wir wieder in unserem Hotelzimmer waren, sah er uns mit einem seltsamen Lächeln an und erzählte uns dann ganz unerwartet, Man sagt, in dem Bunker, in dem Hitler und seine Vasallen ihre letzte Nacht verbrachten und ihre letzte Stellung bezogen, hätten die Generäle und Feldmarschälle, die immer noch von Größe und Sieg träumten, Hitler masturbiert und in ein kleines Reagenzglas ejakulieren lassen, und dann hätte einer von ihnen, Feldmarschall von Schleicher, den Bunker im Schutz der Dunkelheit verlassen und sich zu einem vorbestimmten Ort in der Schweiz begeben, wo er das kleine Reagenzglas an einer geheimen Stelle vergrub, damit man eines Tages, wenn die vollkommene Arierin gefunden sei, eine künstliche Befruchtung zur Auferstehung und Geburt von Hitler dem Zweiten vornehmen könne

das hast du erfunden, schrien wir aufgebracht, was für eine eklige Geschichte, lächerlich

Hört mal, ihr könnt glauben, was ihr wollt, aber es stimmt, sagte er und begann sich auszuziehen, es stimmt, und seht mal, er war jetzt nackt, verstreute die Geldscheine auf dem Boden, bündelweise, die großen Deutschmark, machte sich ein Bett aus ihnen, ein Nest, und legte sich hinein, immer noch nackt, wälzte sich in ihnen, drehte und wand sich wie ein Riesenwurm, warf die Scheine in die Luft und ließ sie sich auf den Leib fallen, rieb sie gegen die Brust, den Bauch, den Penis, er stopfte sich sogar ein paar in den Mund und lachte hysterisch dazu

wir ließen ihn allein, es hatte etwas Schmerzliches, zuzusehen, wie sich dieser bleiche Körper im Papiergeld hin und her wand

Die Ordnung der Welt verbirgt unerträgliche Unordnung, sage ich zu meinen beiden Erzählern, als sie mit ihrem Bericht fortfahren

später an jenem Nachmittag, als wir zurückkamen, um ihn zu wecken, fanden wir ihn unter den zerknitterten Scheinen begraben, einige waren mit Schweiß und Sperma und Scheiße beschmiert, er hatte sich in den Deutschmark einen heruntergeholt, hatte in das Geld hineingewichst und hineingekackt wie ein Tier, wie ein kleiner Junge aus Wut über den Schmerz unerfüllten Verlangens, und als wir so dastanden, hörten wir ihn wieder lachen, ja, er lachte und kicherte im Schlaf, während er sich von einer Seite auf die andere wälzte, einen Augenblick lang beobachteten wir ihn, zuerst war es peinlich, irgendwie erschreckend, doch dann fingen auch wir an zu lachen, wie zwei Clowns, was hätten wir denn anderes tun sollen, ja, wie zwei traurige Clowns, die ihren Auftritt verpatzt haben, aber da er partout nicht aufwachen wollte, gingen wir wieder und machten einen Bummel auf der Reeperbahn

Glaubst du, er wird verrückt, fragte Namredef Moinous

Nein, ich denke, er macht sich bloß mit dem Gedanken vertraut, daß er noch am Leben ist, ich finde auch, daß seine Methode etwas seltsam ist, doch verstehen kann man's, er war dem Tod sehr nahe, weißt du, ich glaube, wir beide haben in Palermo gar nicht richtig gemerkt, wie krank er tatsächlich war, wir dachten, der alte sizilianische Arzt würde übertreiben, wie ein typischer Südländer, aber es war ernst, glaub' mir, und jetzt schaltet er sich unter irrem Gelächter wieder ins Leben ein

So ungewöhnlich ist das gar nicht, unterbreche ich Moinous, wer dem Tod mal ins Auge gesehen hat, wie das so schön heißt, kommt oft in einem Zustand von Ausgelassenheit zurück, das ist bewiesen, denn im Grunde ist Lachen ein philosophischer Akt, und genau das hat ihm sein alter rumänischer Freund Cioran in einem Brief geschrieben, ja, daran erinnere ich mich, er hat ihn mir gezeigt, und ihr wißt ja, Überleben ist auch eine Art Lebensphilosophie

Ja, das wissen wir, fällt Namredef mir ins Wort, leicht verärgert darüber, daß ich ihn unterbrochen habe, viele Leute verbringen ihr ganzes Leben damit, zu überleben, aber deswegen brauchte er es noch lange nicht so verrückt zu treiben

Vielleicht hast du recht, sagt Moinous, aber die Fähigkeit des Menschen, zu leben, ist gewiß selbst eine Form von Verrücktheit, meinst du nicht auch, wir akzeptieren zwar, daß es den Tod gibt, aber den Zeitpunkt des eigenen Todes akzeptieren wir nicht, irgendwann, später, das ist okay, damit können wir uns abfinden, wenigstens prinzipiell, daran läßt sich ja auch nichts ändern, doch wenn der letzte Augenblick gekommen ist, nein, das akzeptieren wir nicht, wir geraten in Panik, winseln und jammern und lassen alle Selbstachtung fahren, nur ganz wenige gibt es, die dem Tod ins Gesicht lachen können, ich habe diesen Wahnsinn selbst erlebt, diesen fröhlichen Wahnsinn, sagt Moinous und seine Stimme wird plötzlich melodramatisch, vor ein paar Jahren hat mir jemand ein Messer zwischen die Rippen gesetzt, damals lief eine andere Fassung meines Lebens, könnte man sagen, knapp am Herz vorbei, ja, genau hier, Moinous greift an sein Brustbein, in einer Bar in San Francisco ist es passiert, The Blue Bird, diese Spelunke werd ich nie vergessen

der alte Mann war da mit mir verabredet, er fuhr alle möglichen Abkürzungen, aber er kam zu spät, war aufgehalten worden, war eines Nachts in einem Schneesturm von der Straße abgekommen mit seinem alten, vergammelten Buick-special, Baujahr 1947, glaube ich, die verflixte Karre schoß über einen Damm in einen Abgrund, aber zum Glück landete sie in einem Baum, einer Kiefer, nein, ungelogen, in einem schneebedeckten Christbaum, so hat er es immer geschildert, ein ziemliches Kunststück, die Kiste blieb in den Ästen hängen, und als er sich endlich aus dem Wrack befreit hatte, diesem General-Motors-Schrotthaufen, wie er es nannte, Karosserie von Fisher, da stellte er fest, daß er in der Luft hing, wie ein Engel, und fragte sich, warum zum Teufel er denn da wie ne Christbaumkugel an diesem Ast hing, Jesus, schrie er in die Nacht hinaus, was für eine lächerliche Situation, aber schließlich wurde er gerettet, von einer hinreißenden Frau, einer umwerfenden Blondine, die zufällig vorbeifuhr und ihn im Schnee liegen sah, ist schon ne tolle Geschichte, ihr hättet mal hören sollen, wie er sie erzählt hat, und natürlich hat der alte Bock es mit der Blondine getrieben, deshalb kam er zu spät

wir beide sollten mit dem gleichen Schiff nach Fernost transportiert werden, wir waren damals in der Armee, in der U. S. Army, nach Korea sollte es gehen, Namredef war schon mit einem anderen Schiff unterwegs, stimmt doch, Nam, oder, es war eines der wenigen Male, daß wir voneinander getrennt waren, Nam und ich, aber ich bin nie nach Übersee gekommen, wegen der Messerstiche, der alte Mann und Namredef aber trafen sich nach allen möglichen Mißgeschicken in einem Unterstand in der Nähe von Inchon wieder, doch das ist eine andere Geschichte

unterdessen dachte jeder in dieser Bar in San Francisco, ich sei tot, hinüber, man brachte mich zur Leichenhalle, doch als der Coroner das orangefarbene Kärtchen mit dem Namen des Toten an meinen dicken Zeh festbinden wollte, kitzelte er mich, und ich zuckte, ihr lacht darüber, aber es stimmt, ich habe mich bewegt, zwar nicht viel, nur so'n bißchen, aber der Coroner merkte, daß ich nicht tot war, ihr hättet sein Gesicht seheh sollen, er war perplex, fiel beinahe in Ohnmacht, stellt euch das mal vor, es war als ob ich von den Toten auferstanden wäre, sie rasten mit mir ins Krankenhaus, ich lachte die ganze Zeit über, das Messer hatte mein Herz gerade um so viel verfehlt, ich meine so viel, Moinous nimmt Daumen und Zeigefinger und läßt einen winzigen Spalt zwischen ihnen, ein lächerlicher Millimeter, sagt er und kichert dabei über seinen Vergleich, noch Tage später konnte ich mich einfach nicht einkriegen, auch im Krankenhaus, fragt den alten Mann, jeden Tag kam er zu Besuch, nachdem er herausgefunden hatte, wo ich war, er brachte mir sogar Schokolade mit, war nett von ihm, ich konnte mich einfach nicht beruhigen, ständig zuckte mir das Zwerchfell, eine verrückte Ausgelassenheit, die aus mir herausbrach, und sie war ansteckend, der ganze Laden verwandelte sich in ein lachendes Irrenhaus, alle steckten sich an, die Ärzte, die Internisten, die Krankenschwestern, die Putzfrauen, alle anderen Patienten, die Besucher, alle lachten mit, klugerweise, könnte man sagen

den Messerstecher haben sie übrigens geschnappt, war noch ein Kind, nicht mal sechzehn Jahre alt, blondes Sommersprossengesicht, ich seh ihn noch vor mir, mit seinem süßen Mund, was zum Teufel er in dieser Bar überhaupt verloren hatte, werde ich wohl nie erfahren, sie brachten ihn in mein Krankenhauszimmer, und ich fragte ihn zwischen zwei Lachsalven, Warum hast du das getan, und wißt ihr, was er geantwortet hat, dieser Lausebengel, Ich weiß es nicht, Sir, ich weiß es wirklich nicht, ich konnte mich einfach nicht beherrschen, vielleicht, weil Sie mich so angesehen haben, Sir, aber es kann auch was anderes gewesen sein, verdammt noch mal, und ich kann mich nicht mal daran erinnern, daß ich den Mistkerl überhaupt angesehen habe, in der überfüllten Bar ist er mir gar nicht aufgefallen, ich war mit mir selbst beschäftigt, war beim zweiten oder vielleicht beim dritten Bier und fragte mich gerade, wo der alte Mann abblieb, und auf einmal, zack, mitten in die Brust, genau so

Ja, die Geschichte kennen wir, sage ich zu Moinous, der alte Mann hat sie uns erzählt, in Tioli, wir alle haben uns in Tioli über deine Leiche gebeugt, Moinous zog eine beleidigte Miene, Ist ja schon gut, ich wollte das nur klären

verstehe, aber dafür ist hier wohl nicht der richtige Ort, das ist nicht deine Geschichte, aber dann fing auch Namredef an und erzählte, wie auch er um Haaresbreite dem Tod entgangen war, als Fallschirmspringer, wie er einen Absprung im Koreakrieg machte, einen Nachtsprung, und wie sich sein Fallschirm nicht öffnete, und wie er nur noch lachen konnte, lachen wie ein Idiot, ich unterbreche ihn schnell, bevor mir die Situation aus der Hand gleitet, He, ihr beiden, meint ihr nicht, ihr geht ein bißchen zu weit, merkt ihr nicht, daß ihr den Fortgang dieser Geschichte behindert, eure Privatangelegenheiten interessieren uns hier nicht, egal, ob sie erfunden sind oder nicht, das einzige, was uns hier interessiert, ist das Leben des alten Mannes, das vergangene und zukünftige, und die Notlage, in der er sich jetzt befindet, oder habt ihr das vergessen, ich brauche wohl nicht daran zu erinnern, wie knapp wir mit der Zeit sind, dieses ganze Gefasel von Unsterblichkeit ist nur eine schwache Ausrede, meint ihr nicht, ihr solltet wieder zu ihm gehen, ehe es zu spät ist, ehe er verschwindet, statt noch mehr Zeit mit euren Anekdoten zu verplempern, vielleicht geben wir euch ein anderes Mal Gelegenheit, eure schmutzigen Geschichten loszuwerden

sie geben mir recht, wenn auch etwas lustlos und widerstrebend, und setzen ihren Bericht fort

Stunden später, als wir wieder zu seinem Zimmer in dem Hamburger Hotel zurückkehrten, um ihn endlich zu wecken, war er weg, seine Kleider lagen in einem Haufen auf dem Boden, er mußte seinen Koffer ausgekippt haben, um das Geld einpacken zu können, auf dem Tisch fanden wir einen Stapel Deutschmark, offenbar für uns, wie aufmerksam von ihm, und die Schlüssel für den Alfa Romeo und zwei in rot gekritzelte Worte, fast unleserlich, auf einem Blatt Toilettenpapier, Moinous meinte, es hätte Vorübergehend Gerettet dagestanden, doch Namredef behauptete, in Wirklichkeit habe es Vorübergehend Gesund geheißen, das war alles, er war abgereist, einfach so, aber irgendwie hat es uns nicht überrascht

VI

Ein paar Monate verstrichen, bevor wir ihn wiederfanden

wo hat er denn die ganze Zeit gesteckt, fragte ich, als Namredef und Moinous von einem ihrer Erkundigungsgänge zurückkehrten

er hatte sich in Paris niedergelassen, um wieder zu sich zu finden, daß wir ihn fanden, war purer Zufall, wir sind ihm einfach über den Weg gelaufen, in einer Kneipe, um zwei Uhr morgens, Avenue du Maine am Montparnasse, eine dieser typischen Arbeiterkneipen, er spielte Billard mit zwei Zuhältern, ja, zwei ziemlich gefährlich aussehenden Pariser maqueraux, weißt du noch, Moinous

und ob, zwei richtig üble Schlägertypen, deux malabars à la branque avec des gueules de corsaires, und stockbesoffen waren sie, ich meine, die beiden Zuhälter, war schon komisch, ihn in solcher Gesellschaft zu sehen

und was habt ihr beiden da um diese Zeit gemacht

och nichts, nichts besonderes, haben nur so rumgehangen, uns so gut es ging die Zeit vertrieben, kamen uns überflüssig vor, und immer gehofft, gehofft, daß vielleicht eines Tages irgendwann, ach, du weißt schon, ohne ihn waren wir nichts zuerst hat er uns gar nicht gesehen, als wir in die Kneipe kamen, zu einem späten Gläschen Cognac, nein, ich glaube, er hat uns wirklich nicht gesehen, jedenfalls hat er so getan, er spielte einfach weiter Billard, Dreiband, und gratulierte den beiden Zuhältern zu den tollen Stößen, die sie da machten, ça alors vous les mecs vous êtes vachement forts hein, obwohl, ich muß sagen, er war selbst verdammt gut, unglaubliche Stöße, Serien von fünfzehn oder zwanzig Punkten, offensichtlich wollte er den beiden Zuhältern etwas abluchsen

wir verfolgten die Partie von unserem Tisch aus und addierten die Punkte im Kopf, er war ein exzellenter Billardspieler, ich glaube nicht, daß wir das schon einmal erwähnt haben, sein Vater hat es ihm beigebracht, als er noch klein war, er war ein gelehriger Schüler und hat sogar mehrere Meisterschaften gewonnen, internationale Meisterschaften, sein Name ist immer noch in der Encyclopédie Mondiale du Billard verzeichnet, wenn du willst, kannst du nachschlagen, Seite 394 in der 37. Auflage, herausgegeben von La Maison Stock, niemand hat den triple coup retro à effet anglais, besser bekannt unter dem Namen coup bancal, besser gespielt als er, doch wenn er erst mal in den Kolonien ist, wird er seinem Lieblingszeitvertreib nie wieder nachgehen können, da draußen haben sie das Billard bestimmt abgeschafft

schlimm sah er aus, blaß und schmuddelig, er hatte sich einen Bart wachsen lassen, einen langen, zottigen Bart, der ihn älter machte, als er damals tatsächlich war, und beinahe abstoßend, er trug abgetragene braune Kordjeans und einen zerrissenen schwarzen Rollkragensweater, das berichtete Moinous, der sich wie immer die kleinen Details herauspickte

Ah ça merde alors, wenn das nicht Nam und Moimoi sind, was macht ihr denn hier, rief er quer durch den ganzen Raum und lehnte sich mit flotter Geste auf seinen Billardstock, als er uns endlich gesehen hatte oder als er sich endlich entschloß, unsere Anwesenheit zur Kenntnis zu nehmen, Wo habt ihr denn gesteckt, einfach so, als wären wir diejenigen gewesen, die ihn in Hamburg verlassen und sich aus dem Staub gemacht hätten, ohne Vorwarnung und ohne Grund, ja als ob wir ein schlechtes Gewissen haben müßten, weil wir ihn im Stich gelassen hätten, Hab euch zwei Rumtreiber schon seit Monaten nicht mehr gesehen, sagte er ganz frech, während er auf uns zukam, Sind bestimmt schon sieben oder acht Monate her, habe mir Sorgen um euch gemacht, hab mich die ganze Zeit gefragt, wo zum Teufel ihr wohl abgeblieben seid, er umarmte uns mit echter Zuneigung, wir wußten gar nicht, was wir sagen sollten, wir haben gar nicht erst versucht, mit ihm zu streiten, haben ihn nicht mal nach seinem plötzlichen Verschwinden gefragt, wir waren einfach froh, daß wir ihn wiedergefunden hatten

Möchtest du was trinken, fragten wir, Cognac oder was anderes

Hé dis machin tu joues ou tu joues plus, gröhlten die beiden Zuhälter vom Billardtisch herüber, die sich über die Störung und diesen Gefühlsausbruch offenbar ärgerten, t'as pas fini de nous faire poireauter

Ah allez-vous faire voir, je joue plus, schrie er zurück, schleuderte seinen Billardstock quer durch den Raum wie einen Speer und traf einen der Zuhälter beinahe ins Gesicht, worauf sich die beiden Schläger sofort auf uns stürzten, einer mit einem Messer in der Hand, einem Klappmesser, das er aus dem Ärmel gezogen hatte, stellt euch das mal vor, dieser hinterhältige Dreckskerl

Hé calmez-vous les gars, faut pas s'exciter comme ça quoi, c'est deux vieux copains que je viens de retrouver par hasard, sagte der alte Mann, er hatte sich schützend vor uns gestellt und die Arme ausgestreckt, als wollte er eine Kavallerieattacke mit unsichtbarer Kraft zurückhalten, die beiden Zuhälter zögerten und blieben stehen, Mann, die sahen richtig gefährlich aus, vraiment vaches, aber dem alten Mann war es ernst, das sah man, Un pas de plus et je vous démolis, je vous ratatine sur place, sagte er, griff sich einen Stuhl und hob ihn über seinen Kopf, genau wie in einem Western, es fehlte nur noch ein kleines Hornsignal

Moinous und ich, wir hatten uns in der Zwischenzeit nach draußen verdrückt und beobachteten die ganze Szene völlig hilflos vom Bürgersteig aus, auch die drei oder vier anderen Betrunkenen in der Kneipe hatten sich verkrümelt, der alte Mann bewegte sich langsam rückwärts auf den Ausgang zu, während le patron du café, ein fettes Rindvieh mit einer blauen Schürze, wie am Spieß schrie, Arrêtez bande de cons ou j'appelle les poulets, aber der Zuhälter mit dem Messer nahm die Klinge zwischen Daumen und Zeigefinger und warf es nach dem alten Mann, was glaubte dieser Halbidiot, wer er war, Pépé le Moko etwa, das Messer streifte den alten Mann am Arm, knapp über dem Ellbogen, dem linken, und aus der Wunde spritzte Blut, Espèce de salopard, enculé, fluchte der alte Mann, und während er das sagte, schlug er dem Zuhälter den Stuhl über den Schädel, wirklich mit aller Kraft, aber anders als diese präparierten Hollywood-Stühle ging dieser hier nicht in Stücke, der Zuhälter fiel um wie ein Mehlsack, bewußtlos, während sich der andere Zuhälter in den hinteren Teil der Kneipe zurückzog, der alte Mann schleuderte den Stuhl quer durch den Raum, Pourri, enfoiré, schrie er wieder und rannte auf die Straße hinaus und in vollem Tempo die Avenue du Maine runter, wo man schon das Pin-Pon der Polizeifahrzeuge hören konnte, wir nichts wie hinter ihm her, schlugen einen Haken in die

Rue de la Gaieté und rannten, bis wir sicher waren, daß wir die beiden Zuhälter abgehängt hatten

Oh Mann, das war knapp, sagte der alte Mann grinsend und legte uns die Arme um die Schultern, ihr seht aus, als hättet ihr die Hosen voll, Moinous und ich zitterten tatsächlich wie Espenlaub, und wir schnaubten wie zwei Wasserbüffel, wir sind wirklich keine Feiglinge, aber es war alles so schnell gegangen

Vielen Dank übrigens, du warst einfach großartig, sagten wir zu ihm, du hast diesen halbstarken proxénète echt geplättet, wirklich, du warst riesig

Ja, habt ihr diese Arschgeigen gesehen, wofür halten die sich, er rieb sich zufrieden die Hände, wir hatten nicht gewußt, daß er so gewalttätig sein konnte, im Gegenteil, normalerweise redete er lieber, statt sich zu prügeln, in französisch oder in englisch oder in beidem gleichzeitig, er gehörte nicht zu denen, die den Leuten einfach eins in die Fresse geben

aber augenscheinlich war er sehr von sich angetan, wie er so dastand, in der Rue de la Gaieté, und sich immer noch die Hände rieb

Wie geht's deinem Arm, fragten wir

Ist schon in Ordnung, halb so wild, bloß eine Schramme, aber diesem Zuhälter hab ich die Scheiße rausgedrückt, habt ihr das gesehen

Vielleicht solltest du doch mal zum Arzt gehen, schlugen wir ihm vor

Ach was, laßt es gut sein, ihr beiden, ich hab doch gesagt, es ist nichts, und er schob uns beiseite, los, wir gehen wir setzten uns Richtung Boulevard du Montparnasse in Bewegung, doch plötzlich, mitten auf der Rue Delambre, blieb er stehen und sagte, Diese französischen Pithekanthropoiden sind die letzten Überlebenden eines langsamen Kataklysmus, sie überleben den Tod unseres Planeten, wie die Götter der Theogonie seine lächerliche Geburt durchlebten, sie sind genauso monströs und komisch wie diese Götter, er schüttelte den Kopf, sie verkörpern die letzte Erscheinungsform des Homo Sapiens als Kosmopithekoid

dazu fiel uns nicht viel ein, doch dann setzte er in traurigem Ton hinzu, Im Ernst, meine Freunde, manchmal schäme ich mich, daß ich der gleichen Rasse angehöre und die gleiche Sprache spreche wie diese Idioten, aber seine Muttersprache kann man sich ja nicht aussuchen

wir gingen gerade am La Coupole vorbei, es war noch geöffnet, Wie wär's mit einem Drink, los, ich geb euch einen aus

wir fanden noch einen Tisch auf der Terrasse, es war noch gerammelt voll, Künstlertypen, wir bestellten drei Calvados, und nach einiger Zeit fragten wir ihn, Jetzt erzähl mal, was du gemacht hast, seit du uns in Hamburg hast sitzen lassen, wohin bist du gefahren, du hättest ja wenigstens sagen können, daß du abreist

Ach, ich wollte einfach allein sein, ich brauchte Ruhe, um mal richtig nachzudenken, und eigentlich verstehe ich gar nicht, warum ihr euch beklagt, schließlich habe ich euch Geld dagelassen und die Autoschlüssel

Darum geht es nicht, natürlich hat uns das gefreut, aber du hättest auf uns warten können, wir hätten über alles sprechen können, aber nein, du bist einfach weggefahren, na, okay, aber wohin bist du denn damals gefahren

Ich bin zum Bahnhof gegangen und in den ersten Zug gesprungen, der vorbeikam, er fuhr nach München, was soll's, warum denn nicht München, ich war noch nie dagewesen, das Geld, das wir in Lübeck gewonnen hatten, hatte ich in meinem Koffer verstaut, davon konnte ich eine ganze Weile leben

ich fand ein Ersteklasseabteil, fast leer, nur zwei Leute saßen da, ein Amerikaner mit einer jungen Frau, seiner Freundin, er war ein Filmregisseur aus Hollywood, ich habe mir später sagen lassen, daß er sogar ziemlich bekannt ist, hat alle möglichen Filme gedreht, Western, Kriegsfilme, Henry Marcowsky heißt er, schon mal von ihm gehört, ja, ein Jude, die junge Dame in seiner Begleitung war ein Starlet, bestimmt zwanzig Jahre jünger als er, atemberaubend sah sie aus, blond, nein, naturblond und blaue Augen, mit traumhaften langen Beinen, so ein Typ wie Grace Kelly, reizbar bis in die Fingerspitzen, und offensichtlich auf dem Weg, sich nach oben in die Prominenz zu vögeln, aber nicht primitiv, ein gewisses Etwas hatte sie, und sie sprach mich auch zuerst an

sie wußten nicht, in welche Schublade sie mich stecken sollten, ich muß gräßlich ausgesehen haben, und dazu der französische Akzent, aber als ich ihnen erzählte, daß ich auch aus den Staaten käme, wurden sie freundlich und direkt gesprächig, sie seien unterwegs nach München, wollten da ein paar Tage bleiben und sich umsehen, aber sie wollten auch einen Abstecher nach Dachau machen, zu dem Konzentrationslager, er wollte es aus persönlichen Gründen sehen, Sie können sich schon denken warum, sagte er, er hatte wohl gemerkt, daß auch ich Jude war, die Nase, das Gesicht und mein Name natürlich, ja, aus sentimentalen Gründen

die kleine Grace-Kelly ließ sich einfach mitziehen und schaute sich alles an, ihr erster Deutschlandaufenthalt,

Schließlich, sagte sie, haben alle eine Meinung zu den Konzentrationslagern, und ich finde, einmal im Leben sollte man so etwas gesehen haben, außerdem, sie hatte wunderschöne weiße Zähne, außerdem will Hank einen Film drehen, der in einem Konzentrationslager spielt, und deswegen will er das Lager sehen, wegen des Layouts, Nicht nur deswegen, warf Hank ein, Grace Kelly redete weiter, Vielleicht darf ich sogar eine Rolle darin spielen, wäre ich nicht wundervoll in so einem Film, na ja, eine Jüdin würde ich zwar nicht spielen können, wegen meiner Haare und meiner blauen Augen, aber schließlich gab es nicht nur Juden in den Lagern, es gab da doch auch viele Christen, Katholiken und Protestanten

Ja, natürlich, und Atheisten auch, sagte ich, ich glaube, als Märtyrerin würden Sie sich ungeheuer gut machen

und wir redeten weiter, während der Zug durch die deutsche Landschaft rollte, ich fragte sie nach ihrer Reise, wo sie gewesen waren, was sie gesehen hatten, wir sprachen sogar über ein paar von Hanks Filmen, die meiste Zeit über redeten die beiden, ich stellte nur Fragen, um das Gespräch in Gang zu halten, doch später, als wir im Speisewagen saßen und einen kleinen Imbiß zu uns nahmen, sagte ich, Würde es Sie stören, wenn ich mit nach Dachau käme, ich glaube, ich möchte mir das auch mal ansehen, ist vielleicht ganz interessant, und überhaupt

Na klar, antwortete Hank, wir würden uns sehr freuen, wenn Sie mitkommen, nicht wahr, Liebling, Oh ja, sagte Grace Kelly und ihre feuchten Lippen lächelten dazu, kommen Sie doch einfach mit, das war also beschlossen, außerdem hatte dieses blonde Starlet solche himmlischen Augen am späten Nachmittag kamen wir in München an, und da ich kein Hotelzimmer reserviert hatte, schlugen sie mir vor, ich sollte es doch einfach in ihrem Hotel probieren, wir nahmen ein Taxi zum Hotel Königshof am Karlsplatz, ein ziemlich luxuriöses Hotel, aber ich hatte genug Knete in meinem Koffer, später, nachdem wir uns angemeldet hatten, bin ich sogar noch losgezogen, um ein neues Hemd und eine Krawatte zu kaufen, ein paar Socken, Unterwäsche, eine Zahnbürste und einen guten deutschen Braun-Rasierer, ihr wißt ja, ich hatte meine ganzen Sachen in Hamburg gelassen, und nachdem wir am nächsten Morgen gut gefrühstückt hatten, fuhren wir mit dem Zug nach Dachau

es liegt gleich vor München, ungefähr eine Dreiviertelstunde mit dem Zug, anschließend noch eine kurze Busfahrt vom Dachauer Bahnhof aus, ich war nicht nervös, auch nicht aufgeregt, ich weiß nicht mehr, was ich gefühlt habe, eigentlich wußte ich auch nicht, warum ich überhaupt hier war, was soll diese Selbstquälerei, sicher, ich hatte gute persönliche Gründe, ein Konzentrationslager besuchen zu wollen, das brauche ich euch nicht zu sagen, aber konnte ich hier etwas sehen, das ich nicht schon im Kopf hatte, was konnte es mir Neues bringen

der Regisseur war ein bißchen mißmutig, Grace Kelly dagegen war in bester Laune und sexy in ihrem purpurroten Outfit, sie hatte ihren Photoapparat mitgenommen und einen Regenschirm, Falls es regnet, sagte sie, sie hatte eine riesige Sonnenbrille aufgesetzt, wir waren ein seltsames Trio

doch es dauerte nicht lange, da waren wir zu viert, im Zug von München nach Dachau trafen wir eine alte Dame, sechzig Jahre alt oder auch fünfundsechzig, Mittleren Alters, mittleren Alters, berichtigte sie mich immer wieder, eine amerikanische Witwe aus Teaneck, New Jersey, ihr wißt schon, große schwarze Augen, gepflegtes beigegefärbtes Haar, die Art von Frau, die das Herz auf der Zunge hat, sie saß neben mir im Zug, so kamen wir ins Gespräch, Fahren Sie auch nach Dachau, fragte sie, Ja, sagten wir ihr, Ach, ich bin ja so froh, daß ich Sie getroffen habe, allein dahin zu fahren macht mich ganz nervös, hätten Sie etwas dagegen, wenn ich mich Ihnen anschließe, ich werde Ihnen auch nicht zur Last fallen, und dann fragte sie mich, im Flüsterton, mit der Hand vor dem Mund, Sie sind doch auch Jude, nicht wahr

sie war zum erstenmal in Europa, Mein armer Mann ist letztes Jahr verstorben, Gott hab ihn selig, wir hatten uns diese Reise immer versprochen, und jetzt, mit dem bißchen Geld, das er mir aus seiner chemischen Reinigung hinterließ, habe ich mich endlich zu der Reise durchgerungen, wissen Sie, für mich ist das eine Mitzvah, erklärte sie, sie reiste ganz alleine von einem Lager zum anderen, in Buchenwald war sie schon gewesen, und jetzt Dachau, von da wollte sie nach Mauthausen und dann nach Auschwitz, auch nach Treblinka würde sie gern fahren, Aber das ist zu weit, und außerdem ist das fast schon in Rußland, andere besichtigen Museen und gothische Kathedralen, aber sie, Miriam hieß sie, Miriam Millstein, besichtigte Konzentrationslager, chacun son goût

Oh nein, ich war in Amerika, als das ganze passierte, antwortete sie auf meine Frage, ob auch sie zu den Überlebenden gehörte, ich bin in der Bronx geboren, aber das macht nichts, denn wir Juden haben alle das gleiche erlitten, diese schreckliche Tragödie, deswegen, verstehen Sie, halte ich es für meine Pflicht, eine heilige Pflicht, diese Lager zu besuchen

oh ja, Miriam wollte alles sehen, sie wollte ihre Sentimentalität über diese Lager versprühen, sie mußte einfach im nachhinein an diesem kollektiven Leid und an der kollektiven Schuld teilhaben, und warum auch nicht

wir kamen nach Dachau, eine Stadt ohne Charakter, farblos und geschäftig, eine von diesen völlig neuerrichteten deutschen Städten, wo alle Häuser und Gebäude wie Kasernen aussehen, und plötzlich durchzuckte uns der Gedanke, genau, das ist es, und als der Bus vor den Mauern anhielt und wir den Stacheldraht sahen, die hohen Lichtmasten, die sauber gestrichenen Wachtürme, wurden wir schweigsam, aber irgendwie hatte ich es mir schrecklicher vorgestellt

eine Busladung von Leuten nach der anderen wurde herangekarrt, Gruppen von Nonnen und Priestern, Touristen, Schulklassen mit ihren Lehrern, deutsche Kinder, neben mir hörte ich ein paar Israelis hebräisch reden, was zum Teufel hatte ich hier eigentlich verloren, aber jetzt war es zu spät, wir waren schon drinnen, auf dem weiten, leeren Gelände des Lagers, wo früher die Baracken gestanden hatten, nur zwei oder drei Gebäude sind stehengeblieben, der Rest ist nur auf einer riesigen Übersichtstafel zu sehen, einem Plan, der erklärt, wie das Lager früher mal ausgesehen hat, wo die einzelnen Baracken gestanden haben und welche Funktion jede einzelne hatte, aber jetzt hatten sie die genaue Lage und Größe dieser zerstörten Baracken mit großen Holzbalken markiert, große, leere Rechtecke, ausgefüllt mit Kieselsteinen

wir sahen uns einen Moment lang die aufwendige Skulptur an, die da als Mahnmal aufgestellt war, gar nicht so schlecht, sozialer Realismus, menschliche Gestalten, die sich umklammern, ineinander verschlungen, das Ganze fast fünfzehn Meter hoch, wir standen genau davor, unser Starlet machte ein paar Fotos, der Filmregisseur war nachdenklich, er eilte hierhin und dorthin, als ob er das Gelände um sich herum vermessen würde, er kritzelte sogar etwas in ein kleines Notizbuch, Miriam kam in meine Nähe, Ich glaube, ich muß mich jetzt übergeben, sagte sie, Ach, gleich ist es wieder besser, sagte ich, Sie werden sehen, so wie ich die Deutschen kenne, haben sie es genau richtig präsentiert

und so war es auch, nichts, woran man hätte Anstoß nehmen können, nichts allzu Aufregendes, eigentlich gab es gar nicht viel zu sehen, außer eben dem großen Gelände, wo früher die Baracken gestanden hatten, die Tafel erklärte alles ganz genau, wo die Kantine gewesen war, das Lazarett, das Waschhaus, die Duschen, das Krematorium, dieses Gebäude steht noch, aber wir sind nicht reingegangen, und in der Mitte des ganzen Areals zwei Mahnmale, eines für die Christen, die hier gestorben sind, das andere für die Juden

wir betraten das Hauptgebäude, das Museum, das früher, wie auf einem Schild stand, das Krankenhaus gewesen war, wo man Experimente an Menschen durchgeführt hat, aber von diesem Hinweis mal abgesehen war alles ordentlich präsentiert und arrangiert, korrekt, nüchtern und intelligent, Diese beschissenen Deutschen haben es tatsächlich geschafft, sagte ich zu Marcowsky, eine nette Mischung aus Anstand und Hygiene, ein ausgeprägtes Gefühl für das Tragische, aber ohne den Schrecken, wie es sich gehört, und dennoch

wir standen eine Zeitlang in der überfüllten Eingangshalle, bevor wir in das eigentliche Museum gingen, zu meiner Überraschung brauchte man keinen Eintritt zu bezahlen, vielleicht haben sie am Ausgang eine Büchse für Spenden aufgestellt

auf einem großen Tisch lag alles mögliche Informationsmaterial, in mehreren Sprachen, und Andenken, man konnte auch Ansichtskarten kaufen und einen Fotoband, der die Geschichte von Dachau erzählt, sah aus wie ein Katalog, fünfzehn Mark, ordentlich gemacht, Miriam kaufte Dutzende von Ansichtskarten, sie zeigte mir eine, die ihr besonders gut gefiel, der berühmte Eingang zum Lager mit den schmiedeeisernen Worten, Arbeit Macht Frei, auch den Katalog hatte sie gekauft, Wollen Sie sich keine von diesen Broschüren kaufen, fragte sie mich, Nein, ich glaube nicht, von meinem Geld sollen die nichts kriegen, Oh, dann kaufe ich Ihnen eine, ja, bitte, sagen Sie nicht nein, ich vermute, danach ging es ihr etwas besser

auf einmal hatte ich das Gefühl, ich müßte sofort raus hier, ich hatte genug gesehen, aber dann gingen wir weiter ins Museum, ich hatte Miriam hinter mir gelassen und war nun neben dem Starlet, sie schien nachdenklich und fühlte sich nicht ganz wohl, vielleicht wußte sie nicht so recht, ob sie hier richtig war

eins kann ich euch sagen, meine Freunde, dieses verfluchte Museum ist echt sehenswert, wirklich gut gemacht, ich meine gut gestaltet, gut durchdacht, pädagogisch, sie haben diese großen Tafeln mit Fotos und Dokumenten aufgestellt, die die Geschichte dieses Lagers nachzeichnen, auch die von anderen Lagern, den Aufstieg Hitlers und des Nazismus, riesige Vergrößerungen, wirklich hervorragend präsentiert, chronologisch geordnet, zuerst hat man den Eindruck, man beträte ein überdimensionales Buch oder sähe einen Dokumentarfilm, viele Fotos von Hitler und seinen Schergen, Göring, Göbbels, Himmler, die wichtigen Augenblicke in München, in Berlin, der Reichtagsbrand, nichts, was allzusehr schockiert, man erfährt, daß Dachau schon 1932 errichtet wurde, nein, zuerst nicht für die Juden, die kamen erst später, sondern als Arbeitslager für politische Gefangene, unerwünschte

Personen und andere, Kommunisten, Ausländer, Nichtarier, na ihr wißt schon, der Abschaum, die canaille

so wandert man durch dieses säuberlich angelegte Labyrinth aus Photographien und Dokumenten, man folgt den Pfeilen, die einem den Weg durch die Nazi-Geschichte zeigen, man liest, was unter den Bildern steht, die Erläuterungen in der eigenen Sprache, das Starlet hatte nicht allzuviel Ahnung, deswegen stellte sie mir ständig Fragen, und ich machte mit ihr einen kleinen Ausflug in die Geschichte, Oh schauen Sie doch mal hier, sagte sie plötzlich, da hat jemand Hitlers Gesicht wegradiert, und tatsächlich, auf vielen Photographien von Hitler war sein Gesicht herausgeschnitten worden, herausgekratzt, mit einem Messer oder einem anderen spitzen Gegenstand unkenntlich gemacht, hilflose Gesten des Zorns, der Wut oder auch der Rache früherer Besucher, ich fragte mich, ob die Museumsleitung die beschädigten Bilder regelmäßig ersetzen mußte und ob sie Duplikate der Bilder in Reserve hielten

Hank spazierte alleine durch die Gegend, ganz auf seine Sache konzentriert, Miriam schloß wieder zu uns auf, Das kann sich doch wirklich sehen lassen, jedenfalls viel besser als Buchenwald, ich meine, wie sie es hier präsentiert haben, irgendwie sinnvoller, und man bekommt viel mehr Informationen

ich beobachtete die Leute um uns herum, die meisten von ihnen Ausländer, aber auch viele Deutsche, sie hatten alle ihr ernstes Gesicht aufgesetzt, sie bewegten sich stumm und wie in Zeitlupe, manchmal faßte einer den Arm dessen, der bei ihm war, und zeigte auf ein besonders erschütterndes und vielleicht besonders drastisches Foto, das vielleicht mehr offenbarte, als beabsichtigt war, mir ging das alles viel zu langsam, ich wollte zum Kern dieser Sache vordringen, wollte die wirklichen

Bilder sehen, die, die sich in mein Gedächtnis eingebrannt hatten, der ganze historische Kram vorher war doch bloß Staffage, Uniformen und Daten, aber vielleicht sollte es ja so sein, ein allmählicher Abstieg in die Kreise der Hölle, obwohl ich, als wir in diesem gigantischen Bilderbuch von einer Schautafel zur anderen gingen, fühlte, wie die Spannung langsam stieg, die innere Anspannung immer unerträglicher wurde, und dann, als wir um eine Ecke bogen, standen wir plötzlich vor dieser riesigen, monströsen Photographie mit all den Leichen in einem Massengrab und den Soldaten, die auf diesen Leibern herumlaufen, ihr wißt schon, welches Foto ich meine, wer kennt das nicht, das definitive Produkt der Endlösung, Miriam schluchzte laut auf, als hätte sie sich alles für diesen Augenblick aufgespart, Tränen flossen auch über das Gesicht von Grace Kelly, unter dem Kragen ihres Pullovers zog sie ein goldenes Halskettchen hervor und küßte es, Hank stand neben ihr, er nahm sie bei der Hand und drückte sie, und ich, ich bekam plötzlich einen Hustenanfall, es war das einzige Mal, wo mir wirklich übel wurde, wo ich wirklich das Gefühl hatte, ich müßte mich gleich übergeben, wie Miriam vorhin gesagt hatte

aber ein paar Augenblicke später spürte ich die gleiche Übelkeit, den gleichen Horror noch einmal, als ich vor dem nächsten Riesenfoto stand, das einen Zug bei seiner Ankunft in Dachau zeigte, ich sah mir die Gesichter der Juden an, und sie starrten zurück, ich setzte meine Brille auf, um besser sehen zu können und vielleicht ein paar bekannte Gesichter zu entdecken, doch das Bild war so stark vergrößert, so überdehnt, daß die Gesichter alle unscharf und nicht genau zu erkennen waren

Unfaßbar, sagte Miriam immer wieder, fürchterlich, einfach fürchterlich, sie tat mir leid, weil sie sich selbst so quälte, aber ich hielt den Mund ich ging jetzt neben Hank her und redete, Wissen Sie, woran mich das erinnert, sagte ich zu ihm, ich war mal im Ford-Museum in Dearborn, in der Nähe von Detroit, da sieht es genauso aus wie hier, genau das gleiche Strickmuster, große Tafeln mit Fotos und Dokumenten, die die Geschichte des Fordautomobils nachzeichnen, von den ersten Anfängen bis heute, man sieht die Fabriken, die Arbeiter am Fließband, die Maschinen, die Modelle der verschiedenen Jahre, das Modell T, das von 1926, das von 1932, das von 1958, und so weiter, man sieht Bilder von der Forddynastie, all die Henrys, man sieht die Neuentwicklungen und Verbesserungen, wirklich sehenswert

wir gingen jetzt etwas schneller, warfen nur hier und da einen flüchtigen Blick auf die Fotos und überflogen die Dokumente nur noch kurz, nur einmal blieben wir lange vor einer Aufnahme von einem kleinen Jungen mit großen schwarzen Augen stehen, er trug eine französische Baskenmütze und hatte einen gelben Stern auf seinem Mantel, der viel zu groß für ihn war, er saß ganz allein auf dem Bordstein, ein kleines Bündel neben sich, einen Moment lang dachte ich, es sei ein Bild von mir

Ja, es ist genau das gleiche Prinzip, erklärte ich Hank, die gleiche Art der Präsentation, es ist das Prinzip des Firmenmuseums, das die Geschichte der Herstellung eines bestimmten Produktes zeigen soll, in diesem Fall ist es der Ford, ein Wahrzeichen der modernen Welt und des menschlichen Erfindungsgeistes

wir waren am Ende der Ausstellung angelangt und befanden uns in einem großen leeren Raum, an den Wänden Bücherregale mit Glasscheiben davor und dahinter eine Sammlung von Büchern über den Holocaust in vielen Sprachen, Der einzige Unterschied, sagte ich zu Hank, der immer noch aufmerksam zuhörte, besteht darin, daß man im Ford-Museum am Schluß des Rundganges in einen großen, hellerleuchteten Raum kommt, wo auf einer Plattform das neueste, auf Hochglanz polierte Fordmodell ausgestellt ist, der neue Thunderbird oder der LTD, immer gerade das Produkt, das Endprodukt all dieser arbeitsreichen Entwicklungsjahre

hier aber, und ich zeigte auf den Raum, der uns umgab, den leeren Saal, in dem wir standen, hier findet man nichts, ein Loch, eine Leere, ein paar an die Wand gekritzelte Worte, und darauf hat diese ganze Maschinerie hingearbeitet, auf dieses Vakuum, nichts hat diese ganze Nazimaschinerie produziert, nichts, nur Abwesenheit, erfunden wurde sie zur Fabrikation von Tod

Sie haben recht, sagte Hank, ich frage mich nur, ob das auch so geplant war, als sie das Museum gebaut haben, daß man dieses Gefühl von Leere bekommt, dieses Gefühl von Abwesenheit, wenn man diesen Raum betritt, und wissen Sie was, fügte er hinzu, hier riecht es sogar nach Tod

wir traten auf den Hof hinaus, die Sonne schien immer noch hell, sie stand knapp über den Mauern, Miriam wischte sich die Tränen aus den Augen, Grace Kelly setzte ihre Sonnenbrille wieder auf, eine Weile blieben wir schweigend stehen, dann sagte das Starlet zu mir, Wenn es Ihnen nichts ausmacht, würde ich gerne ein Foto von Ihnen machen, hier vor diesem Gebäude, ich hätte es gerne für mein Album, ich schicke Ihnen auch einen Abzug

Nur zu, sagte ich, aber nehmen Sie mich von meiner guten Seite

ich glaube, wir hatten alle genug von diesem Ort, doch Miriam bestand darauf, daß wir uns auch die Mahnmale ansehen sollten, so gingen wir denn quer über das ganze Lagergelände, Grace Kelly ging zum Mahnmal für die Christen, Hank, Miriam und ich zu dem für die Juden, es war gut gemacht, streng und doch bewegend, Miriam bückte sich und hob vier Kieselsteine auf, sie legte sie einzeln auf das Sims der Einfassung des Mahnmals und sagte dann leise Kaddisch

Das war für Ihre Mutter und Ihren Vater und Ihre Schwestern, sagte sie mir später, irgendwie hatte sie mir dieses Stück Lebensgeschichte entlockt, während wir durch das Museum gingen, Aber es war nicht hier, sagte ich ihr, sie sind in Auschwitz umgekommen, Ach das macht nichts, erwiderte sie, außerdem werde ich nächste Woche in Auschwitz das gleiche noch mal tun

sie war in Ordnung, diese Miriam, wenn ihr mich fragt, irgendwie war sie in Ordnung mit ihren Schuldgefühlen, ihrer Sentimentalität, es ging ihr nahe

auf dem Münchner Bahnhof trennten sich unsere Wege, sie wollte jedem von uns einen Abschiedskuß geben, also bückte ich mich, sie war sehr klein, nicht größer als einssechzig, und sie küßte mich auf beide Wangen, ich spürte noch die Nässe ihrer Augen, Auf Wiedersehen Miriam, sagte ich, vielleicht sehen wir uns in den Staaten wieder

Oh, das wäre sehr schön, sagte sie, warten Sie, ich schreibe Ihnen meine Adresse in Teaneck auf, und in ihrer kleinen und sauberen Schrift kritzelte sie sie auf die Rückseite eines Briefumschlages, Wenn Sie kommen, mache ich Ihnen meine leckere Matzo-Klößchensuppe und Rinderbrust mit Kasha, und zum Nachtisch gibt es Käsekuchen, eine Spezialität von mir

Eine bemerkenswerte Frau, sagte Hank, als wir einem Taxi winkten, das uns zurück zum Hotel bringen sollte, der Ausflug nach Dachau hatte einen ganzen Tag in Anspruch genommen, keiner von uns hatte rechte Lust zum Abendessen, im Bahnhof von Dachau hatten wir schnell etwas im Stehen gegessen, während wir auf den Zug warteten, ein paar heiße Würstchen, dazu ein Krug von diesem köstlichen bayrischen Bier

Wie wär's noch mit einem letzten Drink, schlug Hank in der Halle des Hotels vor, wir fanden in der Bar noch ein ruhiges Plätzchen, bestellten Schnaps, für das Starlet war es der erste, Ist ein anstrengender Tag gewesen, meinte Hank, aber ich bin froh, daß ich da gewesen bin, ich finde, es ist wichtig, so etwas mal gesehen zu haben, zwar hatte ich persönlich nicht direkt unter dem Holocaust zu leiden, doch ich kenne eine Menge Leute, deren Verwandte hier oder in anderen Lagern ums Leben gekommen sind, ich will einen Film über das Ganze drehen, das Drehbuch ist fertig, gar nicht schlecht, es beruht auf der wahren Geschichte von einer Jüdin, die durchgekommen ist, die Auschwitz überlebt hat, ja, dort muß es gewesen sein, weil sie Violine in einem Orchester gespielt hat, wußten Sie, daß es in den Lagern Leute gab, die für die deutschen Offiziere musizierten

Ja, ich hab davon gehört, war vielleicht das einzige Mal in der Geschichte, daß die Kunst Menschenleben gerettet hat

das Starlet saß still da, hörte dem Gespräch zwischen Hank und mir nur zu, Mich wundert bloß, sagte Hank gerade, wie genau sie das alles festgehalten haben, schließlich müssen diese ganzen Bilder doch von den Leuten gemacht worden sein, die die Lager betrieben haben, was für ein seltsamer Drang sie dazu getrieben haben mag, diese Scheußlichkeiten im Bild festzuhalten, beim besten Willen, mir ist das unerklärlich

Das ist ein menschliches Grundbedürfnis, sagte ich, das Bedürfnis, festzuhalten, was der Mensch zur vermeintlichen Vollendung der Geschichte beiträgt, ich bin sicher, sie waren überzeugt, sie würden mit alledem der Menschheit einen Dienst erweisen, indem sie die Welt von all dem Schmutz und Abschaum säuberten

Ja, ich glaube, es hängt davon ab, was man für gut hält und was für böse, sinnierte Hank

auch er war in Ordnung, trotz seiner Hollywood-Allüren und seiner aufgesetzten Blasiertheit und trotz der Art, wie er sich kleidete, fand ich langsam Gefallen an ihm, und erst als wir in der Bar saßen, fiel es mir auf, aber er hatte während unseres Besuchs in Dachau ein kariertes Sportsakko getragen, eine enganliegende, weiße Hose, ein himmelblaues, bis zum Nabel offenes Hemd und einen bunten Seidenschal lose um den Hals gebunden, und, ah ja, außerdem trug er noch ein paar Lederschuhe, weiße Stepschuhe, ich weiß nicht, warum mir gerade das unpassend erschien

nach ein paar Drinks sagte Hank, So, war'n langer Tag heute, und jetzt ist es spät, morgen wollen wir die Museen abklappern, die alte Pinakothek muß ein ziemliches Ding sein, besser, wenn man ausgeschlafen ist, also ich geh jetzt rauf, kommst du mit, Liebling

Hast du was dagegen, wenn ich noch ein bißchen sitzenbleibe und mich mit unserem Freund unterhalte, sagte Grace Kelly, ich bin noch nicht müde, ein Gläschen trink ich noch

Sicher, wie du möchtest, aber versuch mich nicht zu wecken, wenn du hoch kommst, und dann, zu mir gewandt und meine Hand schüttelnd, und Sie, wohin fahren Sie von hier aus, haben Sie schon ein bestimmtes Ziel

Ach, ich weiß noch nicht, ein bißchen in der Gegend herumgondeln, vielleicht fahre ich in die Schweiz, einen Freund besuchen, hörte sich gut an, plötzlich fiel mir ein, daß sie keine Ahnung hatten, wer ich war, was ich so machte, woher ich kam und wohin ich ging, irgendwie hatten wir zwei volle Tage miteinander verbracht, gemeinsam ein aufwühlendes Erlebnis gehabt und hatten doch nicht das geringste über uns selbst erzählt, Ich bin auf Urlaub hier, log ich

Nun, vielleicht sehen wir Sie ja morgen beim Frühstück, wir wollen früh los, falls wir uns nicht mehr sehen, sagte Hank freundschaftlich, wünsche ich Ihnen alles Gute, dann gab er dem Starlet einen Kuß auf die Wange und ging

Grace Kelly und ich, einen Moment lang saßen wir schweigend da, ein wenig verlegen, weil wir plötzlich allein waren, im Halbdunkel der Bar sah sie noch hübscher aus als zuvor, Netter Kerl, sagte ich

Ach, Sie meinen Hank, ja, er ist wunderbar, und so gut zu mir, Sie können sich das nicht vorstellen, ohne ihn wäre ich nichts, ich meine, ich würde jetzt noch kleine Rollen beim Sommertheater spielen oder Werbespots drehen

ich wollte sie gerade ein bißchen über ihr Leben, ihre Ziele, ihre Wünsche ausfragen, als sie ganz unerwartet über den Tisch nach meiner Hand griff und sie sanft drückte, ihre Hand war kühl, Ich habe Sie heute nachmittag beobachtet, sagte sie, als Sie sich diese Bilder angesehen haben, da war etwas in ihrem Gesicht, mir ist nicht klargeworden, was es war, sind Sie auch dort gewesen

So könnte man wohl sagen, im weiteren Sinne sind wir alle Überlebende

Bitte, erzählen Sie mir davon, flehte sie mich mit sanfter Stimme an, und ich weiß nicht warum, aber ich fing an, ihr diese Geschichte zu erzählen, ihr wißt schon, die Geschichte von dem kleinen Jungen in der Abstellkammer, mit den Zügen, die durch die Nacht rollen, ich erzählte ihr sogar die Geschichte von den rohen Kartoffeln

Was für rohe Kartoffeln, fragten Moinous und ich, wir saßen immer noch im La Coupole und tranken unseren Calvados

Ja, was ist denn mit diesen rohen Kartoffeln, fragte ich Moinous und Namredef, von dieser Geschichte habe ich noch nie gehört

Ach kommt, diese Geschichte kennt ihr doch, sagte er zu uns, die rohen Kartoffeln im Zug, das habe ich euch schon so oft erzählt, ihr wißt doch noch, als der Junge schließlich die Abstellkammer verließ, im Mantel seines Vaters und mit jenem großen Filzhut auf dem Kopf, da irrte er ziellos durch die Straßen der Stadt, versteckte sich in Hauseingängen, wenn er jemanden kommen sah, es war jetzt mitten in der Nacht, er wußte natürlich überhaupt nicht, wohin er gehen oder was er tun sollte, aber irgendwie fand er sich vor dem Bahnhof wieder, und selbst ihm mit seinem wirren zwölfjährigen Verstand war klar, wenn es ihm gelang, sich unbemerkt in einen Zug zu schleichen, dann hatte er die besten Chancen, diesem Alptraum zu entkommen, also schlenderte er in den Bahnhof, auf dem für diese Nachtzeit noch sehr viel Betrieb und ein ziemlicher Lärm herrschte, da standen eine Menge Leute mit Taschen und Koffern, und überall Soldaten, er stellte sich neben eine Frau mit zwei Kindern und tat so, als ob er zu ihr gehörte, und hoffte, er würde ihr einfach folgen können, wenn sie in den Zug stieg, doch plötzlich gab es einen Aufruhr im

Bahnhof, die Soldaten schrien und trieben die Männer in eine Ecke der Wartehalle, alle Männer, auch ihn, so wie er war, mit seinem Mantel, der ihm bis auf die Knöchel ging, und immer noch barfuß, auch er wurde gegen die Wand gestellt, wie die anderen Männer, er war groß für sein Alter

ein Offizier befahl den Männern, die Hosen runterzulassen, und als er an der Reihe war, knöpfte er seinen Mantel auf, ließ seine kurzen Hosen auf die Füße rutschen, denkt daran, er hatte sonst nichts an, und zeigte seinen kleinen Penis vor, der war natürlich beschnitten, so nahmen sie auch ihn mit, wie die anderen Juden, und später stießen sie ihn in einen Zug, in einen Güterwaggon mit einem Schild, auf dem stand, 20 Pferde oder 40 Personen, er war vollgestopft mit Kindern, Jungen, kleinen und älteren, nur Jungen, zusammengepfercht, der Wagen stank nach Urin, und drinnen war viel Schluchzen und Weinen

also, diese Geschichte habe ich euch bestimmt schon mal erzählt, jedenfalls hielt der Zug immer wieder an, dann fuhr er wieder ein Stück und hielt wieder an, so ging das stundenlang, tagelang, drei oder vier Tage, keiner wußte, wie lang und in welche Richtung der Zug überhaupt fuhr, diese Kinder dachten nur noch an Essen, seit der Zug den Bahnhof verlassen hatte, hatten sie nichts zu essen bekommen, und unerträglich heiß war es in diesem Wagen, es muß im Juli gewesen sein, vielleicht auch August

eines Nachts, während eines langen Halts mitten im Nirgendwo, gelang es dem Jungen, bis zur Tür zu kriechen, über die Körper der anderen Jungen hinweg, und sie einen Spalt weit aufzuschieben, ihr kennt doch diese großen Schiebetüren von Güterwagen, er saß nur so da und steckte den Kopf heraus, da kam ein anderer Junge und setzte sich zu ihm, aber sie sprachen kein Wort miteinander, dann kam ein Zug aus der Gegenrichtung und hielt auf dem Nebengleis, kaum eine Armlänge entfernt, er schob die Tür noch etwas weiter auf, er konnte die Soldaten reden hören, doch zwischen den beiden Zügen war keiner zu sehen, er sah sich um, draußen war es noch nicht ganz dunkel, weiter hinten, im nächsten Waggon, sah er, wie ein anderer Junge, ungefähr genau so groß wie er, über die Gleise sprang und in dem zweiten Zug verschwand, da sprang auch er, hielt sich mit einer Hand an der Seite des Wagens fest und schob mit der anderen die Tür auf, sie glitt ganz leicht zur Seite

Und der andere Junge, der neben ihm saß, fragte das Starlet, ist der auch gesprungen

Nein, warum weiß ich auch nicht, aber er ist nicht gesprungen, jedenfalls ist er in den Wagen reingeklettert, die Jutesäcke voller Kartoffeln waren fast bis unter die Decke gestapelt, dicke, matschige Kartoffeln, er kletterte auf die Säcke, riß einen mit bloßen Händen auf, mit den Fingernägeln, nahm ein paar Kartoffeln raus, rieb den Dreck, so gut es ging, an seinem Mantel ab und fing an zu essen

Wie, einfach so, die rohen Kartoffeln, das Starlet schüttelte sich, das muß ja gräßlich schmecken

Ja roh, mit Schale, Dreck und allem, ich weiß nicht, wie lange er dagesessen hat und eine Kartoffel nach der anderen verschlang und auch nicht, wieviel er gegessen hat, er hat sich sogar die Taschen vollgestopft, für später, aber er hat so lange weitergekaut, bis ihm schlecht wurde, und als er schließlich nichts mehr herunterbekam, als er das Gefühl hatte, er müsse sich übergeben, da kletterte er wieder von den Säcken runter und ging zur Tür, um in seinen Zug zurückzukehren, zu den anderen Jungen, aber stellen Sie sich seine Panik, den Schrecken vor, als er entdeckte, daß der Zug abgefahren war, er war so sehr mit den Kartoffeln beschäftigt gewesen, daß er ihn nicht mal hatte anrucken hören, was sollte er jetzt tun, er hatte überhaupt nicht daran gedacht zu fliehen, als er gesprungen war, nein, er hatte nur nach Eßbarem Ausschau halten wollen, der Hunger hatte ihn in den anderen Zug getrieben, nicht der Gedanke an Flucht, aber so hat er überlebt, so ist er an den Lagern vorbeigekommen.

das Starlet hatte ganz feuchte Augen, und als ich aufhörte zu reden, murmelte sie, Armer kleiner Junge, armer kleiner Junge, Sie sind das gewesen, stimmt's

Nein, sagte ich zu ihr, das ist nur eine Geschichte, aber sie glaubte mir nicht, immer wieder sagte sie, Das ist Ihre Geschichte, ich weiß es, so, wie Sie das Ganze erzählen, kann es gar nicht anders sein, sie saß jetzt neben mir, und ich konnte die Wärme ihres Schenkels an meinem spüren und die Hand, mit der sie mein Knie streichelte

Schauen Sie, sagte ich zu ihr, mehr ist es nicht, eine Geschichte, irgend jemandes Geschichte, eine Geschichte unter Millionen anderen, die genauso gehen

wir blieben noch ein Weilchen in der Bar sitzen, sie war dicht neben mir, voller Rührung und Mitleid, und dann, ich weiß nicht mehr, wann und wie, wir waren im Aufzug, da umschlang sie mich, und ihr Mund suchte nach meinem, und natürlich stand er mir massiv, Oh Sie tun mir ja so leid, sagte sie zwischen zwei Zungenküssen zu mir, so wahnsinnig leid, und dann waren wir in meinem Zimmer, und ich weiß noch, wie ich gedacht habe, Scheiße, was läuft denn hier ab, ihre Hände tasteten an mir herum, knöpften mein Hemd auf, öffneten meinen Gürtel, meinen Reißverschluß, und dabei flüsterte sie in einem fort, Armer kleiner Junge, armer kleiner Junge, könnt ihr euch vorstellen, in was für einer Situation ich da war, dieses Biest wollte mich aus Mitleid vögeln

langsam stieg Wut in mir hoch, ich geriet in Rage, am liebsten hätte ich sie rausgeschmissen, aber da standen wir beide schon nackt mitten im Zimmer, die Kleider auf dem Fußboden, und hielten uns leidenschaftlich umklammert, in dem langen Spiegel an der Wand hinter ihr konnte ich unsere beiden Körper sehen, ich sah, wie meine Hand eine ihrer Arschbacken packte, ein phantastischer Arsch, straffe weiße Haut, ich sah zu, wie meine Hand ihr von hinten tief zwischen die Beine griff, sie hatte ein Bein angehoben, es ruhte auf der Zehenspitze, und dabei preßte sie ihren Körper gegen meinen, sie begann zu stöhnen, sie hatte meinen Schwanz gepackt, drückte ihn und rieb ihn gegen ihr goldenes Schamhaar, ich konnte noch immer im Spiegel sehen, wie unsere Körper langsam hin- und herschwankten, plötzlich fiel mir ein, Hank könnte hereinplatzen und uns so finden, vielleicht würde er eine Szene machen und Streit anfangen, Scheiß drauf, sagte ich zu mir, sie wollte es so

ich schob sie zum Bett und fiel auf sie, Mann, ich wollte sie auf Teufel komm raus durchvögeln, aber sie war sanft und zärtlich, so umwerfend sanft und zärtlich, daß sie auch mich sanft machte, nicht ich vögelte sie, sondern sie vögelte mich, und zwar mit einer solchen Zärtlichkeit, ich meine, mit so viel Mitgefühl, so viel Mitleid, daß ich völlig entwaffnet war, ich sage euch, vielleicht war sie die tollste Frau, die ich je in meinem Leben gevögelt habe, aber es hat mir keinen Spaß gemacht, dabei ist sie lange geblieben, sie hat alles mit mir gemacht, hat mich von oben bis unten abgeküßt und abgeleckt, mir einen gelutscht und mich immer wieder gevögelt, ich fühlte mich völlig ausgepreßt, leergepumpt, und die ganze Zeit über hauchte und stöhnte sie, Ich komme, ich komme schon wieder, ich schwör's euch, mittendrin wäre ich fast eingeschlafen

ein paar Stunden später ging sie, zog sich an, legte sogar noch etwas Make-up auf, ich lag im Bett, völlig benommen und kaputt, sie küßte mich und sagte dann, Danke, vielen Dank, Sie sind ein wundervoller Mensch, ich werde Sie nie vergessen

kaum war sie weg, stieg der Zorn wieder in mir hoch, ihr Mitleid kann sie für sich behalten, sagte ich mir, ich lief im Zimmer auf und ab wie ein Raubtier in seinem Käfig, ich duschte, es war schon nach vier Uhr morgens, ich zog mich an, legte ein paar Scheine auf die Frisierkommode als Bezahlung für das Zimmer und verließ das Hotel, sogar der Nachtportier war auf einem der Sofas in der Halle eingenickt, ich wollte niemanden sehen, vor allen Dingen diese beiden nicht, den Filmregisseur und sein Nymphchen

gegen sechs Uhr in der Früh erwischte ich auf dem Bahnhof einen Zug, den ersten, der vorbeikam, er fuhr nach Stuttgart und dann nach Basel, scheißegal, dann fahre ich eben nach Basel, egal, irgendwohin, nur weg von hier

in einem leeren Ersterklasseabteil schlief ich ein, als ich Stunden später wieder aufwachte, war der Zug gerade in den Bahnhof von Baden-Baden eingefahren, Aha, hier hat doch Dostojewski gespielt, na sicher, im Jahre 1863, jetzt fällt es mir wieder ein, einen Haufen Geld hat er hier gewonnen und dann alles wieder verloren, hat sogar mit dem Gedanken gespielt, sich hier umzubringen, Roulettenburg hat er es genannt, ich sprang aus dem Zug, als er gerade wieder anfuhr

ich nahm ein Zimmer in einem Hotel gegenüber vom Bahnhof, schlief noch ein paar Stunden, aß gut zu Abend, Schweinekotelett mit Kartoffeln, Gurkensalat, und dann so gegen neun an diesem Abend stopfte ich mir die Taschen voll mit Deutschmark und betrat das elegante Kasino von Baden-Baden

verdammt noch mal, dieses Mal wollte ich auf's Ganze gehen, dieses Scheißland wollte ich als reicher Mann verlassen, wollte mir alles von ihnen zurückholen

zwei Tage und zwei Nächte spielte ich durch, immer wieder hastete ich in mein Hotelzimmer zurück, um Geld aus dem Koffer zu holen, ich verlor, oh nein, nicht schnell, sie stichelten und quälten mich, ließen mich ab und an gewinnen, eine Kolonne, ein Carré, oder ein Cheval, aber nie eine volle Nummer, ja, ich verlor, und ich wußte es, meine Einsätze wurden immer höher, ich versuchte es mit Bakkarat, Blackjack, dann zurück an den Roulettetisch, ich spürte, wie es mir durch die Finger glitt, und sie spürten es auch, sie spürten das ganz genau, die Deutschen an den Tischen und die anderen Spieler, die Zehnmarkspieler, die mir zusahen, ihre Stimmen waren gedämpft, die Augen grau, sie starrten mich an, und die Croupiers mit ihren Nazigesichtern und ihren langen Stöcken, mit denen sie ständig mein Geld abräumten, lächelten fast, aber so schnell gab ich mich nicht geschlagen

ich lief zum Hotel zurück, vielleicht zum sechsten Mal, der Koffer war voller Geld gewesen, aber jetzt raffte ich die letzten paar Scheine zusammen, alles, und stand wieder am Roulettetisch, gut zwanzig Packungen Zigaretten muß ich in diesen zwei Tagen und Nächten geraucht haben, miese deutsche Zigaretten, meine Kehle brannte

ich setzte 200 Mark auf die Vier, Einundzwanzig Rot Ungerade und Passieren, sagte dieser Scheißcroupier, Einundzwanzig, gleich neben der Vier auf dem Rad, das war's, Schluß, ich kam mir vor wie ein Esel, wie ein Bettler, als ich meine letzten fünf Mark plazierte, auf die Zweiundzwanzig, Monsieur, sagte der Croupier auf französisch zu mir, le minimum à cette table c'est vingt Mark

dieser arrogante Mistkerl, er und seine Mit-Croupiers hatten mitangesehen, wie ich ein Vermögen verspielte, und da hatte er tatsächlich die Stirn, mich an den Mindesteinsatz zu erinnern, ich nahm mein Fünfmarkstück und warf es quer über den Tisch dem Croupier an den Kopf, Pour les employés, brüllte ich, steckt's euch irgendwohin, und marschierte aus dem Kasino

wieder in meinem Hotelzimmer angelangt, das ich im voraus bezahlt hatte, warf ich mich aufs Bett, versetzte dem leeren Koffer einen Tritt, daß er in die Ecke flog, und starrte die Decke an, Idiot, imbécile, sagte ich laut, aber es war zu spät, sie hatten alles genommen, hatten mir alles abgenommen

mein Blick fiel auf den Kronleuchter, ein klotziges Rokokomonstrum, Bronze massiv, protzig, mit kleinen Engelchen, die die Glühbirnen halten, ich zählte sie, sechsunddreißig, und dann entschied ich, das war's, zum Teufel, warum soll ich nicht hier Schluß machen, ist doch egal, ob hier oder anderswo, vielleicht sollte ich hier ja auch enden, ich stand auf, zog die Laken vom Bett ab, drehte sie zu einem Strang zusammen, kletterte auf einen Stuhl und zog ein paar mal mit aller Kraft an dem Kronleuchter, er schien solide zu sein, alles Deutsche ist solide, ein Ende des Stranges knotete ich an dem Leuchter fest, aus dem anderen machte ich eine Schlinge und legte sie mir um den Hals, könnt ihr euch vorstellen, wie ich da auf diesem Stuhl stand in diesem reichverzierten Zimmer in Baden-Baden, ich hatte sogar einen Abschiedsbrief geschrieben, ihr werdet es nicht glauben, es waren die letzten Worte aus Dostojewskis Der Spieler, Morgen, morgen, wird alles zu einem guten Ende kommen

ich trat den Stuhl unter mir beiseite, der Strang um meinen Hals straffte sich, und dann brach alles zusammen, auf einmal lag ich rücklings auf dem Boden, die halbe Decke stürzte auf mich, Mund und Augen voller Gips und Staub, der verfluchte Kronleuchter traf mich in die Magengrube, mein Gesicht war übersät von Schrammen und Kratzern, wie lächerlich man doch sein kann

auf dem Gang vor meinem Zimmer mußten ein paar Leute im Vorbeigehen das Krachen der Decke und das dumpfe Geräusch beim Aufprall meines Körpers auf dem Boden mitbekommen haben, ich hörte, wie sie nach dem Hoteldirektor riefen, und wenig später stand er im Zimmer, hinter ihm die Zimmermädchen, die Pagen, die Portiers, ein ganzer Pulk, der sich hinter ihm drängelte, immer mehr Gesichter, die sich in den Türrahmen zwängten, und da lag ich auf dem Boden, immer noch leicht benommen, den gewaltigen Kronleuchter auf dem Bauch und über und über mit Gips und Schutt bedeckt

niemand grinste oder lachte, oh nein, sie starrten mich einfach mit ihrem deutschen Blick an, sie schienen sogar besorgt, dann halfen mir zwei oder drei wieder auf die Beine, klopften meine Sachen ab und entschuldigten sich dabei, ich schob sie beiseite, Es geht schon, ist schon in Ordnung, sagte ich immer wieder, lassen Sie mich in Ruhe, und ging aus dem Zimmer, lief die

Treppe hinunter und hinaus auf die Straße, den Koffer ließ ich natürlich zurück, war ja auch nichts mehr drin.

Verdammter Mist, nicht mal sterben kann ich in diesem beschissenen Land, nein, die lassen mich hier nicht sterben

So, das ist die Geschichte, ihr wolltet wissen, was ich gemacht habe, jetzt wißt ihr's, danach habe ich mich irgendwie bis nach Paris durchgeschlagen, und hier habe ich die letzten Monate verbracht, habe mich, so gut es ging, am Leben erhalten, indem ich diese blöden Zuhälter beim Billard reinlege, und versuche, wieder zu mir zu kommen

Es ist wirklich unglaublich mit dir, sagten wir zu ihm, du mußt verrückt sein, warum zum Teufel tust du dir so etwas an, was ist denn bloß los mit dir, warum kannst du die Vergangenheit nicht einfach vergessen und wie ein normaler Mensch weitermachen

wir hatten das Coupole verlassen und gingen jetzt die Rue de Rennes hinunter, zu seinem Hotel, es war schon ziemlich spät, kein Mensch war mehr auf der Straße, wir kamen zu seinem Hotel, eine von diesen schmuddeligen Absteigen, Rue Jacob, Hôtel des Deux Continents, wie Moinous bemerkte, die reinste Ironie

Ach ja, ich kenne das Hotel, werfe ich ein, da bin ich auch mal gewesen, vor ein paar Jahren, richtig, Rue Jacob, weiter unten auf der gleichen Straße wie Les Editions du Seuil, paßte ja sehr gut zu ihm, Hôtel des Deux Continents

Kann man wohl sagen, bestätigte Namredef

Kommt ihr noch mal kurz mit hoch, fragte der alte Mann, es ist zwar nicht toll, aber was will man machen wir stiegen die engen Treppen zum dritten Stock hinauf, im Treppenhaus roch es nach angebranntem Blumenkohl, Nein, nach ranziger Pisse, berichtigte Moinous, Na gut, also dann eben nach Pisse

das Zimmer war winzig, kaum groß genug für das Bett, einen Tisch und einen Stuhl, jetzt versuchte es Namredef mit ein bißchen Naturalismus

Macht's euch bequem, wenn ihr Platz zum Sitzen findet, il faut que j'aille pisser un coup, sagte der alte Mann und war schon auf dem Weg die halbe Treppe runter zum WC

Soll das etwa heißen, das Zimmer hatte keine Toilette, erkundigte ich mich

Du machst wohl Witze, entgegnete Moinous, in so einer Bruchbude gibt es doch kein privates Pissoir

wir saßen beide auf der Bettkante und spürten so langsam die Anstrengungen des Tages in den Knochen, Hör auf zu gähnen, sagte ich zu Moinous, der am liebsten auf das Bett gesunken wäre, das ist unhöflich

Na und, ist doch nicht meine Schuld, ich bin kaputt, mir fallen die Augen zu

Mir auch, ich bin total fertig, aber freust du dich nicht, daß wir ihn gefunden haben

Sicher, natürlich, aber deshalb muß man sich doch nicht die ganze Nacht um die Ohren schlagen, es ist schon so spät, warum können wir nicht morgen wieder vorbeikommen

Nein, ich glaube, es ist besser, wenn wir heute abend bei ihm bleiben, er braucht uns wir sahen uns im Zimmer um, was für ein Durcheinander, die Laken des ungemachten Bettes sahen aus und rochen, als seien sie seit Wochen nicht gewechselt worden, überall auf dem Boden verstreut lag schmutzige Wäsche und zerknülltes Papier, über dem Heizkörper waren ein T-Shirt, eine Unterhose Marke Eminence und zwei nicht zusammenpassende Socken wie tote Fische zum Trocknen aufgehängt, wenn man einmal in den Naturalismus geraten ist, kommt man so leicht nicht wieder heraus, in einer Ecke ein Stapel alter Zeitungen, hier und da ein paar zerfledderte Bücher, einige waren noch dort aufgeschlagen, wo er zu lesen aufgehört hatte, ich nahm eines der Bücher, um zu sehen, was der alte Mann las, Spengler, Der Untergang des Abendlandes, hmm, interessant, auf dem Tisch neben der Schreibmaschine ein vergammeltes Stück pain de campagne und eine offene Schachtel mit einem vertrockneten Camembert, auf der nackten Wand war mit einer Heftzwecke ein Schnappschuß befestigt, ein altes Foto von uns dreien, der alte Mann stehend in der Mitte, groß und schlank in einem grauen Anzug, links und rechts daneben wir beide, Moinous und ich, klein, rund und mollig wie zwei Knödel, vom Bett aus, wo wir saßen, sahen wir drei auf dem Bild aus wie die Skulptur eines gigantischen erigierten Phallus mit den Hoden, allerdings etwas unscharf vor einer Landschaft mit Bäumen und einem Stück weißen Gewölks, aber aus einem anderen Blickwinkel sahen wir aus wie eine Rakete, ja, wie ein in den Himmel ragendes Raumschiff mit zwei seitlich befestigten Treibstofftanks

In diesem Bild steckt eine Menge Symbolik, meinte Moinous, als ich ihn darauf aufmerksam machte, aber wir konnten uns beide nicht daran erinnern, wann und wo das Foto aufgenommen worden war

Also wenn man an diese beiden Arschlöcher mit ihren

Messern im Ärmel denkt und sich hier dieses stinkige Loch ansieht, sagte der alte Mann, während er sich noch die Hose zuknöpfte, nachdem er von der Toilette zurückgekommen war, dann begreift man, wie recht dieser Mensch gehabt hat, wie hieß er doch, irgendein Historiker war's, der im Jahre 1899 gesagt hat, es sei tragisch, wie unvorbereitet Frankreich den Schritt ins 20. Jahrhundert tue, sehr prophetisch, und heute könnte man sagen, es ist komisch, wie unvorbereitet Frankreich den Schritt ins 21. Jahrhundert tut, er saß am Tisch, uns gegenüber, und sah aus wie ein Professor, der sich anschickt, seinen Studenten einen Vortrag zu halten, er schob ein paar Blätter zur Seite

für eine Weile sagte keiner etwas, Moinous und ich fühlten uns nicht ganz wohl in unserer Haut, der alte Mann saß mit geschlossenen Augen da, aber er schlief nicht, er trommelte mit den Fingern auf den Tisch, schließlich deutete ich auf den Schnappschuß an der Wand und fragte, Sag mal, wo hast du dieses Bild eigentlich aufgenommen

Ach wißt ihr das nicht mehr, das habe ich im New Yorker Central Park gemacht, an dem Tag, als sie mir den Frances-Steloff-Preis verliehen haben, 19, Mist, ich weiß das Jahr nicht mehr, 1971 muß es gewesen sein, oder, das war vielleicht ein Witz

ich glaube, er irrte sich mit dem Datum und dem Schauplatz, aber ich wußte es selbst auch nicht mehr, außerdem hatte ich nur gefragt, um das Gespräch nicht einschlafen zu lassen

Wie wäre es mit einem Schluck Wein, sagte er plötzlich, kniete sich auf den Boden und zog zwei Flaschen billigen Nicolas-Wein unter dem Bett hervor, wir tranken abwechselnd aus der Flasche, Moinous und ich vorsichtig und etwas widerstrebend, der alte Mann dagegen leerte in zwei Schlucken die halbe Flasche, nie hatten wir ihn so trinken sehen, gerade ihn nicht, der immer Nüchternheit gepredigt hatte, man sah uns an, daß wir uns Sorgen machten

Ah die Tage des Zechens und die Nächte des Kotzens, die zu einem Schleier von Schlaflosigkeit zusammenlaufen, sagte er und wischte sich mit dem Handrücken den Mund ab, manchmal muß das einfach sein, er versetzte der leeren Flasche einen Tritt, und sie schlidderte über den Boden, Aber ich nehme an, ihr beiden wollt wissen, was ich in den letzten Monaten so getrieben habe, nicht wahr, nun, gewissermaßen habe ich mich in diesem Rattenloch mit der Frage beschäftigt, ob wir überhaupt noch fähig sind, radikale Fragen zu stellen, ehrlich, genau das habe ich getan, oder, wenn euch das lieber ist, ich habe mich gefragt, ob die Literatur für uns immer noch eine letzte Zuflucht sein kann, ist keine einfache Frage, wirklich nicht, aber damit habe ich eben meine Zeit verbracht, in diesem merdier littéraire du sixième arrondissement, drunter und drüber geht es hier, bordel de tous les bordels, er nahm noch einen Schluck Wein aus der Flasche, Aber wißt ihr was, ohne die Idee der Willensfreiheit ist die Menschheit völlig uninteressant, und das ist heute das eigentliche Problem, die Willensfreiheit, und eins ist sicher, ohne Willensfreiheit ist Literatur einfach nicht denkbar, und dann erzählte er uns von dem Roman, den er gerade beendet hatte, er klang jetzt fröhlich, froh darüber, daß er wieder mit uns zusammen war, und auch wir waren froh

Ihr werdet es nicht glauben, aber ich habe sieben Monate an diesem verflixten Ding gearbeitet, sieben Monate an einem Stück, Tag und Nacht, 15 oder 18 Stunden am Tag, bin fast verrückt geworden in diesem Drecksloch, dieser stinkenden Abstellkammer, fast durchgedreht bin ich, während ich auf meiner guten alten Selectric herumhämmerte, liebevoll ließ er seine Hand über die vor ihm stehende Schreibmaschine gleiten

Ach, wie ich sehe, hast du noch immer diese alte Schreibmaschine, sagte Moinous

Ja, kann mich einfach nicht von ihr trennen, mit ihr geht es immer noch am besten, ich bin hier fast ausgerastet, bin mit dem Kopf gegen die Wand gerannt, aber jetzt habe ich's geschafft, jetzt bin ich soweit, das Ding ist fertig, seid ihr nicht neugierig, was es ist, ein erwartungsvolles Flackern trat in seine Augen, er strich sich über den Bart, Ich will es mal so ausdrücken, statt aus alten Träumen Geschichten zu machen, habe ich Geschichte in Träume verwandelt, oder vielmehr in Alpträume, ja, erinnert ihr euch noch an die Zeile bei William Blake, Das Feuer weidet sich an seiner Form, genau das habe ich gemacht, das Feuer in meinem Inneren, oder wie immer man die Stiche in meinem Gedärm nennen will, in eine reine Form gebracht, ist vielleicht das beste, was ich je geschrieben habe, nein, ehrlich, ich erzähl' euch keinen Quatsch, aber wer weiß, na ja, ist ja auch egal

Oh, es ist bestimmt gut, sagte Moinous, und auch ich nickte zustimmend, schon das letzte, was wir von dir gelesen haben, war gar nicht so übel, wie hieß es doch gleich, Amer, Amer soundso, ach, jetzt hab ich's, Amer Eldorado, das war ein verrücktes, wahnsinniges Buch, aber worum geht's denn in dem neuen

He, wie wär's, wenn ich es euch mal vorlese, das neue Buch, meine ich, es sind nur zwanzig Seiten, das dauert nicht allzu lange

Hast du nicht eben was von einem Roman gesagt, riefen wir überrascht

Ja, ein Zwanzigseitenroman, na und, was ist denn daran so komisch, nicht jeder Roman muß ewig weitergehen, aber ihr werdet sehen, hier ist jede Seite wie zwanzig normal geschriebene, tatsächlich, so verdichtet ist das Ganze, nur das wirklich Wichtige ist übriggeblieben, alles andere ist im Klo gelandet, das ganze überflüssige Wortgedrechsel, kein Wort ist da zuviel, eine einzige lange syntaktische Entgliederung ohne Anfang oder Ende, so wie es sein soll, alles an der richtigen Stelle, das hoffe ich wenigstens, ja nur Worte, Worte, einem absichtsvollen Chaos überlassen und doch zugleich eingezwängt in eine unausweichliche Form, ihr werdet ja sehen, Kisten aus Worten

das kam alles ziemlich überraschend, und obwohl es schon reichlich spät war und wir mit unseren Kräften völlig am Ende, sagten wir, Okay, schieß los, wir hören

aus einem Pappkarton unter dem Bett zog er ein schmuddeliges Manuskript hervor, setzte sich an den Tisch und nahm seine Lesebrille, Es ist wie ein Schrei, sagte er, ein langer Schrei, aber nicht aus Verzweiflung, nein, nur ein Schrei

er räusperte sich, Es heißt The Voice in the Closet / Die Stimme in der Abstellkammer, sagte er, als er die erste Seite umblätterte, und dann begann er mit tiefer Stimme zu lesen, er las schnell und ohne ein einziges Mal aufzusehen

Wirklich toll diese Lesung, und eine Wahnsinnsgeschichte, du hättest ihn hören sollen, meinte Namredef zu mir, wir waren hingerissen, zuerst wußten wir gar nicht, was wir sagen sollten, wir waren sprachlos

Na, was meint ihr dazu, gefällt sie euch, fragte er, als er

das Manuskript beiseitelegte, also ich bin völlig begeistert von diesem Stück, sieben Monate habe ich an diesem verflixten Ding gearbeitet, sieben Monate für zwanzig Seiten

Es ist phantastisch, einfach großartig, sagten wir wie aus einem Munde, vielleicht etwas dunkel, es ist nicht leicht, zu folgen, besonders am Schluß, auf den letzten Seiten, der letzte Atemzug, aber es nimmt einen mit, fügten wir rasch hinzu, es erinnert auch an diese Geschichte, die du uns in Palermo erzählt hast, weißt du noch, die mit dem kleinen Jungen in der Abstellkammer, der so dringend muß und den Haufen in Zeitungspapier einwickelt und das Päckchen dann aufs Dach legt, es hört sich zumindest so an, als wäre es eine andere Fassung dieser Geschichte

Da ist was dran, alle Geschichten sind sich gleich, aber lassen wir die Geschichte mal beiseite, was haltet ihr denn von dem Text, ist er gut geschrieben, was haltet ihr von dem Fluß der Sprache, von der Form, das interessiert mich, die Geschichte ist mir völlig egal, und was heißt hier denn, es sei nicht leicht, ihr zu folgen, kapiert ihr denn nicht, daß die Geschichte nur so geschrieben werden konnte, für mich gab es einfach nichts anderes, es ist ein anspruchsvolles Thema, für das eine anspruchsvolle Form gefunden werden mußte

Nein, das haben wir nicht gemeint, es ist wirklich großartig geschrieben, wir wollten dich nicht runtermachen, es ist mit Sicherheit eines der besten Stücke, die du je geschrieben hast, auch eines der ausgefallensten, aber es ist überladen, es ist schwer, alles mitzukriegen, weißt du, man muß sich ungeheuer konzentrieren, vielleicht sind wir auch einfach zu müde, und

Nichts habt ihr verstanden, ihr Schwachköpfe, überlegt euch nur mal den Wahnsinn, für all die möglichen Wörter eine geeignete Form zu entwerfen, dazu immer der Wunsch und das Bedürfnis nach mehr, einfach ein paar Worte mehr, und die Aufregung über den Zufall, aber denkt auch an die kühle Zurückhaltung, die Selbstbeherrschung, das notwendige Kalkül, bis hin zum Abzählen der Buchstaben in den Wörtern, um ihre Anwesenheit oder ihre Eliminierung zu rechtfertigen, vergegenwärtigt euch doch mal, was das für eine eiserne Disziplin erfordert, und was für eine Raffinesse, jawohl, Raffinesse, so ein Spiel voraussetzt, denn die kontrollierte Bissigkeit der Sprache, versteht ihr, soll ja vor der emotionalen Gewalt des darunterliegenden Dramas schützen

Ein Gleichgewicht der Irrationalität, sagte Namredef

Der reine Irrsinn, meinetwegen, aber zwischen diesem Irrsinn und dieser Vorsicht muß jedes Wort so geschrieben, so gesetzt werden, als wäre es das letzte, der letzte Atemzug, wenn man am Rand eines Abgrunds steht und sich gegen den Wind stemmt, und das eine Wort, das zufällig keinen Nachfolger hat, kann nur für einen kurzen Moment das letzte sein

Mit anderen Worten, eine Übung darin, die Endlosigkeit endlicher zu machen, meinte Namredef, während Moinous sich am Kopf kratzte und als wortverdrehendes Echo murmelte, Oder die Unendlichkeit noch unendlicher

Ach, zum Teufel mit euch beiden, Korinthenkacker seid ihr, wirklich, versteht ihr denn nicht, es ist dieser letzte Moment, genauso definitiv oder nicht definitiv wie alle anderen, der das Spiel auf seinen Höhepunkt treibt, denn genau diesen Moment hat der Schriftsteller auf eigene Gefahr gewählt, um die Geschichte fallenzulassen, um sich von ihr abzuwenden und die Trümmer der Erinnerung in ihrer ganzen Herrlichkeit sich entfalten zu lassen

Ach Scheiße, für was anderes interessierst du dich wohl nicht, Form, Form und semantische Spielchen, und was ist mit dem Inhalt, ja was ist mit der Geschichte von dem kleinen Jungen in der Abstellkammer und den Juden, den Lagern, den Gaskammern, der Endlösung, wieso zum Teufel kommst du damit nicht raus

Es ist doch alles drin, ihr Vollidioten, in den Wörtern, Erzähler und Erzähltes, Überlebende und Opfer, alle vereint in einem Entwurf, wenn ihr den Text aufmerksam lest, dann werdet ihr sehen, wie vor euch, auf der wirr gemusterten, weißen Fläche, von den schwarzen Worten Menschen gezeichnet werden, plattgedrückt und über das Papier verstreut im schwarzen Blut der Druckfarbe, darin bestand ja gerade die Herausforderung, nie über die Wirklichkeit zu sprechen, sondern sie in der Schwärze der Worte konkret zu machen

Das ist doch alles Kacke, gab Namredef bissig zurück, ja, Scheiße, foutaise und Exkrement, und deine Geschichte ist voll damit, obwohl, das Bild mit dem Päckchen Scheiße auf dem Dach finde ich gut, das gebe ich zu, ist ja auch ne niedliche, symbolträchtige Geste, wenn das Kind das Päckchen da oben deponiert, und auch deine Selectricstud, die so rührig und sexy ist, macht keine schlechte Figur, ihre wilden Bewegungen haben etwas Befreiendes

Es ist sinnlos, mit euch über Literatur zu reden, ihr wollt einfach nicht begreifen, es ist doch gerade die Materialität des Textes, die eine potentielle Freiheit verspricht, die Abstellkammer existiert nur als eine Folge von Vierecken, von Türen, wenn euch das lieber ist, so wie die Stimmen im Text nur als Folge von Schreien existieren, die Stimmen kann man über den Text hinaus in die Geschichte ausdehnen, aber nie wird man die Tür finden, die zum Ursprung oder zum Ende der Geschichte des kleinen Jungen führen könnte, die Selectricstud fickt nur Papier in der großen Möse des Daseins, und darin liegt die eigentliche Ironie dieses freiwilligen Rückzugs von der Welt und der Grund dafür, daß es so und nicht anders geschrieben werden mußte

Das ist klar, sagte Moinous, aber deiner Maschine scheint es Spaß zu machen, und deswegen ist und bleibt es ein Spiel

Ihr seid Herzchen, ihr wißt, wie man einen Freund bei Laune hält, Schweinehunde seid ihr, er ging zum Fenster und blickte hinaus, er drehte uns den Rücken zu, es war schon fast Tag

Tja, ist wohl besser, wir machen uns auf die Socken und legen uns auf's Ohr, sagten wir, morgen reden wir weiter

Was soll denn das heißen, fuhr er herum, ihr könnt mich doch jetzt nicht alleine lassen, ihr habt sie wohl nicht mehr alle, bleibt hier, das kriegen wir schon hin, bitte bleibt, ich schlafe hier auf dem Fußboden, und ihr zwei könnt euch das Bett teilen

Nein, nein, hör' auf, wir können dir doch nicht dein Bett wegnehmen, außerdem bist du bestimmt ganz schön kaputt

Keine Widerrede, er legte eine Decke auf den Boden und streckte sich darauf aus, ohne sich auszuziehen, das Gesicht nach unten, und nahm den rechten Arm als Kissen, Ist doch wunderbar, hört jetzt auf mit dem Gähnen und schlaft endlich, sagte er und schleuderte sich die Schuhe von den Füßen, wir reden morgen

Namredef und Moinous zogen sich aus, bis auf die bunten Boxershorts, und krochen ins Bett, Moinous an die Wandseite, Namredef außen, Bis hierhin und nicht weiter, Moimoi, oder ich tret dir in den Hintern, sagte Namredef und legte seinen Arm in die Bettmitte auf eine imaginäre Linie, Ach halt die Klappe, ich will schlafen, brummte Moinous

es dauerte nicht lange, da hörten sie den alten Mann auf dem Boden schnarchen, Schläfst du schon, fragte Namredef Moinous, Nein, ich kann nicht einschlafen, ich bin zu aufgeregt

Ich auch, was für eine Nacht, und nach kurzem Schweigen, He Moimoi, was hältst du von seiner Stimme in der Abstellkammer, nicht schlecht, was

Mhm, aber ich glaube, daß er Probleme mit der Veröffentlichung bekommen wird, wer will denn schon so etwas Konfuses lesen, so etwas Unlesbares, dieses Mal hat er wirklich übertrieben, he Nam, meinst du, wir waren zu hart mit ihm, hätten wir vielleicht

Nein, das glaube ich nicht, was hätten wir ihm denn sonst sagen sollen, gegenüber Freunden soll man ehrlich sein

jeder drehte sich auf seine Seite, Arsch an Arsch in dem engen Bett, der alte Mann schnarchte immer noch auf dem Fußboden, Moinous, verdammt noch mal, beweg deinen dicken Hintern, du nimmst den ganzen Platz weg

Ich versuch's ja, aber dieses beschissene Bett ist so schmal und auch noch hart, ein paar Minuten verstrichen, da schnellte Namredef plötzlich in die Höhe, Weißt du was, ich glaube, mit dem Photo an der Wand, da irrt er sich, das muß früher aufgenommen worden sein, wenn du es dir genau ansiehst, kann es gar nicht 1971 gewesen sein, dafür sehen wir viel zu jung aus, ich glaube, es stammt aus der Zeit, als wir noch Mitglieder des Workmen's Circle waren, weißt du noch, als wir drei

Das Bild kann mir gestohlen bleiben, erwiderte Moinous und zog sich die Decke über den Kopf, und scheiß auf den Workmen's Circle, laß mich schlafen, verdammt nochmal, nie nimmst du Rücksicht

Namredef drehte sich auf die andere Seite und schloß die Augen, draußen auf der Straße schepperten die Müllmänner mit Mülltonnen, jetzt schliefen sie alle drei in diesem winzigen Zimmer, doch ob sie geträumt haben, das weiß man nicht, aber man sollte es annehmen, vielleicht haben sie sogar den gleichen Traum geträumt, mit leichten Abweichungen natürlich

gute Freunde waren sie, alte Freunde, von Anfang an, und das sind sie auch heute noch, die Drei Musketiere der Surfiction nannte man sie, damals, als sie noch in der vordersten Front der literarischen Avantgarde standen und mit allen möglichen wilden und subversiven Erzähltechniken herumexperimentierten, Mätzchen, mokierten sich die Kritiker, Laßt sie doch reden, sagte der alte Mann, wenn ihm eine von diesen Schmarotzerbemerkungen zu Ohren kam, rira bien qui rira le dernier

und jetzt will er, daß wir ihn in diesem Vorzimmer der Abreise alleine sitzen lassen, auf seiner Metallkiste, die die letzten Fetzen seines Lebens enthält, verdammt noch mal, die Zeit verrinnt, und wir sind noch kein bißchen vorwärtsgekommen

Laßt mich in Ruhe, sagt er uns, laßt mich jetzt, wiederholte er sanft, nicht traurig und nicht verärgert, ich muß mich sammeln

Dich sammeln, dazu hast du im Weltraum noch Zeit genug

ja, vermutlich, noch vor der Dememorisation, wie sie es nennen, wenn sie alle Erinnerungen in deinem Kopf löschen, kurz nach dem Abflug des Raumschiffs, nach dem ersten Sprung, wenn die Deportierten dem Raum entgegenfliegen, dann machen sie das, soviel ich gehört habe, sie dememorisieren dich unmittelbar nach der Flugbesprechung, damit nach dem Abflug die geistige Wiederaufbereitung für die Kolonien stattfinden kann, diese Dreckskerle, stecken einem den Kopf in irgendeinen elektronischen Apparat, der dir das Hirn von allen irdischen Verbindungen reinigt

VII

Laßt euch von dem futuristischen Zeug in diesem abschließenden Bericht nicht stören, den ganzen pseudowissenschaftlichen Mist werde ich sowieso resolut streichen, keine technischen Spielereien, um es noch mal zu sagen, aber so ganz ohne realistische Details geht es nicht, wenn wir uns richtig in der Zeit verankern und uns nicht einfach hoffnungslosen Vorauserinnerungen überlassen wollen, schließlich ist das hier die Sache überhaupt, eine Suche nach der Wahrheit sozusagen, und wir sind die letzten Zeugen, die letzten, die ihm in seiner irdischen Abstellkammer Beistand leisten, die letzten, die sich mit seiner Vertreibung nicht einfach abgefunden haben, egal, wie haarsträubend die Gründe hierfür sind, es muß doch eine handfeste Erklärung dafür geben, daß seine Zahl gerade zu der Zeit ausgedruckt worden ist, als dieses alte Jahrhundert zu Ende geht, komischer Zufall, und wir an der Schwelle zum Jahrhundert der Hoffnung stehen

Hoffnung, so'n Blödsinn, wirft Namredef ein

wir sitzen in meinem Arbeitszimmer, vor meiner Schreibmaschine, einer alten IBM Selectric, wir kommen voran, irgendwie werden wir die Sache schon zu Ende bringen, es sei denn, irgend etwas Unvorhergesehenes passiert, Erzähler und Erzähltes werden aus der Realität in eine ungreifbare Welt verbannt, in das Exil fiktionaler Illusionen, wo wir uns, ohne aus uns herauszutreten, ständig von außen betrachten können, eine dreiköpfige Kreatur, die ihr doppeltes Ich zwingt, hinter ihr zu verschwinden oder vielmehr vor ihr, und trotz allem geben wir die Hoffnung nie auf und arbeiten nach wie vor an einer Lösung

Hoffnung, da kann ich nur lachen, mischt sich jetzt auch Moinous ein, Hoffnung ist eine Illusion, die gerade von den Kräften genährt und beschworen wird, die unser Bestreben vereiteln, ob es uns gefällt oder nicht, wir sind in einem Labyrinth von Täuschungen verstrickt, die Verbindung mit der Vergangenheit haben wir verloren, und für die Zukunft fühlen wir uns nicht verantwortlich, durch unsere eigenen Weitschweifigkeiten haben wir uns jedes Ziel und jede Richtung genommen

Jetzt aber Schluß, Moinous, sage ich, was ist hier los, ich kapiere das nicht

Nein, laß mich weiterreden, das muß ich einfach loswerden, wir haben lange genug die chaotischen Bedingungen unseres pointenlosen Daseins hingenommen und diesen völligen Mangel an dramatischem Aufbau, viel zu lange haben wir uns mit den Spielregeln der fiktionalen Bürokratie abgefunden und akzeptiert, daß unser Leben zu einer Theatervorstellung verkommt, doch all das hat uns die Gewißheit gegeben, daß wir mit dem, was wir hatten, besser dran waren, als mit dem, was wir dafür bekommen haben, von den Wurzeln der Geschichte sind wir hoffnungslos abgetrennt, und trotzdem bleiben wir Gefangene unserer eigenen narzißtischen Geschichte

Puh, ich wußte nicht, daß ihr mit unserer jetzigen Situation so unzufrieden seid, warum habt ihr euch denn nicht früher gemeldet

Warte, ich bin noch nicht fertig, überzeugt, daß es nichts in Frage zu stellen gibt, außer die Frage selbst, wie Nachtigallen, die ihr endloses Lied im Dunkeln singen, haben wir die Theorie des Infragestellens mit unmenschlicher Praxis vereinbar gemacht, aber vielleicht sollten wir einfach aufhören, das Fragenstellen in Frage zu stellen und lieber Fragen zur Gesellschaft und der Rolle, die wir in ihr spielen, stellen, bei diesen Worten wendet sich Moinous zu Namredef um und bittet ihn mit einer Kopfbewegung um Zustimmung, direkt vor mir, diese beiden, in meinen eigenen Worten, was ist denn hier los

Verdammt, dieses Gerede bringt doch nichts, im Gegenteil, es wirft uns zurück, statt daß wir vorwärtskommen, das steht fest, aber sag mal, Moinous, was ist denn mit der Geschichte und dem, was man aus der Geschichte lernen kann, und was ist mit der Soziologie, ganz zu schweigen vom kulturellen und politischen Radikalismus, meinst du nicht, daß da noch ein paar Antworten zu bekommen sind, nein, mein lieber Moinous, auf deine billige Schwarzmalerei und deinen Pessimismus falle ich nicht herein

Ach ja, was ist mit Geschichte und Soziologie, und dann dieser verlogene kulturelle und politische Radikalismus, daß ich nicht lache, Federman, die politische Krise unserer kaum faßbaren bürokratischen Mächte spiegelt eine generelle Krise der westlichen Kultur, die darin zum Ausdruck kommt, daß wir schon gar nicht mehr der Versuch machen, den Lauf der modernen Geschichte zu verstehen oder sie gar in eine vernünftige Richtung zu steuern, die Geschichte ist bankrott, wußtest du das nicht, die Soziologie ebenfalls, bankrott, und was den kulturellen Radikalismus angeht, so greift er den Status quo nur zum Schein an, in Wirklichkeit stürzt er ihn, ohne es zu wollen, denn indem er die objektive Vernunft als Ideologie hinstellt, beraubt sich der Radikalismus jeder Möglichkeit, seine eigne Kritik an Ungerechtigkeit, Ausbeutung und natürlich am Realismus zu legitimieren, also ich habe diesen Zustand einfach satt und deinen zwanghaften Optimismus ebenfalls, ich will hier raus

es kommt nicht oft vor, daß Moinous so ausfällig wird, doch anscheinend geht ihm die Situation langsam auf die Nerven, ihre Hoffnungslosigkeit, ihre Verwickeltheit, Du hast völlig recht, sage ich und überlege, wie ich ihn wieder beruhigen und ihm wieder den Mut geben kann, weiterzumachen, es stimmt, daß es vergeblich ist, wenn die westliche Welt für sich eine Form von Agonie zu finden versucht, die ihrer Vergangenheit würdig wäre, trotzdem muß man den Mut zum eigenen Narzißmus haben, man muß auch in der unglaublichen Obszönität der menschlichen Monotonie weiterleben, und Worte der Verzweiflung ändern gar nichts an der momentanen Situation, wir müssen handeln, ich werde euch nicht im Stich lassen, Jungs, wir werden einen Ausweg finden, das verspreche ich euch, wir werden den alten Mann retten, so oder so

Wir müssen handeln, ja, handeln, vielleicht kommen wir so aus dem Schlamassel heraus, mischt sich Namredef aus seiner Ecke ein, aber an dem, was Moinous sagt, ist was Wahres dran, wir leben tatsächlich mit einem Gefühl innerer Leere, erfüllt von grenzenloser, unterdrückter Wut und Frustration und ungestillten oralen Bedürfnissen, wir wollen dir keinen Vorwurf machen, aber schau dir doch mal an, wie berechnend und verlogen wir geworden sind, es macht doch alles keinen Sinn mehr, sieh dir an, wie unsere Freude am Spiel nachgelassen hat, wie sehr die Beziehungen zwischen uns gelitten haben, und da kommst du und erzählst uns was von Hoffnung, daß alles in bester Ordnung sei und daß am Ende alles bestens ausgehen wird, für wie dumm hältst du uns eigentlich

Wollt ihr jetzt wohl aufhören, hier herumzumotzen, verdammt nochmal, ihr schmeißt mein ganzes System über den Haufen, aber die beiden ignorieren mich und zeigen mir die kalte Schulter, hören nicht auf mich, außerhalb meiner Reichweite, da stehen sie und gestikulieren und beschweren sich wie zwei Spielzeugfiguren, wie zwei seelenlose, ferngesteuerte Roboter, ich hab's so satt, am liebsten würde ich sie sofort verschrotten und die ganze verdammte Geschichte gleich mit

wir sitzen immer noch in meinem Arbeitszimmer, einer sauer auf den anderen, sind in eine Sackgasse von Vergeblichkeit und Uneinigkeit geraten, da plötzlich, nach langem, peinlichem Schweigen, meldet sich Namredef zu Wort, Vielleicht brauchen wir jetzt eine symbolische Geste, einen symbolischen Durchbruch

Ja, das würde uns bestimmt weiterhelfen, fügt Moinous hinzu und wendet sich direkt an mich, wir brauchen eine Lösung jenseits der Endlösung des Realismus, unser alter Mann sollte etwas tun, etwas Vielsagendes, braucht nichts Übertriebenes, nichts Weltbewegendes zu sein, also irgendwas, ich meine etwas Ähnliches, wie Henry James 1899 gemacht hat

Und was zum Teufel war das, erkundige ich mich

Am Silvesterabend 1899, so hat man mir erzählt, rasierte sich Henry James seinen Bart ab, ist euch auch klar, was das bedeutet, es bedeutet, daß der Lauf der Geschichte, na ja, zumindest der jüngeren Geschichte, durch diese Geste völlig verändert wurde, das Verschwinden dieses arkadischen Bartes, nein, dieses ruhmreichen Kosmopolitenbartes, so muß es heißen, aus der Landschaft der Literaturgeschichte öffnete, sozusagen in einer Art Gegenbewegung, allen erdenklichen symbolischen und hermeneutischen Möglichkeiten Tür und Tor, ich glaube, wir haben diesen Akt der Selbstentstellung in seiner ganzen Tragweite noch gar nicht erfaßt, meiner Ansicht nach ist die Tatsache, daß Henry James genau in dem Augenblick seinen Bart abrasierte, als sich das 19. Jahrhundert seinem Ende zuneigte, genauso wichtig und im übertragenen Sinne genauso aufklärerisch wie das ungefähr gleichzeitige Erscheinen des Eiffelturms mitten in Paris, ja, im Sinne historischer Gleichzeitigkeit genauso wichtig wie die Errichtung jenes großen Phallussymbols in der Landschaft der abendländischen Zivilisation, solche Zufälle sollte man nie unterschätzen, vor allem heute nicht

Schade, daß unser alter Mann keinen Bart mehr trägt, bedauert Namredef, früher hatte er einen, vielleicht erinnert ihr euch noch, aber 1994 hat er ihn abrasiert, und es war keine dramatische oder symbolische Geste, gar nicht, Nie wieder, sagte er, das juckt zu sehr, aber vielleicht könnte auch er den Lauf der Geschichte ändern oder sie zumindest zurückdrehen und sich auf diese Weise retten, wenn er sich jetzt einen Bart wachsen ließe

Daran habe ich noch nie gedacht, das könnte gehen, sage ich und stelle mir unseren alten Mann vor, wie er sich einen imaginären, weißen Bart streicht

Ein falscher Bart würde es vielleicht auch schon tun, meint Moinous, wir können es doch einfach mal probieren, wir bringen ihm einen falschen Bart und sehen zu, was passiert

Nein, das wäre zu auffällig, das würde man zu leicht merken, nein, es müßte schon ein richtiger Bart sein, betone ich, nur daß es so lange dauert, Wochen, bis er gewachsen ist, ein richtiger Bart, meine ich, aber uns läuft die Zeit davon, vor allen Dingen, weil wir hier viel zu lange herumsitzen und uns unsere vergeblichen Versuche vor Augen halten, und ihr beiden habt nichts weiter zu berichten, als daß er immer noch im Vorzimmer der Abreise sitzt und wartet, bartlos und resigniert, einfach abwartet, bis es Mitternacht wird und das neue Jahr kommt, das ihn in den Raum befördert, ihr habt mir nichts weiter zu sagen, als daß er sich nach wie vor weigert, irgend etwas zu sagen oder zu tun, womit er sich selbst retten könnte, Nein, laßt mich in Ruhe, macht die Tür hinter euch zu, soll er euch zufolge gesagt haben, als ihr vor ein paar Stunden das letzte Mal bei ihm wart und ihn auf seiner Metallkiste sitzend dort zurückgelassen habt

In der, wirft Moinous dazwischen, sich vermutlich die letzten Fetzen seines Lebens befinden, ein paar alte Bücher, ein paar vergilbte Fotos, persönliche Papiere und Manuskripte, ist natürlich nur eine Vermutung von mir

Und mit Sicherheit auch ein kompletter Satz seiner veröffentlichten Werke, fügt Moinous hinzu, viel ist es ja nicht

Und doch ein ganzes Leben, sagt Namredef bitter, zusammengeschrumpft zu einem Stoß vergilbter Blätter, die demnächst im Orbit deponiert werden

Hört mal, Jungs, jetzt keine nutzlosen Aufzählungen, einen Schlußstrich zu ziehen, ist es noch zu früh

Na gut, schließlich hat er das aber zu uns gesagt, Macht die Tür hinter euch zu, laßt mich in Ruhe

Aber wir wollten uns doch bloß verabschieden, dir einen letzten Anstandsbesuch abstatten, sagten wir bedrückt und verließen das Vorzimmer

Und dann, was habt ihr dann gemacht

Dann haben wir beschlossen, noch mal bei den Behörden vorzusprechen, ein letzter Versuch

Und was haben sie euch erzählt

Nein, meine Herren, da irren Sie sich, er wird nicht etwa in die Kolonien geschickt, merkt ihr, die Behörden benutzen nie den Begriff deportiert, also nicht aus rassischen oder religiösen Gründen dorthin geschickt, auch nicht wegen seiner radikalen politischen Aktivitäten oder wegen seiner brisanten literarischen Verbindungen, ganz bestimmt nicht, auch nicht wegen seiner, wie soll ich sagen, seiner sexuellen Ausschweifungen, all das ist uns bekannt, nichts Ungewöhnliches, im Gegenteil, ziemlich normal heutzutage, und was seinen Optimismus angeht, entschuldigen Sie, wenn ich da lächeln muß, aber das ist wirklich weithergeholt, oder seine anale Zwanghaftigkeit, nein, über solche Banalitäten sind wir hinaus, warum dann, fragen Sie, hier ist nicht der Ort für solche Erkundigungen, da sind Sie an der falschen Stelle, hier werden nur Akten aufbewahrt, und ich kann Ihnen versichern, in diesem Fall ist alles mit rechten Dingen zugegangen, wir halten uns hier an Onselacouledouce, keine leichte Aufgabe, meine Herren, wie Sie sich denken können, vor allem heutzutage nicht, wo die Voraussetzungen unseres Daseins so leicht in die seiner Widerlegung verkehrt werden können, wie es gerade auch mit dem Dasein Ihres Freundes der Fall zu sein scheint

Ist es wirklich so schlimm, sagten wir

Ach, eigentlich nicht, wir wollen nicht übertreiben, es ist nur so, meine Herren, daß unsere ethischen und ästhetischen Spekulationen hinsichtlich unseres Überlebens in dieser Welt einem Drahtseilakt gleichen, bei dem die Bedeutung, die diesen Spekulationen zugeschrieben werden muß, um unser Wohlbefinden zu rechtfertigen, ihnen auch immer wieder genommen werden muß, damit ihre Authentizität garantiert werden kann

Ach, so ist das, na dann vielen Dank, gnädige Frau, haben Sie recht vielen Dank, sehr freundlich und zuvorkommend von Ihnen, das wissen wir sehr zu schätzen, bitte entschuldigen Sie unsere Hartnäckigkeit, wir wußten nicht, daß die Dinge so kompliziert liegen, also dann, auf Wiedersehen, Sie haben uns wirklich sehr geholfen, wir werden Sie auch nicht mehr belästigen

Was meinst du, hätten wir nicht noch ein bißchen bohren sollen, fragte Moinous Namredef, als sie die Zentralverwaltung von Onselacouledouce verließen

Nein, wir sind so weit gegangen, wie wir konnten, hätten wir noch mehr Fragen gestellt, wären wir vielleicht in Schwierigkeiten gekommen

Weißt du was, Nam, was sie sagte, hatte durchaus Sinn, sie ist eine kluge Frau, und charmant dazu, obwohl ich mir nicht ganz sicher bin, daß sie es richtig ausgedrückt hat, mir kam c3 cin bißchcn vcrworren vor, oder biɛt du nicht durcheinandergeraten

Nicht doch, ich gerate nie durcheinander, im Gegenteil, denn, wie ich dir ja schon mal erklärt habe, was gesagt wird, ist nie wirklich gesagt, weil es immer auch anders gesagt werden kann, und deswegen habe ich das auch ganz gut verstanden, außerdem fand ich das, was sie gesagt hat, fast ein bißchen platt

diese verdammten Erzähler, mit ihnen kommt man einfach zu nichts, jetzt haben wir uns schon wieder festgefahren, wir drei sitzen einfach fest und kommen nicht von der Stelle, lauter abgewürgte Worte, hier vor meinem Schreibtisch

aus lauter Langeweile hat sich Moinous an das alte Klavier in meinem Arbeitszimmer gesetzt und übt endlos Schubertlieder, im Hintergrund gibt das Metronom den Takt an, er spielt gar nicht so schlecht, Namredef hat sich total frustriert in eine Zimmerecke zurückgezogen, spielt eine Partie Solitaire und murmelt vor sich hin, verflucht das Leben im allgemeinen und das seine im besonderen, und ich, ich mache aus lauter Verzweiflung Fingerübungen auf der Schreibmaschine, jetzt und in dieser Stunde sind alle guten und aufrechten Männer aufgefordert, dem Vaterland beizustehen, jetzt und in dieser Stunde, neunzig Worte pro Minute, alle sind gefordert, ich hätte einen guten Sekretär für irgendein hohes Tier abgegeben, jetzt und in dieser Stunde

He, ihr zwei, ich habe eine Idee, sage ich nach stundenlangem, quälendem Herumhängen, wie wär's, wenn wir den alten Mann noch etwas löchern würden, ich meine, was hindert uns daran, zum Raumhafen zu fahren und ihn zu bitten, uns mal seinen Gestellungsbefehl zu zeigen, oder seine Reisepapiere, irgendwas in dieser Richtung muß er ja bei sich haben, in unserer pragmatischen Welt läuft doch nichts ohne die entsprechenden Formulare, vielleicht stoßen wir ja auf etwas wichtiges, verlieren können wir nichts dabei, und es ist auf jeden Fall besser, als hier weiter herumzuhocken, und danach können wir uns wieder in die Gegenwart zurückarbeiten

Ja, hervorragende Idee, sagt Namredef und fegt seine Karten mit dem Handrücken vom Tisch, ja, versetzen wir uns doch einfach auf's Geratewohl nach vorne, betrachten wir das ganze mal von der Zukunft aus, bisher haben wir mehr oder weniger überlegt in der Vergangenheit herumgestöbert, wir haben seine Vergangenheit vom anderen Ende der Ferne aus befragt und waren dabei nicht sonderlich erfolgreich, aber vielleicht liegt der Schlüssel ja in der Zukunft oder sogar im Hypothetischen, im Unbekannten, und während Namredef das sagt, tritt er dorthin, wo die Karten auf dem Boden verstreut liegen, sinkt auf die Knie und faßt sich verblüfft an die Stirn, Heiliges Kanonenrohr, das ist ja nicht zu glauben, da habe ich eben durch reinen Zufall tatsächlich einen Royal Flush aufs Parkett gelegt, in Pik, und genau in der richtigen Reihenfolge, unglaublich, das muß etwas bedeuten, was meint ihr, ich sage euch, das ist ein Zeichen

Komm, Namredef, das ist jetzt nicht der richtige Moment für Glücksspiele, das bringt doch nichts

Wieso denn nicht, bis jetzt sind wir ja nicht gerade vom Glück verfolgt worden, warum sollen wir uns da zur Abwechslung nicht mal vom Zufall leiten lassen

Nein, Royal Flush hin oder her, ich werde nicht zulassen, daß der Zufall bestimmt, was wir tun, und genausowenig werde ich zulassen, daß sich die Konnotation die objektive Maske der Denotation überstülpt, mit mir nicht

Großartige Idee, Moinous springt vom Klavier auf, toll, das machen wir, die Zukunft im Rückblick erforschen, schließlich brauchen wir uns nicht immer nur in eine Richtung zu bewegen, warum sollen wir die Dinge nicht auch vorwärts zurückverfolgen können, oder indem wir den Eingebungen des Zufalls folgen, wie Nam es vorschlägt, obwohl es stimmt, daß der Pfeil der Zeit, um den schönen Ausdruck von Sir Arthur Eddington zu verwenden, eindeutig in eine Richtung zeigt und auf die Zukunft zielt, weg von der unwiederbringlichen

Vergangenheit, und deshalb können wir erkennen, in welche Richtung die Zeit fließt und wir mit ihr, und das erleichtert uns so manches, wir können zum Beispiel darauf bauen, daß die sorgfältig arrangierte Ehe von Gin und Wermut nicht plötzlich aufgelöst wird und wir mit einem Glas dastehen, in dem zwei Schichten warmer Flüssigkeit und ein Klümpchen Eis zurückbleibt, dazu ein Kloß in unserem Hals, aber so muß es nicht sein, überhaupt nicht, wer sagt denn, daß sich die Zeit nach feststehenden Gesetzmäßigkeiten bewegt, es gehört zu den Besonderheiten der Natur, daß die Gesetze, die die Grundlage für unser Verständnis fundamentaler physikalischer, biologischer und vermutlich auch fiktionaler Prozesse bilden, keineswegs eine Richtung des Zeitpfeils vor allen anderen bevorzugen, sie würden die Welt genausogut darstellen, wenn die Zeit rückwärts anstatt vorwärts ginge und die Martinis auseinanderflössen statt geschaffen zu werden, also statt nach vorne zu einer schmackhaften Einheit gemixt zu werden, ich sage euch, das ist die Lösung des Problems, Bewegung in umgekehrter Richtung

He, Moinous, jetzt heb nicht gleich ab, fährt Namredef dazwischen, er hat uns lediglich darum gebeten, zu dem alten Mann zu gehen und mit ihm zu reden, ein paar Papiere durchzusehen, ein bißchen vorwärtszukommen eben, ich wollte damit nicht sagen, daß wir den ganzen Film, das ganze Szenario rückwärts laufen lassen sollen wie in einem Fernsehwerbespot, wüßte nicht, wozu das gut sein soll, demnächst bewegen wir uns noch in Schräglage und in Zeitlupe, wenn es nach dir ginge

Nein, laß mich doch mal erklären, was ich sagen will, es könnte sein, daß wir auf diese Weise viel besser vorankommen, und wesentlich weniger zufallsabhängig als du mit deinem Royal Flush, denn die Asymmetrie der elementaren Naturgesetze im Hinblick auf die Richtung der Zeit ist schon lange umstritten, in den Gifford-Vorlesungen 1927 hat Eddington selbst sich ausführlich mit diesem Problem beschäftigt, und er kam zu dem Schluß, daß die Naturgesetze gegenüber jeglicher Gerichtetheit von Zeit indifferent sind, zwischen Vergangenheit und Zukunft gibt es im Dschungel der Natur oder in der riesigen Leere des Alls keinen größeren Unterschied als zwischen links und rechts, und warum soll man sich das nicht einfach zunutze machen, statt immer wieder den gleichen alten Weg zu gehen

Worauf willst du eigentlich hinaus, Moinous, ich komme da nicht mehr mit, sagte Namredef anscheinend etwas überfordert, so etwas Wirres habe ich noch nie gehört, aber sag mal, Moimoi, seit wann interessierst du dich denn für Experimente zur Zeitumkehrung, das ist mir ja ganz neu

Schon immer, ich interessiere mich überhaupt für alles, nach all den Jahren, die wir uns jetzt kennen, müßtest du das eigentlich wissen, alles, und es kommt nicht darauf an, wie sinnvoll oder sinnlos das Ganze ist, denn das eine ist genauso nützlich und so wertvoll wie das andere, ob man nun Sinnvolles oder Sinnloses produziert, es ist nur eine Frage der Richtung, vorwärts, rückwärts, seitwärts, nach oben oder nach unten, ganz egal, mir geht es nur darum, einen Ausweg aus dieser verdammten Sache zu finden, und mir ist jeder Weg recht, von mir aus mit dem Arsch rückwärts, Hauptsache, wir kommen vorwärts und zum Ende

Schon gut Moinous, ich kann es dir ja nachfühlen, schiebe ich ein, aber mir ist immer noch nicht ganz klar, wie uns deine schöne Theorie helfen soll

Das ist nicht meine Theorie, ich gebe sie nur wieder, so gut ich kann

Mag ja sein, aber so eine Theorie bringt uns allenfalls in eine Science-fiction-Situation, und das wäre fatal, dann würden wir mit Sicherheit in einer unentwirrbaren Zeitschleife landen, im Stil von Stanislaw Lem, und wären erst recht aufgeschmissen, dann würde uns der Kopf schwirren vor lauter Identitätsverdoppelungen und -verdreifachungen, und genau das wollte ich die ganze Zeit vermeiden, nein, ihr Lieben, alles, nur das nicht, kein Sci-fi-Zauber

Ich wüßte mal gerne, was du gegen Science-fiction hast, du brauchst dir doch nur uns anzugucken, was ist denn an uns so realistisch, erwidert Moinous höhnisch, sieh dir doch an, wie wir hier am Rande dieses extemporierten Abgrundes festhängen, ich mit meinem ineinandergelaufenen Namen, Namredef mit seinem umgedrehten, glaubst du etwa, daß uns das realistischer macht, mehr vraisemblable, du glaubst doch nicht im Ernst, daß du mit deiner Doppelschwingung noch jemanden zum Narren halten kannst

Verdammt, jetzt fang nicht damit an, ich lasse mich von euch nicht in tautologische Disjunktionen hineinziehen, nicht in dieser Geschichte

Warum nicht, wovor hast du denn Angst, nun sag' schon, wir möchten wissen, warum du vor dem futuristischen Illusionismus zurückschreckst, er ist vielleicht unsere einzige Rettung, da ja bisher alles andere fehlgeschlagen ist

Ihr seid schon zwei seltsame Figuren, warum wollt ihr mich unbedingt in diese Richtung drängen, wißt ihr nicht, daß der größte Teil von Science-fiction eine bedauerliche Vorliebe für absolut nicht überzeugende Beschreibungen und Erklärungen des Unmöglichen hat und diese Abstrusitäten meist auch noch mit völlig schablonenhaften Figuren und melodramatischen Handlungen auf unterstem Niveau ausstaffiert, wollt ihr das, dann aber nicht hier, nicht in dieser Geschichte, ich werde mich auf so einen Mist nicht einlassen, obwohl darin vielleicht schon unsere größte Schwierigkeit besteht, denn wenn man sieht, wie ihr euch benehmt, wie ihr eure Recherchen führt und die Ergebnisse meldet, dann kann man fast den Eindruck gewinnen, ihr beide kommt euch vor wie in einer altmodischen Science-fiction-Story à la Bradbury, aber eins steht fest, wenn wir auf dieser Ebene weitermachen, ist unser alter Mann verloren

Das ist allein deine Schuld, du trägst doch hier die Verantwortung, warum entspannst du dich nicht mal, entspanne dich, und laß die Sache einfach mal laufen und sieh zu, was dabei herauskommt, gerade jetzt, wo es so aussieht, als würden wir ein paar Fortschritte machen

Dann hätten wir erst recht den Salat, den reinsten Kindergarten hätten wir dann, infantiles Geblubber, und wenn ihr meine ehrliche Meinung wollt, der eigentliche Schwachpunkt des größten Teils der Science-fiction, natürlich gibt es auch hier ein paar Ausnahmen, sogar einige sehr bemerkenswerte, aber hier ist nicht der Ort für eine Bibliographie, ihre eigentliche Schwäche besteht darin, daß sie bei ihren Figuren ein unglaubliches Ausmaß an Naivität und Ahnungslosigkeit unterstellt, wenn sie einmal in das geheimnisvolle Universum hinauskatapultiert sind, so als hätten sich diese Figuren noch nie einer fiktionalen Situation ausgesetzt, als hätten sie noch nie von Zeitverkrümmungen und Zeitschleifen oder von Raumsprüngen und Verschiebungen, von stochastischen Theorien und ähnlichem gehört, das einzige, was diese im Raum herumschwebenden Schmalspurastronauten können, ist, mit ihren futuristischen Plastikdingern herumballern, die wie aufgeblasene Küchengeräte aussehen, das sage ich euch, nicht in dieser Geschichte, die glaubhafterweise im Jahr 2000 beginnt oder kurz vorher, das ist ja bereits festgelegt, und offen gesagt, das einzige, was unser System jetzt noch über den Haufen werfen kann, ist die Apokalypse

Die Apokalypse, Namredef und Moinous fährt ein Schreck in die Glieder

Ja, die Apokalypse, was habt ihr denn gedacht, das wäre doch mal was, aber macht euch da nichts vor, sie zeichnet sich schon am Horizont der nahen Zukunft ab, vor allem, wenn es nach diesen Weltuntergangspropheten geht, die vor den unglaublichsten Katastrophen warnen, die vom Rande des Universums über uns hereinbrechen sollen wie Wirbelstürme, das entnehme ich einem soeben in Transuniversal Newsweek erschienenen Artikel, und diese Untergangsfanatiker sind tatsächlich schon dabei, sich auf diesen Eventualfall vorzubereiten, Schutzräume für die Ewigkeit graben sie sich tief in die Rocky Mountains hinein, unter dem Boden des Pazifischen Ozeans oder einfach im eigenen Keller, je näher das Jahr 2000 heranrückt, so heißt es in dem Artikel weiter, desto deutlicher erkennen sie in ganz alltäglichen Ereignissen die biblischen Hinweise, die das bevorstehende Ende der Welt und das zweite Kommen Christi ankündigen, Scheiße, das hätte uns gerade noch gefehlt

Tja, damit wäre unsere Geschichte dann wirklich zu Ende, wirft Moinous ein, aber so weit sind wir noch nicht, denn, wie ihr wißt, beginnt das 21. Jahrhundert erst

Ja, ja, ich weiß, logisch gesehen fängt das 21. Jahrhundert erst am 1. Januar 2001 an, aber in dieser Geschichte, weil es so besser auskommt, nehmen wir einfach an, daß es am 1. Januar 2000 anfängt, damit es, gedoppelt sozusagen, mit dem Abflug unseres alten Mannes und der möglichen Apokalypse zeitlich zusammenfallen kann

Mit anderen Worten also, nicht zweites Kommen, sondern zweites Ableben, meint Moinous, ohne jede Spur von Ironie

Im gewissen Sinne ja, das könnte man so sagen, aber unsere Geschichte, Datum hin, Datum her, wäre wirklich im Eimer, wenn diese Weltuntergangsfundamentalisten tatsächlich recht behalten sollten, oder kannst du dir vorstellen, wie der alte Mann auf einem Schimmel gen Himmel reitet, was wäre das für ein albernes Ende, unmöglich

Mag sein, daß es albern wäre, aber vielleicht wäre es das einzige Ende, das in diesem Fall noch einen Sinn gäbe, sagt Moinous gedankenvoll

Also ich hoffe nicht, daß es je so weit kommt, aber diese sturen Fanatiker lassen sich nicht davon abbringen, daß das Ende nahe sei, und jetzt, wo sich unser Jahrhundert seinem Ende zuneigt, locken sie mit öffentlichen Reden, Filmen, Kassetten, Zeitungsartikeln, Comic-Heften und pseudoprophetischen Schundromanen Millionen von furchtsamen Gläubigen an, aber sei dem, wie ihm wolle oder wie ihm sein wird, wir können uns mit solchen unbegründeten tragischen Eventualitäten nicht abgeben, wenn wir das, was wir angefangen haben, weiterführen und zu einem guten, zufriedenstellenden Ende bringen wollen, nein, das wäre viel zu fatalistisch von uns

Und auch zu pessimistisch, fügen Moinous und Namredef hinzu, außerdem würden wir dann nie erfahren, wie es unserem alten Mann ergangen ist und warum er in die Raumkolonien deportiert werden soll

Sehr richtig, und deswegen scheint es mir auch vernünftig, die Entstehung dieser Kolonien in das Jahr 1994 zu legen, selbst wenn dieses Datum ein bißchen willkürlich erscheint, aber chronologisch gesehen folgt es der Bildung der Weltregierung im Jahre 1993, obwohl auch das nicht so genau oder nachprüfbar zu sein braucht, das ist jetzt Geschichte

Meinst du nicht, du treibst es ein bißchen zu weit, gibt Moinous zu bedenken

Nein, keineswegs, ihr beiden seid wirklich engstirnig, ihr habt keinen Sinn für historische Möglichkeiten, laßt mich nur machen, merkt ihr nicht, daß mich das schöpferische Fieber richtig gepackt hat, ich werde der Sache schon auf den Grund kommen, noch ein bißchen Anstrengung, dann gelingt uns ein Durchbruch

Okay, dann mach mal, aber müssen wir die ganze Zeit dabeibleiben, wir könnten doch unsere Nachforschungen weiterführen, wir könnten nochmal zu dem alten Mann gehen und mit ihm reden, wie du schon mal vorgeschlagen hast, und in der Zwischenzeit versuchst du, uns aus dieser Sackgasse herauszuholen und die Dinge wieder ins Lot zu bringen

Einverstanden, bis später also, aber denkt dran, die Zeit wird immer knapper, dieser alte Mann muß einfach gerettet werden, also beeilt euch, ich werd hier ein paar Dinge in Ordnung bringen, nochmal meine Notizen durchsehen, und wenn ihr zurück seid, überlegen wir uns, was zu tun ist, falls dann noch Zeit dafür ist

Okay, auf Wiedersehen, wir gehen, wir sind schon unterwegs zum alten Mann, und dieses Mal kommen wir nicht mit leeren Händen zurück

puh, endlich sind sie weg, Mnan, die haben ein Sitzfleisch, hoffentlich kommen sie dieses Mal mit ein paar konkreten Fakten zurück, inzwischen kann ich da weitermachen, wo ich stehengeblieben war

also, im Jahre 1993 wurden, wie schon lange vorherzusehen war, die Vereinigten Staaten des Planeten Erde, in dieser Geschichte kurz U. S. P. E. genannt, gegründet und alle Staatsgrenzen abgeschafft, und zumindest äußerlich wurde die Welt auf diese Weise ein Ort, wo es sich besser leben ließ, wo es sich besser arbeiten und reisen, nachdenken, lieben und auch spielen ließ, denn das Leben, das tägliche, gesellschaftliche und natürliche Leben, wurde gleichmäßig geteilt in gerecht verteilte Arbeit und Vergnügen

klingt toll, ihr könnt es mir glauben, ich sage gleich noch was dazu, zu dem täglichen Leben auf dem neuen Vereinten Planeten Erde, aber zuerst möchte ich erwähnen, daß die Entstehung der U. S. P. E. einem Lachanfall zu verdanken ist, jawohl, einem völlig unerwarteten internationalen erdumspannenden Heiterkeitsausbruch

plötzlich, die Ursachen sind immer noch dunkel, aber die Wirkung ist deutlich sichtbar, am 13. April 1993, an einem Freitag, begannen die Menschen überall auf der Welt zu lachen, und wenn sie nicht gerade laut herausgeplatzt sind, so haben sie zumindest gelächelt, in den ernstesten, den schrecklichsten Situationen, sie haben sogar gelächelt, während sie die Stirn runzelten, was man bis zu diesem Zeitpunkt für physisch und anatomisch unmöglich gehalten hatte

von einem Moment auf den anderen geschah es, daß Menschen aller Hautfarben, Schwarze, Weiße, Gelbe, mit einem breiten Grinsen auf dem Gesicht herumspazierten oder herumstanden, auf den Straßen der Städte und Dörfer, in der Einsamkeit der Natur, in den von der Zivilisation noch unberührten Urwäldern Afrikas und Australiens, in den Kohlegruben von West Virginia und im Ruhrgebiet, in den Fabrikhallen von Detroit, in den Schulen, den Kindergärten, den Hochschulen, in den Hochburgen von Wissenschaft und Forschung, in Drogerien, Kaufhäusern, Supermärkten, Büros und Skylabs, auf öffentlichen Plätzen und in Privathäusern, sogar in den Irrenanstalten, den Zuchthäusern, den Ghettos, den sibirischen Gulags, überall brachen die Menschen in Gelächter aus, einige völlig ausgelassen und unbeherrscht, andere eher zurückhaltend und schüchtern, auf japanische Art, hinter vorgehaltener Hand kichernd, andere wiederum, viel offener, schlugen sich auf die Oberschenkel oder pinkelten sich vor Lachen voll, jeden hatte es gepackt, ohne Ausnahme, überall standen kleine Mädchen und kicherten vergnügt, während die kleinen Jungen sich auf dem Boden wälzten und am Übermut ihrer schäumenden Fröhlichkeit fast erstickt wären, jeden hatte es erwischt, die Alten, die Senilen, die Jungen, die Leute mittleren Alters, die Teenager, die Babys in ihren Wiegen, es war ansteckend, es griff sogar auf das Tierreich über, es wurde beobachtet, wie Affen und Vögel in den Bäumen kicherten, Zoos wurden zu Gärten der Fröhlichkeit, gezähmtes und ungezähmtes Leben fand sich im Lachen vereint

plötzlich nahm jeder das Lachen ernst, zuerst hatte man noch gedacht, dieser Ausbruch würde vorübergehen, doch als sich das Phänomen mehr und mehr stabilisierte, wurde klar, daß die Lacherei, manche sprachen von einer Lachkrise, sich halten würde und daß für Menschheit und Tierwelt soeben das Zeitalter der Heiterkeit angebrochen war

drastische Maßnahmen mußten getroffen werden, um die sozialen, politischen, wirtschaftlichen, zwischenmenschlichen und internationalen Beziehungen den veränderten Bedingungen anzupassen, so waren die

U.S.P.E. nicht mehr ein bloßer Traum, sondern wurden von einem auf den anderen Tag zu einer Möglichkeit, zu einer Notwendigkeit, die allen Formen von Kakistokratie ein Ende setzen würde

da der Planet jetzt im Geiste des Frohsinns vereint war, war es nur noch eine Formsache, ihn auch politisch zu einigen, das große Weltlachen, wie man es später nannte, hatte alle politischen und sozialen Verhältnisse und das gesamte zwischenmenschliche Verhalten verändert, binnen weniger Monate machten sämtliche internationalen und privaten Beziehungen einen tiefgreifenden Wandel durch, auf einmal wimmelte es in der Welt von freundlich lächelnden Geschäftsleuten, gutmütigen Politikern und Staatsmännern

diese allgemeine Fröhlichkeit veränderte jedoch nicht nur die Einstellung der Menschen zur Gegenwart, sie wirkte sich auch auf seine Sicht der Vergangenheit aus, infolgedessen wurde es jetzt möglich, alle älteren Interpretationen geschichtlicher Ereignisse zu revidieren, denn wenn es in der Vergangenheit noch schwierig oder gar unmöglich gewesen war, etwas ernst zu nehmen, während man lachte oder lächelte, wurde jetzt alles mit einem Lächeln betrachtet und bedacht, diejenigen, die behauptet hatten und immer noch behaupteten, es sei unmöglich, gleichzeitig zu denken und zu lächeln, wurden mit kritischem Gelächter in Verruf gebracht, zumal man sehr bald erkannte, daß ein einfaches Lächeln genügt, um sich in einen Zustand von Glückseligkeit zu versetzen, oder wie man heute sagt, Mach ein fröhliches Gesicht, denn Trübsal blasen wir hier nicht

diese Theorie des fröhlichen Gesichts, übrigens schon im Jahre 1988 aufgestellt, fünf Jahre vor dem weltweiten Lachanfall, und zwar von Professor Marrant, dem alten Freund und Weggenossen des alten Mannes, der hier immer wieder erwähnt wird, doch leider nie persönlich auftreten kann, weil er 1998 Selbstmord beging, unmittelbar bevor er in die Raumkolonien transportiert werden sollte, denn auch seine Nummer war ausgedruckt worden, aber damals, als er seine umstrittene und gleichsam prophetische Theorie aufstellte, war er Leiter des Instituts für Fazialexpressivität an der Universität Posen, diese Theorie des fröhlichen Gesichts jedenfalls erklärt einige historische Ungereimtheiten, zum Beispiel, warum Plato die Meinung vertrat, Humor und Lachen würden Kunst, Religion und Politik herabwürdigen und müßten deshalb von gebildeten Menschen gemieden werden, wie es dann ja auch jahrhundertelang geschehen ist

vielleicht hat Plato geahnt, so führte Professor Marrant in seiner Monographie aus, daß aus seiner dämlichen Utopie nie etwas werden würde, wenn die Philosophenkönige mit einem breiten Grinsen durch die Gegend laufen, und selbst die Bibel, so erklärte Marrant despektierlich, mißbilligt das Lachen, und er belegte diese Aussage mit einem Zitat aus dem Buch Jesus Sirach, wo geschrieben steht, Besser ist Kummer als Lachen, denn bei ernster Miene ist glücklich das Herz, und noch interessanter, fuhr Marrant fort, ist das Bild eines völlig humorlosen Jesus Christus, das in der Bibel gezeichnet wird, und deswegen muß man auch fragen, wie Marrant es tat, Hat Jesus jemals gelacht, im Neuen Testament ist davon nirgends die Rede, es heißt dort nur, allerdings deutlich genug, Ein Narr, der zu lautem Lachen seine Stimme hebt, doch weise der, dessen Herz im Stillen lacht

so wird verständlich, warum dieser immer noch rätselhafte Ausbruch weltweiten Gelächters, am 13. April 1993, an dem Tag, an dem der große Samuel Beckett seinen 87. Geburtstag feierte, falls diese Information irgendwie relevant ist, einen solchen Aufruhr auslöste und unsere Welt so schlagartig veränderte und großenteils dafür verantwortlich war, daß es zu einer neuen, friedlichen Weltgesellschaft und zu einer tiefgreifenden Veränderung aller zwischenmenschlichen Beziehungen kam

als dann die Raumkolonien etwas mehr als ein Jahr nach diesem Ausbruch gegründet wurden, kam es so weit, daß viele Leute, jung und alt, dorthin deportiert wurden, weil sie sich weigerten oder unfähig waren, zu lachen oder wenigstens ein bißchen zu lächeln, diese Nichtlacher und Nichtlächler, wie man sie nannte, wurden für schuldig befunden, die Ausgestaltung der neuen Frohsinnsgesellschaft, wie sie heute heißt, zu behindern, ich muß allerdings gleich hinzufügen, daß dies für den alten Mann nicht gilt

im Gegenteil, wie aus einem der letzten Berichte von Namredef und Moinous eindeutig hervorgeht, denn man hat ihnen klar und unmißverständlich zu verstehen gegeben, nachdem sie dieser Möglichkeit bei den zuständigen Behörden nachgegangen waren, daß der alte Mann auf der Skala der menschlichen Lachabilität sehr weit oben rangiert, daß man ihn immer als einen Großlacher, einen Strahlemann angesehen hat, selbst in den schwierigsten, schlimmsten Augenblicken seines Lebens, selbst in den widrigsten und demütigendsten Augenblicken, und seit jenem Freitag im Jahre 1993 hat er sein Lächeln nie mehr abgelegt, denn wie er anläßlich des feierlichen Begräbnisses von Professor Marrant, an dem wir alle teilnahmen, erklärte, Wenn in der Vergangenheit der Ernst als die dunkle Grundierung des Lebensspiegels galt, ohne die wir nichts begreifen könnten, so wissen wir dank des unerschütterlichen Optimismus unseres verstorbenen Freundes heute, daß Lachen das helle, durchsichtige Glas ist, durch das wir unser Überleben wahrnehmen können so müssen wir noch einmal nach anderen Gründen für die Vertreibung unseres alten Mannes suchen, was Namredef und Moinous zur Zeit mit der gebotenen Eile versuchen, und deshalb muß ich an diesem Abschlußbericht weiterschreiben, der, wie ihr euch vielleicht noch entsinnt, mit dem einfachen Satz begann, Wenn in der Nacht nichts passiert, dann wird er morgen und so weiter

und deshalb, um es mal so auszudrücken, habe ich überhaupt diese schwierige Aufgabe auf mich genommen, völlig selbstlos, denn für mich kann dabei nichts herauskommen, gar nichts, und ich würde auch nicht so vermessen sein und den Anspruch erheben, ich wolle die Menschheit retten oder einen Teil von ihr, nein, auf keinen Fall, denn, wie sagte mir doch der alte Mann einmal über sich selbst, Was weiß denn ich vom Schicksal der Menschheit, über Rüben könnte ich dir mehr erzählen

in meinem Fall müßten es allerdings schwarze, und nicht rote Rüben sein, für dieses unförmige, rattenhafte Gemüse habe ich nämlich eine völlig unvernünftige Schwäche, trotzdem glaube ich, daß die Lage der Menschheit noch zu verbessern ist, und das ist auch der Grund warum ich, trotz all der Schwierigkeiten und Unwägbarkeiten, die ich noch vor mir habe, dieses Projekt fortsetzen muß, um die Deportation meines alten Mannes vielleicht noch zu verhindern

VIII

Es ist jetzt 21 Uhr, noch besteht Hoffnung, Namredef und Moinous sind schon lange unterwegs, irgend etwas muß da gewesen sein, plötzlich sind sie zur Tür herausgestürmt, mit der angemessenen Miene, jener heutzutage obligatorischen Heiterkeitsmaske, ihnen war ein Gedanke gekommen, beiden gleichzeitig

Was meinst du, Moinous, vielleicht hat es etwas mit seiner Beziehung zu

Merde alors, j'allais dire la même chose, platzte Moinous in den Satz von Namredef hinein, als hätte er seine Gedanken gelesen

ein gleichzeitiger zweisprachiger Gedanke

vielleicht, vielleicht hat es etwas mit seiner Beziehung zu uns zu tun

Exactement

und dann zogen sie ab wie zwei nervöse Rennpferde, um dieser neuen Möglichkeit nachzugehen, während ich hier die Stellung halte und in meinen Notizen krame, jetzt müssen sie ungefähr am Raumhafen sein

21 Uhr, es besteht immer noch Hoffnung, noch drei Stunden, bevor sie ihn von unserem Leben abschneiden,

ja, es besteht immer noch Hoffnung, vor allem, wenn man sich daran erinnert, wie Zar Nikolaus I. von Rußland am 22. Dezember 1849, eitel bis zum Gehtnichtmehr, Dostojewskis Todesurteil genau in dem Augenblick umwandelte, als der schon vor dem Erschießungskommando stand

genau, und danach wurde Dostojewski nach Sibirien deportiert, wie erniedrigend für ihn, aber zum Teufel damit, er hat überlebt, er ist zurückgekommen und hat uns Schuld und Sühne geschenkt, Der Idiot, Der Spieler und Die Brüder Karamasow, das ist besser als gar nichts, von den Raumkolonien ist bisher noch niemand zurückgekommen, kein einziger, soviel ich weiß

aber so lange noch Zeit ist, gibt es Hoffnung, oder ist es umgekehrt, immerhin noch drei Stunden bis zum Abflug, ich mach mich besser langsam auf die Socken

erinnert euch an diese Szene, wie oft ist sie uns beschrieben worden, machen wir doch einfach einen Schritt zurück und lesen noch mal, was Leonid Grossman darüber geschrieben hat, er wird sicher nichts dagegen haben, wenn wir ein wenig auf ihn zurückgreifen, das gehört schließlich mit zur Technik

Einundzwanzig waren sie, zum Tode verurteilt, sie standen vor einer hölzernen, mit schwarzem Tuch bedeckten Plattform, Dostojewski blickte um sich, er sah die orangefarbenen Mauern der Kasernen des Wachregiments und die fünf goldenen Kuppeln der wuchtigen Kathedrale, das hier war der Platz, auf dem das Regiment Semjonowskij exerzierte und Paraden abhielt, die Verurteilten mußten sich aufstellen, an der Festungsmauer, da standen sie, dünn, bleich, verdreckt und ungepflegt, Dichter und Juristen, Ingenieure und Offiziere Lehrer und Zeitungsschreiber, eine Petraschewskij treu ergebene, verschworene Gemeinschaft, umstellt von sorgfältig ausgewählten Soldaten in Paradeuniform und berittener Gendarmerie, dabei der Generalgouverneur von Petersburg, der Polizeichef, die Kommandeure der Leibgarde und die adretten Adjutanten des Zars, und alle standen sie stramm und langweilten sich zu Tode, es muß ein grandioses Schauspiel gewesen sein

die Gefangenen wurden zu der kurzen Treppe geführt, die zur Plattform hinaufführte, sie erklommen die glitschigen Stufen, während die Gewehre mit zackigem Klirren hochschnellten und die Trommeln ein nervöses rat-tat-tat dazuschlugen

Dostojewski glitt auf den Stufen aus, stolperte und wäre gefallen, aber ein alter Mann ergriff seinen Arm, Vorsicht Fjodor, jetzt kein Bein brechen, wir haben noch einen langen Weg vor uns

Haben Sie Dank, Väterchen, sagte Dostojewski, so lange es noch Hoffnung gibt, ist Zeit

die letzte Szene des Rituals hatte begonnen, ein unerträglicher Gedanke durchzuckte Dostojewski, Was wäre, wenn ich jetzt nicht stürbe, wenn mein Leben mir jetzt zurückgegeben würde, was wäre das für eine Ewigkeit

und dann ergriff der Revisor das Wort, Nach sorgfältiger und gewissenhafter Prüfung des vorliegenden Falles durch den militärischen Untersuchungsausschuß hält der Generalrevisor die Angeklagten revolutionärer Umtriebe für überführt und in vollem Umfange schuldig und verurteilt sie zum Tode durch Erschießen

So sei es, hatte seine Majestät der Kaiser von Rußland handschriftlich unter jedem Urteil vermerkt so sei es, den Angeklagten hatte man lose Kutten aus grobem Leinen übergeworfen, mit spitzen Kapuzen und langen Ärmeln bis fast auf den Boden, plötzlich ertönte ein Gelächter vom Schafott, ein langes, fröhliches und freches Gelächter, alle drehten sich neugierig um, wollten sehen, wer das war, die Köpfe der Soldaten schwenkten auf steifen Schultern herum wie mechanische Spielzeugfiguren, Petraschewskij schüttelte sich vor Lachen und konnte sich gar nicht mehr beruhigen, Meine Herren, vor Lachen bekam er fast keine Luft mehr, wie lächerlich wir in diessen Aufzug, in diesen Clownshemden, aussehen müssen

Dostojewski stand in der zweiten Reihe, neben dem bärtigen alten Mann, der ihm die Treppe hinaufgeholfen hatte, es hätte fast unser alter Mann sein können, oder sein Urgroßvater, schließlich leben die Toten ja in uns fort, beide gaben sie sich größte Mühe, so voller Verachtung gegen jede Autorität dreinzublicken wie ihre Kameraden, Laß den Mut nicht sinken, Väterchen, flüsterte Dostojewski, strafe sie mit Verachtung in deinen Augen, Das tu ich ja, erwiderte der alte Mann, aber genau wie Dostojewski horchte er auf sein pochendes Herz

dann wurden die ersten drei aufgerufen, Petraschewskij, Mombelli, Grigorijew, die drei weißen Gespenster stiegen von der Plattform hinunter, schlurften mit Ketten an den Füßen hinüber zur Festungsmauer, Kapuzen über die Augen, wurde ihnen befohlen, Petraschewskij stieß die weiße Kapuze zurück und warf den Kopf nach hinten, Ich fürchte mich nicht, dem Tod ins Gesicht zu sehen, schrie er

die drei wurden mit Stricken an graue Pfähle gebunden, die Arme hinter den Rücken, und die langen Ärmel der weißen Todeshemden wurden zu einem doppelten

Knoten verbunden, Ich habe noch eine Minute zu leben, nicht mehr, dachte Dostojewski, sein Herz stand still in Erwartung des Schreckens

Achtung, kam der Befehl, das Peloton nahm die Gewehre hoch und zielte, ein schrecklicher Augenblick, der alte Mann tastete nach Dostojewskis Hand, sie zitterte, das fürchterliche Warten dauerte eine ganze halbe Minute, Warum feuern sie nicht, worauf warten sie denn, die Gewehrmündungen waren immer noch auf die drei Gefangenen gerichtet, als wollten sie mit ihnen spielen

da kam einer der Adjutanten des Zaren über den Paradeplatz galoppiert, das Geklapper der Hufe auf dem Kopfsteinpflaster als letztes Totengeläut

das alles war natürlich sorgfältig einstudiert und geprobt worden, um den größtmöglichen melodramatischen Effekt zu erzielen, die Todesurteile waren schon vier Tage vorher umgewandelt worden, aber die Angeklagten wußten nichts davon

Diese Schweine sollen die Todesangst bis zur Neige auskosten, bei diesen Worten rieb sich der Zar seine behandschuhten Hände und durchmaß mit wütenden Schritten das Zimmer, das war vier Tage vorher in seinem Palast, Ja, sie sollen ihrem Tod ins Angesicht sehen, und dann gebt ihnen ihr Leben zurück demütigt sie mit dem Leben in einer grandiosen Geste der Großzügigkeit

und jetzt las General Sumarokow aus dem versiegelten Päckchen, das ihm der Adjutant gerade überreicht hatte, In Unehren entlassener Unteroffizier Fjodor Dostojewski, Seine Majestät haben den Ihr untertänigst vorgebrachten Bericht zur Kenntnis genommen, Seine

Majestät heben allergnädigst das Todesurteil auf und wandeln das Urteil um zu vier Jahren Gefangenenlager, und weiteren vier Jahren Waffendienst als gemeiner Soldat des Kaiserlichen Kaukasischen Korps

der General verlas alle Begnadigungen, einundzwanzig an der Zahl, mit lauter, leidenschaftsloser Stimme, ich überspringe hier ein paar Einzelheiten

die Gefangenen blieben stumm, kein Freudenschrei war zu hören, kein Seufzer der Erleichterung, nein, sie standen still, voller Geringschätzung und Verachtung

Auf Befehl Seiner Majestät hat sich der Sträfling Butaschewitsch-Petraschewskij unverzüglich und auf der Stelle, noch vom Erschießungsplatz aus, in Begleitung eines Polizeioffiziers und eines Kuriers auf den Marsch nach Sibirien zu begeben

Ich möchte mich von meinen Genossen noch verabschieden, sagte Petraschewskij zum Kommandanten, und in seinen Ketten schleppte er sich mit gefesselten Füßen mühsam von einem zum anderen, küßte jeden und sagte ihm Lebewohl, dann trat er vor seine Weggenossen und sagte, Laßt den Mut nicht sinken, meine Freunde, sie können uns in Eisen legen, aber diese Ketten sind ein unschätzbar wertvolles Armband, das uns die Weisheit des Westens und der Geist der Zeit, der überallhin vordringt, angefertigt haben, und angelegt hat es uns unsere Liebe zur Menschheit, zwei Leibgardisten zerrten ihn fort

Dostojewski hatte Tränen in den Augen, Was für eine unerträgliche Ewigkeit, dachte er, und dann, als die Gefangenen vom Schafott geführt wurden, sagte er zu dem alten Mann, Sei nicht traurig, alter Mann, bestimmt werden wir auferstehen, wir werden uns wiedersehen und freudig werden wir uns dann erzählen, was wir erlebt haben

mit diesen prophetischen Worten hatte Dostojewski, ohne es zu wissen, bereits das Ende der Brüder Karamasow gesprochen, und so antwortete der alte Mann auch, während er Dostojewski umarmte, Ach, wie wird das schön sein

später, am selben Tag noch, nach der Tortur dieser Scheinexekution wieder in seine Zelle zurückgekehrt und auf seine Deportation wartend, schrieb er einen Brief an seinen Bruder Michail, ich zitiere hier aus diesem unvergeßlichen Dokument

Mein Bruder, ich bin nicht verzweifelt und habe den Mut nicht verloren, Leben gibt es überall, das Leben ist in uns selbst, nicht außer uns, ich werde von Menschen umgeben sein, werde unter ihnen Mensch sein und werde es immer bleiben, sich vom Unglück nicht beugen, nicht umwerfen lassen, was auch immer geschehe, das nenne ich Leben, das ist die Aufgabe unseres Daseins, das habe ich eingesehen, dieser Gedanke ist mir in Fleisch und Blut übergegangen, ja, wahrlich, der Kopf, der von schöpferischen Gedanken erfüllt war, der von Empfindungen bewegt und an stärkstes seelisches Erleben gewöhnt war, dieser Kopf ist schon von meinen Schultern getrennt, geblieben sind nur noch die Erinnerung und Gedanken, die zwar schon geboren sind, aber noch nicht Gestalt angenommen haben, darunter leide ich natürlich, aber noch habe ich ja mein Herz und mein Fleisch und mein Blut, die imstande sind, zu lieben und zu leiden, zu wünschen und sich zu erinnern, und das ist ja der eigentliche Inhalt unseres Daseins, noch nie zuvor sind in mir so reichhaltige und gesunde Vorräte an geistigem Leben aufgekeimt wie jetzt ein Brief, voller Optimismus und unerschütterlichem Glauben an seine Berufung und seine zukünftige Wiedergeburt, wie ihn auch unser alter Mann hätte schreiben können, wie ihn unser alter Mann, so oder so ähnlich, bis Mitternacht sogar noch schreiben könnte, an diesem traurigen Silvesterabend 1999

oder vielleicht spricht er gerade in diesem Moment, da er in jenem Vorzimmer der Abreise sitzt, genau die gleichen Worte wie Dostojewski oder so ähnliche zu meinen treuen Mitarbeitern, die jetzt bestimmt verlegen und bekümmert neben ihm stehen und mir diese Worte nachher übermitteln werden, wenn sie zurückkommen

aber das ist Dostojewskis Geschichte, und er hat überlebt, die Geschichte unseres alten Mannes ist eine andere Geschichte, genauso traurig, ja, genauso schrecklich, vielleicht sogar noch trauriger, denn auch er verpaßte eine Verabredung mit dem Tod, ohne es zu wissen, ach, das ist schon lange her, an jenem Tag des Jahres 1942, als er in einer dieser Gemeinschaftsduschen von Auschwitz stand und fünfzig andere mit ihm, alle sahen sie gleich aus, gedemütigt durch ihre Nacktheit, fünfzig spindeldürre, blaßbläuliche Körper, zum Sterben verurteilt, an jenem Tag, als sie alle dastanden, alle gleich, wie eine einzige Familie, jeder alte Mann in dieser Gruppe sah aus wie sein Vater und jede alte Frau wie seine Mutter, war das eine Halluzination, und auch die anderen, die jüngeren, alle sahen sie aus wie er, wie seine Schwestern und die Brüder, die er nie gehabt hatte, fünfzig ihrer Persönlichkeit beraubte Abbilder seiner selbst standen da und schämten sich, bedeckten ihre Blößen mit den Händen, zitterten vor Kälte an jenem außergewöhnlichen Tag, an dem, entgegen den Lagerregeln, Männer und Frauen in einer höhnischen Parodie auf die Koedukation zusammen in den Duschraum geschoben wurden und auf das Wasser warteten, das sich über ihre Leiber ergießen sollte, oder was da sonst aus den Brauseköpfen herauskommen würde, um sie zu reinigen, die dreckigen Juden

an jenem Tag aber, warum weiß niemand, ergoß sich kein Wasser über diese bläulichen Körper, nichts passierte, hatte der Lagerkommandant oder vielleicht der Führer persönlich, in einem jähen Anfall von Großherzigkeit, die Todesurteile für diesen einen Tag umgewandelt, einfach so, zum Spaß, oder war das Wasser in den Rohren gefroren, hatte sich das Gas verfestigt, aber anders als bei der Scheinhinrichtung Dostojewskis und seiner Freunde wurde niemals aufgedeckt, ob es sich nun tatsächlich um eine Urteilsumwandlung gehandelt hatte oder nicht, und ob auch hier die ganze Sache zynisch inszeniert, einstudiert und geprobt worden war, um eine möglichst vollkommene melodramatische Wirkung zu erzielen

als die Juden in die Baracken zurückgeführt wurden, nackt durch den Schnee stapfend, setzte auch der alte Mann in Gedanken einen Brief auf, aber er hatte natürlich nie Gelegenheit, diese Zeilen zu Papier zu bringen, und deswegen sind sie auch nie an irgend jemanden geschickt worden, jedenfalls begann er so, Etwas ist geschehen heute, ich weiß nicht was, ein Ende oder vielleicht ein Anfang, ich fühle mich nicht entmutigt oder gebrochen, nur verwirrt, entwürdigt, eines steht fest, es gibt keine Prinzipien in dieser Welt, nur Geschehnisse, keine Gesetze, nur Umstände, wie lächerlich wir ausgesehen haben müssen in unserer nackten Erwartung

und später, als er seinen Tod hinter sich hatte, als sein Tod vorläufig aufgeschoben, vielleicht sogar aufgehoben war, da fragte er sich, Habe ich das wirklich erlebt oder habe ich das ganze nur geträumt, da war etwas,

etwas, das jemandem zugestoßen ist, ja, anderen, Millionen anderen, meinem Vater, meiner Mutter, meinen Schwestern, ihnen allen, aber mir nicht, nein, mir nicht, dieser letzte Moment der Erniedrigung, das unaussprechliche Geschehnis

in der Nacht, die tätowierten Handgelenke hinter dem Kopf verschränkt, hatte er einen Traum, und in diesem Traum sah er, wie ein riesiger Huf seine beiden Gesichter traf, als er sah, wie er vor sich selbst niederkniete, um die blutigen Wunden in seinem mythischen Fleisch zu lecken, wo dreckige Fingernägel die Reste eines unaussprechlichen numerischen Namens ausgekratzt, die Fragmente seiner Geschichte getilgt und eine häßliche Wunde in die Pigmente seiner Rasse geschnitten hatten

und so kam es, daß auch er an jenem Tag im Jahre 1942 mit einem Übermaß an Leben gedemütigt wurde, wie Dostojewski, auch er erlitt die Schmach des Überlebens, und doch konnte er nicht sagen, ob es ihm wirklich widerfahren war

Jahre später, wenn sich der alte Mann diese Szene ins Gedächtnis rief oder sie in Gedanken noch einmal durchspielte, wie jeder Mensch, jeder Erwachsene sie wenigstens einmal in seinem Leben durchspielen sollte, sich wenigstens einmal vorgestellt haben sollte, wie das gewesen sein muß, in dieser Gaskammer zu stehen, ja wenigstens einmal, ob man nun selbst dagewesen ist oder nicht, dann hallten die Worte des Maimonides in seinem Kopf wider, Jeder Jude ist wie ein Schauspieler, der einen Juden spielt, jeder gibt seine eigene Deutung der Vergangenheit, und dann wurde dem alten Mann wieder klar, daß man immer so leben muß, als sei das Ende, die Apokalypse bereits geschehen, als hätte noch nichts begonnen, als sei der Mensch noch nicht geschaffen, als sei alles im Begriff, von neuem anzufangen, ja, jedesmal, wenn er sich diese gräßliche Szene ausmalte, wurde ihm klar, daß es jetzt möglich war, von vorne anzufangen, jeden Tag von neuem, und wie um diese Gedanken zu bestätigen, hatte ihm einer seiner Freunde, sein Name fällt mir jetzt nicht ein, einmal erzählt, er habe, ganz im Geiste dieses ewigen Neubeginns, eine Geschichte geschrieben, die mit einem Schriftsteller anfängt, der sich erschießt, um in Gang zu kommen, sein Blut spritzt an die Wand und hinterläßt dort diese Botschaft, Man muß anfangen, wenn alles schon vorbei ist

in gewisser Weise scheint sich hinter diesem Aufschub des Endes, hinter diesem Übergang von der Losigkeit zur Endlosigkeit, hinter dieser Verlagerung vom Letzten auf das Vorletzte oder sogar auf das Vorvorletzte ein größeres Rätsel zu verbergen, auch ein größerer Schrecken, und vielleicht muß unser alter Mann gerade deshalb aus dieser Welt vertrieben werden, man kann nicht für immer in einem geborgten Land leben, das Leben eines Ausgesetzten führen, aber das sind natürlich alles nur Mutmaßungen von mir

vielleicht ist an jenem Tag auch gar nichts geschehen, vielleicht war es gar nicht so, was weiß ich, ich war nicht dabei, nein, ich habe Glück gehabt, ich bin nie deportiert worden und werde es hoffentlich auch nicht mehr, sagen wir einfach, ich hatte Glück, obwohl ich ohne weiteres an der Stelle des alten Mannes hätte sein können und er an meiner, dann säße er jetzt hier in diesem Zimmer und würde meine Geschichte schreiben

das würde die Sache ungemein erleichtern, denn ich weiß schon, oder sagen wir, mir schwebt so etwas vor, wie diese Geschichte zu Ende gehen könnte, Moinous und Namredef würden zu mir in das Vorzimmer der Abreise kommen, wo ich resigniert sitze, das Dröhnen meiner Vergangenheit in den Ohren, ein treuer Hund zu meinen Füßen wie eine Sphinx, und sie würden mich mit der gebotenen Dringlichkeit fragen, Warum wirst du denn nun in die Raumkolonien geschickt

und ich, im letzten Augenblick, wenn die gewaltigen Metalltore schon zur Seite gleiten und den Blick auf das startbereite, gigantisch in den Himmel ragende Raumschiff auf der Startrampe freigeben, ich würde ihnen im letzten Moment in aller Ruhe sagen, Es gibt überhaupt keine Raumkolonien

Was, würden sie dann entgeistert rufen, willst du damit etwa sagen

Ja, genau das, es ist nicht wahr, vielleicht wird es später einmal so etwas geben, aber zur Zeit ist das gar nicht möglich, technisch gesehen, meine ich, es ist eine Lüge, ein Mythos, ich habe mir die Raumkolonien ausgedacht, ich ganz alleine, damit ich dort hingeschickt werden kann, phantastisch gesprochen

Aber warum, warum

Um mich von der Last der Vergangenheit zu befreien, könnte man sagen

Ja aber, würden sie bestürzt fragen, was machen sie denn mit all den Leuten, all den armen Teufeln, die in die Raumkolonien geschickt werden, die sie nun schon seit 1994 dahin geschickt haben, und was ist mit diesen Leuten hier, heute, und mit dir natürlich

Ach, das ist nicht gelogen, das ist tatsächlich so, sie werden einfach in den Raum gekippt, in die Weiten des zurückweichenden Raumes, wie menschlicher Abfall, Müll, und dort schweben die Körper nun, entschweben in den luftleeren Raum

Mann, das wär ein tolles Ende, vielleicht ein bißchen zu traurig und melodramatisch, aber ein richtig schönes Ende, wie all diese Körper in den Raum entschweben, dem Rand des Universums entgegen, Millionen und Abermillionen verwester Körper rasen zurück in die große Raumfotze, in das schwarze Loch des Urknalls, Millionen von Körpern, die funkeln wie kleine gelbe Sterne

der Nachteil dabei ist bloß, daß es so nicht geht, die Situation ist einfach eine andere, in Wirklichkeit sitze ich hier und schreibe diese Geschichte oder denke darüber nach, wie sie weitergehen könnte, während der alte Mann im Vorzimmer der Abreise wartet, und wir wissen immer noch nicht, warum er dort sitzt

natürlich kann man Mutmaßungen anstellen, was wir ja nun auch schon seit geraumer Zeit tun, was bleibt einem denn auch anderes übrig, als Mutmaßungen anzustellen, bis man das Richtige getroffen hat, Wenn einmal alles schweigt, wenn einmal alles aufhört, dann darum, weil die Worte gesagt sein werden, die unbedingt gesagt werden mußten, man braucht nicht zu wissen welche, man wird nicht wissen können welche, sie werden dasein, irgendwo, in dem Haufen, in der Flut, nicht notwendigerweise die letzten, sie müssen von dem bestätigt werden, dem sie gebühren, das kostet Zeit, verdammt wahr, würde Sam sagen, aber gibt es denn eine bessere Art, sich die Zeit zu vertreiben

vielleicht hat sich auch mein alter Mann selbst die Raumkolonien ausgedacht, um tatsächlich dorthin deportiert zu werden, vielleicht hat er sie erfunden, um mir eins auszuwischen, mir und Moinous und Namredef, um die Last der Schuld abzuschütteln, die darin liegt, daß er den Holocaust überlebt hat, also zuzutrauen wäre ihm das schon ist es denn wirklich so wichtig, ob man tatsächlich selbst da gewesen ist oder nicht, kommt es denn letztlich darauf an, ob man die Gaskammern selbst erfahren hat oder ob man sich nur vorstellt, wie es darin gewesen sein muß, der Holocaust war eine Sache der ganzen Menschheit, etwas Totales, das die ganze Menschheit betraf und noch heute betrifft, und wenn man über diese traurige Sache spricht, im Leben oder in der Literatur, dann muß das ein kollektives Unterfangen sein, und das gleiche gilt selbstverständlich auch für die Raumkolonien, ob wirklich oder erdacht, und es ist ziemlich egal, ob nun er im Vorzimmer der Abreise sitzt oder ich, nach einiger Zeit werden wir alle austauschbar

wir alle sind Vertriebene, die in einem fremden Land überleben, im Leben wie in der Literatur, warum also nicht fragen, selbst wenn es vergeblich ist, wie im Buch der Fragen gefragt wird, Alter Mann, erzähle uns die Geschichte deines Landes, worauf er, stellvertretend für uns alle, antworten würde, was auch Yukel sagte, Ich habe kein Land, ich bin ein alter Mann, und mein Leben ist die Geschichte

ich aber, wenn ich an seiner Stelle zu antworten hätte, müßte den Satz vermutlich in einem entscheidenden Punkt umstellen und antworten, Die Geschichte ist mein Leben, ich da, ich hier, wo ist da der Unterschied, ich jetzt, ich damals, am Ende läuft es doch aufs gleiche hinaus, dieser Mann hätte ich sein können, wir teilen uns in dieselbe Einsamkeit

ja, wir gehen im gleichen Schatten, und das obwohl ich doch nur ein Mittelsmann bei diesem Unternehmen bin, aber der potentielle Leser könnte sich womöglich zu dem ebenso voreiligen wie falschen Schluß verleiten lassen, dies sei eine autobiographische Geschichte, die in verkleideter Form das Leben ihres Verfassers erzähle, nämlich mein eigenes in der Gestalt eines namenlosen alten Mannes, projiziert in eine fiktive Zukunft, und genau das hat ein solcher Leser auch bereits geäußert, als er das gelesen hatte, was bis jetzt über den alten Mann erzählt worden ist, aber dem ist nicht so, das versichere ich euch, denn wenn es so wäre, dann wäre ganz bestimmt ich derjenige, der im Vorzimmer der Abreise säße und mich daran erinnern würde, wie ich mir die Raumkolonien ausgedacht hätte, um dorthin deportiert zu werden, während der alte Mann oder jemand wie er hier in diesem Zimmer säße und mein Leben schriebe, dann wäre er es, der mein Leben zu Vorerinnerungen verdrehen und mein Ich, meine vielen Ichs zu einer bizarren, verschlungenen Zeitschleife verformen würde

warum so tun, als ob, und wenn es tatsächlich so wäre, dann würde mit Sicherheit irgend etwas an der Idee der Doppelschwingung nicht stimmen, auf der diese extemporal extemporierte Geschichte beruht

denn wir wissen alle, so wie die Kinder ihre Vornamen gebrauchen, wenn sie über sich selbst sprechen, so benennt sich der Autor durch eine Unzahl fiktiver dritter Personen, das ist normal, auch wenn es noch gar nichts bedeutet, in mir enthalten ist alles, was ich war und was ich noch werden kann, das ist einfach so, und dasselbe gilt natürlich auch für meinen alten Mann, aber das heißt noch lange nicht, daß ich in dieser Geschichte ein Versteckspiel treibe, mit meinem Leben, meiner Vergangenheit, wozu sollte das denn gut sein

der Schriftsteller tut doch nichts anderes, als Erlebnisse in Wörter zu verwandeln, er verlagert, schafft Bilder, spielt nach, spielt vor, erfindet neu, aber was er auch tut, es ist immer ein Betrug an dem ursprünglichen Erlebnis, eine flagrante Fälschung, so ist das nun mal im Freudenhaus der Literatur, Wörter werden da angehäuft, immer mehr, Wörter und noch mal Wörter, darum dreht sich das Leben meines alten Mannes, um nichts anderes

aber das sind natürlich alles Mutmaßungen, eine unvermeidliche Abschweifung, um die Zeit zu vertreiben, während Moinous und Namredef vor Ort in aller Eile die Lage sondieren, und vielleicht sind sie ja bald zurück und haben die Wahrheit dabei, die wirkliche Geschichte, das letzte Wort, dann wissen wir ein und für allemal, ob der alte Mann noch gerettet werden kann, aber bis dahin kann ich hier noch etwas Ordnung schaffen, meine Schreibmaschine säubern, ein neues Farbband einlegen, meine Nägel schneiden, meine Notizen durchsehen, ein Butterbrot essen, sogar noch ein Nikkerchen machen

jetzt müssen sie ungefähr am Raumhafen sein

IX

Es ist alles vorbei

Moinous und Namredef kommen in mein Arbeitszimmer gestürzt, Es ist alles vorbei, rufen sie beide gleichzeitig, völlig außer Atem, fix und fertig sind sie, der Schweiß tropft ihnen von der Stirn, obwohl wir im tiefsten Winter stecken und es säuisch friert in dieser Silvesternacht, es ist weit nach Mitternacht, an ihren verwirrten Mienen kann ich nicht erkennen, ob sie entsetzt sind oder erleichtert, Es ist alles vorbei, stammeln sie immer wieder

Das war's denn, es ist aus, stoße ich hervor und fürchte das Schlimmste

Nein, nun warte doch mal, laß uns erst mal Luft holen, wir werden dir alles erzählen, alles der Reihe nach, von Anfang an, immer mit der Ruhe

Nun macht schon, los, raus mit der Sprache, nun erzählt schon, und laßt euch nicht dreimal bitten, das ist nicht fair, wir sind schon längst im neuen Jahr, im neuen Jahrhundert

sie kommen langsam wieder zu sich, mit einem großen, bunten Taschentuch tupft Moinous sich die Stirn, während Namredef seine Tweedjacke ausgezogen hat und seine Weste aufknöpft, um sich Luft zu verschaffen,

Hast du was zu trinken da, fragen sie und lassen sich beide auf's Sofa fallen

ich gieße ihnen einen guten Schluck Calvados aus der Flasche ein, die ich immer in der Schreibtischschublade habe, Calvados ist mir lieber als Cognac, Hier, aber trinkt langsam, sage ich, setze mich rittlings auf einen Stuhl vor sie hin, den Notizblock in der Hand, jetzt kann's losgehen, ich höre

Als wir am Raumhafen ankamen, muß so gegen halb zehn gewesen sein, als wir am Raumhafen ankamen, herrschte dort große Hektik, muß so gegen halb zehn gewesen sein, es wimmelte von Leuten, und

He, halt, halt, einer nach dem anderen bitte, ich komme ja ganz durcheinander, wie soll ich mir Notizen machen, wenn ihr ständig durcheinander redet

Schon gut, alles klar, fang du an, Nam, erzähl ihm, was passiert ist

Nein, du, Moimoi

Jetzt hört auf damit, wir haben keine Zeit für solche Spielchen, am besten, wir lassen das ganze Brimborium mal beiseite und sehen zu, daß wir vorwärtskommen

Namredef macht einen neuen Anlauf, Als wir am Raumhafen ankamen, muß so gegen halb zehn gewesen sein, wurden wir von einem Aufsichtsbeamten unverzüglich zu seinem Vorzimmer der Abreise gebracht, bis dahin keinerlei Probleme, Tausende anderer Besucher waren gekommen, vermutlich, um diese letzten Stunden mit Verwandten, Freunden oder Bekannten zu verbringen, die auf der Deportationsliste standen, genau wie wir, im Hafen herrschte Hochbetrieb, eine leichte

Spannung lag über dem Ganzen, obwohl nach außen hin alles ruhig schien, kein Geschrei, keine Tränen, kein Händeringen, stimmt's, Moinous

Ja, ein Tag wie jeder andere, wir hatten wirklich etwas anderes erwartet, du weißt schon, mehr Aufregung, erklärt Moinous und nippt an seinem Calvados, mehr Angst sowohl bei den Besuchern als auch bei den Deportierten, schließlich war das hier sozusagen der allerletzte Augenblick, aber im Gegenteil, es lag sogar etwas wie Feststimmung in der Luft, es war ja auch Silvester, von den anderen Vorzimmern drang sogar schwaches Gelächter herüber, es war seltsam, die Leute schienen diesen Augenblick zu genießen, und von großer Panik keine Spur

Manchmal bringt einen Hoffnungslosigkeit mehr zum Lachen als Hoffnung, sage ich, um ihnen zu zeigen, daß ich weiß, wovon sie reden, Aber kommt endlich zur Sache, was ist mit dem alten Mann

Nun, als wir ankamen, trafen wir ihn wie bei den vorhergehenden Besuchen, er saß auf dem Koffer, den Kopf in die Hände gestützt, mittlerweile fast eine klassische Pose, mit leerem Blick vor sich hinstarrend, den treuen alten Sam zu einem schwarzweißen Knäuel zusammengerollt schlafend zu seinen Füßen, das ganze ein vollkommenes Bild stiller Ergebung

Könnt ihr diese blöden lyrischen Details nicht weglassen, sage ich und kann es kaum erwarten, den Rest der Geschichte zu hören

Ich glaube nicht, daß ihm klar war, wie knapp die Zeit war, erzählt Namredef weiter, ohne sich um meine Ungeduld zu kümmern, denn kaum hatten wir einen Fuß in die Tür gesetzt, da fing er an zu reden, ohne uns zu begrüßen oder uns zu fragen, warum wir denn so besorgte Mienen machten, das heißt, er phantasierte eher, als daß er redete, er klang tatsächlich wie im Delirium, er sprach auch nicht wirklich zu uns, nein, es war eher so, als führe er ein Gespräch mit jemandem fort, der dagewesen war, bevor wir kamen

Das Eigentümliche am menschlichen Leben ist, sagte er gerade, daß einem nichts erlassen, nichts geschenkt wird, wie Freud einmal sagte, umsonst ist nur der Tod, das muß jeder einmal lernen, ja, Leben kennt keine Notwendigkeit, es ist vom Zufall bestimmt

Ach du Scheiße, flüsterte ich Moinous zu, er hat wieder einen seiner Anfälle, da werden wir wohl kaum etwas aus ihm rauskriegen, zu diesem Zeitpunkt hatten wir noch die Hoffnung, er würde uns verraten, warum er hier war, warum sein Name eigentlich auf der Deportationsliste dieser Nacht stand, und trotz der knappen Zeit glaubten wir, wir könnten seine Abreise noch verhindern und einen letzten Einspruch bei den Behörden einlegen, mit diesem Auftrag hast du uns ja losgeschickt, Bringt irgend etwas aus ihm raus, hast du gesagt, er muß den Grund kennen

Wie geht's, fragten wir, um das Gespräch in Gang zu bringen

Gut, gut, antwortete er abwesend und setzte seinen Monolog fort, eine schreckliche Folgerung läßt sich aus unserem Schicksal ziehen, daß nämlich irgendwo im Universum ein Funke Leben weiterglimmen wird, bis ans Ende aller Tage, daß es immer einen winzigen Rest Menschheit geben wird, der im großen Kochtopf des Universums hilflos vor sich hin brutzelt, er lächelte, ja, der Menschheit das Bewußtsein zu nehmen, es völlig auszulöschen, ist unmöglich, eine bemerkenswerte Tatsache, die nicht nur die ganzheitliche Deutung des Phänomens Mensch rechtfertigt, die es uns vielmehr auch gestattet, unserem künftigen Schicksal ruhiger entgegenzusehen, sogar jenem Schicksal, das uns am Ende aller Zeiten erwartet, draußen in der Noosphäre, in jener unvorstellbar großen, nicht denkenden Maschine Universum

Habt ihr nicht versucht, ihm klarzumachen, wie sehr die Zeit drängt, erkundige ich mich, ich meine, warum habt ihr denn nicht

Und ob wir das versucht haben, aber er hat uns einfach nicht beachtet, ich weiß nicht, er schien aus sich selbst verschwunden zu sein, und auch wir spürten, wie etwas in diesem Raum anfing, uns von uns selber zu entfernen, schwierig zu erklären, es war, als ob uns jemand einen Schleier vor die Augen gezogen hätte und wir in unser Inneres gedrängt würden, um dort auf eine Dunkelkammer zu stoßen, wie in einem Fotoapparat, eine dunkle, neutrale Zone, wo die Unglücksfälle der Natur, so muß man sie ja wohl nennen, verzerrt abgebildet wurden, was sie unkenntlich und ungreifbar werden ließ, der alte Mann schien uns zu entgleiten, so kam es uns vor

Ja, genauso kam es uns vor, unterstreicht Moinous, irgendwie gelang es uns nicht, zu ihm vorzudringen, plötzlich war eine unüberbrückbare Kluft zwischen uns, und auf einmal war alles unwichtig

nach kurzem Schweigen brach es wieder aus ihm hervor, Oh Erde, du alte Auslöscherin, werde ich je wieder deine süße Festigkeit verspüren, bei diesen Worten stampfte er auf den Kunststoffboden unter seinen Füßen, tat dies mit einer Freudlosigkeit, die über jeden Sarkasmus hinaus war, er hielt inne, Na ja, kann nicht klagen, nein, nein, es gibt so viel, wofür man dankbar sein muß

Was sollten wir dazu sagen, Namredef zuckt mit den Schultern, er klang wie die alte Winnie, als sie in ihrem Erdhügel versinkt, in Glückliche Tage, ihr wißt schon, und sich ruhig und gelassen ihr eigenes Begräbnis mitansieht

Er hatte den Kopf schon immer voller Literaturschrott, werfe ich ein, und mache mir eine Notiz, damit ich nicht vergesse, die genaue Seitenzahl nachzugucken, für alle Fälle, ja vollgestopft mit Klassikern, aber was hat es ihm gebracht

Einsam und in mich zurückgezogen mußte ich leben, fuhr er fort, während der letzten zehn Jahre oder so, seit das Entehelichungsgesetz verabschiedet wurde, und niemand war mehr da, mit dem ich die süßen und doch heimlichen Freuden meines geistigen Lebens hätte teilen können, er zögerte, na ja, Freuden oder Leiden

Was soll das denn heißen, unterbrachen wir ihn, wir waren doch fast die ganze Zeit über bei dir, du hättest sie mit uns teilen können

Ja, ich weiß, meine Freunde, ihr wart bei mir, aber ich versuchte immer noch, meinem Schicksal auszuweichen statt mich ihm zu stellen, in diesem fast vegetabilischen Zustand lebte ich dahin wie — er suchte nach dem passenden Wort, wie ein Einsiedler, sagte er schließlich, ohne eine Miene zu verziehen, ja, wie ein Einsiedler

Du ein Einsiedler, ausgerechnet du, du machst wohl Witze, sagten wir in lockerem Tonfall, darum bemüht, seinen Gedanken ihre Dunkelheit zu nehmen, Das grenzt ja fast an Selbstmitleid, aber er schenkte unserem

Einwand keine Beachtung, redete einfach weiter, obwohl sich seine Worte jetzt mehr und mehr an uns richteten und immer nachdrücklicher wurden

Wie ihr wißt, habe ich das Handeln dem Denken, die Bewegung der Beschaulichkeit immer vorgezogen, doch plötzlich schien ich ausgerechnet jenes Prinzip ins Gegenteil verkehrt zu haben, das die Leitlinie meines Lebens gewesen war, ich hatte aufgehört zu handeln, brachte nichts mehr zustande, es kamen keine Worte mehr aus mir heraus, ich meine keine zusammenhängenden Worte, auf dem Weg vom einfachen Denken bis zur Entäußerung der Gedanken in Worten geschah etwas, das mein ganzes Denken zerstörte, etwas, das mich daran hinderte, zu sein, was ich sein wollte, und das mich, wie soll ich sagen, in der Schwebe hielt

Mach dir nichts draus, Leuten wie uns geht das häufiger so, murmelten wir, weil uns nichts Besseres einfiel

er überhörte diese Bemerkung einfach, Ich war kataleptisch geworden, ein schrecklicher Zustand für jemanden wie mich, ab und an nur brachen Satzfragmente aus mir hervor, Wortfetzen, scheinbar ohne jeden Sinn und Zweck, Bruchstücke von Sätzen, wißt ihr, ohne jeden Zusammenhang, Dinge wie, Vogel in Kopf flog, oder auch, Stimme niemals ganz erfaßte Echos Raum der Zukunft, ja oder auch Vogel im Blick zurück für erneuertes Selbst gefangen in der Gegenwart des Unselbst, oder, Trümmerregion in vollem Bogen in die Finger zur Stimme zurück, ich kann mich noch genau an diese Stücke erinnern, sie verfolgen mich noch heute, aber was zum Teufel soll man mit so einem Schrott anfangen

wir sagten einfach nichts, es war alles so vage, und doch war zu spüren, wie sehr ihm daran lag, uns von diesen schwierigen Jahren zu erzählen, aber wozu eigentlich in dieser letzten Phase

er erzählte weiter, Mein geistiges Leben war ein Strudel geworden, eine Jauchegrube voller Wortbrei, und ich wurde immer mehr zum Kopffüßler

Verstehst du, erklären mir Moinous und Namredef entschuldigend, wir konnten uns einfach keinen Reim darauf machen, es klang alles so ausweichend

Vielleicht wollte er euch einen Anhaltspunkt geben, den Schlüssel zu seiner jetzigen Notlage, und ihr habt es einfach nicht begriffen

Nein, daran haben wir auch gedacht und auch darüber gesprochen, wir beide, als er für einen kurzen Moment eingenickt war, so wie er dasaß, auf seiner metallenen Kiste, mitten im Satz, er hat sogar ein bißchen geschnarcht

Klingt wie eine Beichte, sagte Moinous zu mir

Aber das paßt überhaupt nicht zu ihm, gab ich zur Antwort, hast du ihn jemals beichten gehört, und trotzdem, irgendwie wurden wir den Eindruck nicht los, daß er uns sagen wollte, warum er hier war, daß er tatsächlich sagen wollte, wenn auch indirekt, auf seine verdrehte Art, warum er zu den Deportierten zählte, irgendwie glaubten wir herauszuhören, daß er endlich seine Nutzlosigkeit eingestand

Aber irgend etwas stimmte daran nicht, unterbricht ihn Moinous, nein, wir zogen sogar die Möglichkeit in Betracht, daß er, weil er in den letzten zehn Jahren nichts zuwege gebracht hatte, obwohl er allen, auch uns, den Eindruck vermittelt hatte, er arbeite an etwas Großem,

Bedeutendem, seiner selbst überdrüssig und für die Gesellschaft unnütz geworden war und infolgedessen, na ihr wißt schon, das übliche patati patata, aber daß ein solcher Ausbund an Schaffenskraft, ein solches Energiebündel wie er in eine derartige absolute Tatenlosigkeit verfallen konnte, das wollte uns nicht in den Kopf, vor allem, weil wir es doch bemerkt hätten, schließlich waren wir die ganze Zeit bei ihm, außer, er hat uns etwas vorgespielt, aber selbst dann, man kann doch nicht den Aktiven spielen, man kann doch Nichtstun nicht dadurch verbergen, daß man so tut, als würde man etwas tun, das ist doch absurd, entweder man tut etwas oder man tut nichts, aber man kann nicht nichts tun tun

Ganz meine Meinung, das ist wirklich paradox, obwohl sich solche Fälle in letzter Zeit häufen sollen, Fälle, in denen Leute so tun, als führten sie ein aktives Leben, während sie sich insgeheim der Trägheit hingeben, und zwar, um mit dem wahnwitzigen Rhythmus unserer Zeit Schritt zu halten, aus Furcht vor dem Alter

Stimmt, nickt Namredef zustimmend, aber nicht unser alter Mann, er war doch immer seiner Zeit voraus, immer drei Nasenlängen vor allen anderen, und was Älterwerden angeht, darüber machte er sich doch nur lustig, erinnert ihr euch nicht mehr an dieses junge Ding vor knapp zwei Jahren, die hat er gevögelt wie ein Zwanzigjähriger, wißt ihr nicht mehr, diese hinreißende Frau, die er in Texas getroffen hat, total wild haben sie es getrieben, das war vielleicht ein süßes Ding, und bis vor ein paar Monaten brauchte der alte Knabe beim Tennis keinen Gegner zu fürchten, alle hat er sie vom Platz gefegt

Nam hat recht, meint Moinous, aber trotzdem, als er nach dem kurzen Nickerchen erwachte, haben wir ihn gefragt, Könnte es nicht sein, daß vielleicht wegen deiner Unproduktivität deine Zahl ausgespuckt worden ist

Ach nein, nein, absolut unmöglich, niemand hat auch nur das Geringste vermutet, im Gegenteil, alle waren fest davon überzeugt, genau wie ihr, liebe Freunde, daß ich an etwas Großem, Bedeutendem arbeitete, daß ich auf dem besten Wege war, aus den Bruchstücken meiner Gedanken ein neues erkenntnistheoretisches System abzuleiten, was immer das heißen mag

Ja tatsächlich, so sah es aus, aber was geschah dann

Meine rastlose Geschichte, meine unersättlichen Träume verließen mich, alles zerfiel, Schweigen überkam mich, ich war ohne Erinnerung, es war, als ob ich am Rande eines Abgrundes stünde und auf eine Zukunft wartete, bereit, mir vom ersten sensiblen Menschen, der mir über den Weg liefe, eine erfinden, mich in den Abgrund stürzen zu lassen, aber es kam niemand vorbei

Und was war mit dem schönen Mädchen aus Texas, fragte Moinous, war die vielleicht nicht sensibel genug

Oh doch, sogar sehr, und schön dazu, und so nett zu mir, aber das meine ich nicht, ich rede hier in Metaphern, egal, jedenfalls wurde mir eines Tages klar, daß mir keine Ideen mehr kamen, keine wirklichen Ideen, daß ich völlig ausgebrannt war, leer, trotzdem habe ich gedacht, ich könnte weitermachen, aus dieser Leere Kapital schlagen, denn ich sagte mir, das Grundprinzip von Kommunikation, nämlich, wie übersetze ich die Fakten, die unmittelbaren Erfahrungen und Erlebnisse in eine andere sprachliche Struktur, ist doch selbst wieder eine Idee, eine Idee darüber, daß man keine Ideen hat, und darin sah ich eine Möglichkeit, zu überleben, denn schließlich ist es viel schwieriger, ein echter Künstler zu sein, als reich oder arm, berühmt oder nicht, absichtlich ein bewußter Asket oder ein intellektueller Vorreiter zu sein, es ist immer eine Frage des Überlebens, das habe ich mir gesagt

Schön, klingt interessant, und was hast du dann gemacht, fragte ich, während Moinous vor sich hin murmelte, Also, mit dieser hinreißenden Texanerin hätte ich ewig überleben können, ein wirklicher Schatz

Nichts hab ich gemacht, gar nichts, weil man selbst für ein solches Projekt Worte braucht, und Worte fehlten mir gerade, ich erlebte Anfälle von Mutlosigkeit, wenn mir der Glaube an die Worte abhanden kam oder wenn mir die Worte ihren Dienst verweigerten, ich spürte, wie sie mich im Stich ließen, mir aus dem Weg gingen, gewiß, eine Zeitlang konnte ich noch den Schein wahren, nach außen den Eindruck erwecken, als ginge meine Arbeit voran, doch das war alles Lüge, und langsam, aber sicher zog ich mich zurück in die Höhlung meines Verstandes und kappte die Verbindungen zwischen mir und dem Rest der Welt

Für sein Werk und die eigenen Unzulänglichkeiten hatte er schon immer einen klaren Blick, sage ich und zünde mir eine Zigarette an, ein echter Intellektueller, der sich immer weigerte, jene schützende Blindheit zu entwickeln, mit der die meisten Künstler ihre Kunst vor zuviel Erkenntnis und Wissen abschirmen, ja, mich hat schon immer erstaunt, wie hart und kompromißlos er mit sich und seinem Werk war, aber was habt ihr ihm denn daraufhin gesagt

Das ist ja alles sehr aufschlußreich, sagten wir, wir hatten keine Ahnung, daß du so schwere Zeiten hinter dir hast, hättest du uns doch nur mal was gesagt, aber trotzdem, beharrten wir, was hat denn das Ganze damit zu tun, daß du jetzt hier bist

Nichts, nichts, soviel ich weiß, antwortete er ruhig, ich habe nicht gesagt, daß es damit zu tun hat, ich beantworte nur eure Fragen, oder vielleicht mache ich jetzt auch einen Schlußstrich unter die Bücher, die von mir selbst handeln, er hörte unvermittelt zu reden auf, stand auf und fing an, im engen Vorzimmer auf- und abzugehen, er beachtete uns jetzt nicht mehr, als wären wir schon gegangen, derweil öffnete Sam ein schläfriges Auge und folgte damit seinem Herrn, aber ohne den faulen Kopf zu heben, der auf seinen Pfoten lag, wir kamen uns plötzlich in diesem Zimmer überflüssig vor

Das alles ist wirklich sehr aufschlußreich, sage ich zu Moinous und Namredef und schenke ihnen und mir selbst noch ein Glas Calvados ein, ja, auch mir war seit Jahren aufgefallen, daß er schweigsamer geworden war, oder vielmehr, daß seine Sprache zusammenhanglos und unklar geworden war

Ja, genau, wir spürten, mit welcher Anstrengung dieser Körper sich jedes einzelne Wort abringen mußte, dieser hagere Körper, der wie eine Vogelscheuche aussah und es nicht verbergen konnte, aber da er weitersprach, fragten wir ihn nicht danach, aber wir hätten gerne gewußt, woher sie denn nun kommen, diese Worte, die sich wehren, gesprochen zu werden, die vor dem Artikuliertwerden zurückschrecken, stammen sie aus einer dunklen unbekannten Zone in seinem Inneren, wo sie zögernd oder gar unter Schmerzen Gestalt annehmen, und immer kürzer wurden sie, immer schroffer und schneidender, immer näselnder und härter waren sie, und doch konnten wir spüren, wie gerne sie großzügig gewesen wären, diese Worte, oder auch nur ein bißchen liebenswürdiger, irgendwie waren wir ihm dankbar, daß er wartete, mit unendlicher Geduld wartete, während die Worte mit aller Kraft nach einem Weg suchten, sich von seinem Leib zu lösen

Das hast du schön gesagt, sagt Namredef zu Moinous, aber keinen Finger haben wir krumm gemacht, um ihm zu helfen, standen einfach da, wie zwei traurige Clowns, die ihren Auftritt verpatzt haben, während er die ganze Zeit hin und her ging, die Füße über den Boden schleppend, wir standen verlegen in einer Ecke und taten uns selber leid, und als wir ihm so zuschauten, wurde uns klar, wie sehr sich seine derzeitige Schwermut, sein langes Schweigen, seine Antriebslosigkeit auf uns übertragen hatten, es schien, daß unsere Gedanken mit jedem Besuch bei ihm immer widersprüchlicher wurden, immer konfuser

Das braucht ihr mir gar nicht zu sagen, mir war schon lange klar, daß ihr die Situation nicht mehr unter Kontrolle hattet

Was hast du denn erwartet, rufen Moinous und Namredef aus, es war entnervend, unseren alten Freund dort in seinem Zimmer sitzen zu sehen, in den letzten Wochen war es besonders schlimm, wir hatten Angst, von seiner Laune, seiner Lustlosigkeit angesteckt zu werden

Vielleicht habt ihr euch ja doch an dem, woran er litt, angesteckt, sage ich, aber wißt ihr, ob man die Taten des alten Mannes nun als Erfolge oder Fehlschläge begreift, ist wirklich eine Interpretationsfrage, ich zögere, es zu sagen, aber vielleicht liegt es nur an euch und an eurer fehlerhaften Berichterstattung, daß ich nichts Genaues über seine prekäre Lage und geistige Verfassung weiß, schließlich wart ihr meine einzige Verbindung zu ihm

Verdammt noch mal, was soll denn das heißen, willst du jetzt etwa uns den Schwarzen Peter zuschieben, und uns für die Schwächen und Fehler deiner eigenen Arbeit verantwortlich machen

Nein, überhaupt nicht, was ich tue, tue ich für ihn, den ich, wie ihr wißt, schon immer sehr geschätzt habe, und nicht für meine Person, an der ich ständig verzweifle, aber was weiß ich denn als ein Erzähler, der aus zweiter Hand lebt, was ich weiß, habe ich mir bloß zusammengereimt, es ist bloß ein Artefakt, ein Ding aus Können und Geschicklichkeit, Kunst plus Fakt, eine Interpretation, die auf dem aufbaut, was ihr angeblich gesehen und gehört habt und was ihr mir hier berichtet, aber ohne daß es mit dem, was ihr an Ort und Stelle gesehen und gefühlt habt, genau übereinstimmt, das ist in diesen Dingen unvermeidlich

Ach, ich verstehe, sagt Moinous und wirft angewidert die Arme in die Luft, wenn die Sache schiefläuft, sind wir es, die bei diesem Unternehmen versagt haben, während du es dir gemütlich machst wie ein Mönch und ein bißchen in deinen Papieren kramst und mit deiner Schreibmaschine herumhantierst, und wir haben die ganze Arbeit gemacht, die ganze Drecksarbeit, und haben uns die Hacken abgelaufen, nennst du das Dankbarkeit

Nein, das stimmt doch alles nicht, ihr begreift nicht, was ich meine, in dieser unserer intramuralen Darstellung kann der Blick des Autors nur so scharf und klar sein oder so verschwommen und undeutlich, wie der Blick der Erzähler ist, und das seid nun mal ihr zwei, und vielleicht hätte ich es unseren potentiellen Lesern schon früher sagen sollen, du, Moinous, bist halbblind, das hat man schon die ganze Zeit über gemerkt, hat gar keinen Zweck, das abzustreiten, und was dich angeht, Namredef, so wissen wir alle, daß du schwerhörig bist, ein Geburtsfehler, daran ist nichts zu ändern, es ist bedauerlich, aber es breitet einen Schleier der Ungewißheit über das, was ihr beiden hört und seht und natürlich auch über das, was ihr berichtet

Jetzt kommt er auch noch damit, findest du nicht, daß diese Enthüllungen ein bißchen spät kommen, willst du uns jetzt hier noch schlecht machen

Na schön, ihr werdet mir sagen, ich hätte schon früher etwas in dieser Richtung unternehmen oder zumindest gewisse Diskrepanzen in euren Berichten zulassen sollen, dazu kann ich nur sagen, daß ich außer euch beiden niemanden hatte, an den ich mich hätte halten können, aber mir ist von Anfang an klar gewesen, mehr oder weniger jedenfalls, daß eure Worte als Erzähler unsere ganze Aufmerksamkeit stets auf eure eigenen Überlegungen zu der Notlage des alten Mannes gelenkt haben, so fragwürdig diese Überlegungen auch gewesen sein mögen, und deswegen konnten nur sie allein ihn retten, es stimmt, es war ganz schön raffiniert von mir, euch die erzählerische Verantwortung zu überlassen, aber was hätte ich denn machen sollen, es war für mich die einzige Möglichkeit, mit der Geschichte vorwärtszukommen, ich hatte keine andere Wahl, oder sagen wir besser, ich hatte alle anderen Möglichkeiten verworfen

Raffiniert nennt er das, es war ein hinterhältiger, gemeiner, schmutziger Trick, was bist du doch für ein Heuchler

Dennoch, sage ich und tue so, als würde ich ihr wütendes Gezeter gar nicht bemerken, das ist auch der Grund, warum ihr nie irgendwelche dogmatischen Behauptungen aufstellen konntet, wie denn auch, sondern immer nur unter Vorbehalt sprechen konntet, anders hätte unsere Geschichte gar nicht funktioniert, weil es in diesem Abschlußbericht nicht so sehr darauf ankommt, was ihr über dies oder das gedacht habt oder was ihr gesehen und gehört habt und was nicht, sondern es zählt vor allem das, was euch in die Abfolge der Geschehnisse systematisch einordnet, oder, wenn euch das besser gefällt, was euch fiktionalisiert

Jetzt kommt er raus mit der Sprache, du bist vielleicht ein Arsch, wenn's nach dir geht, dann sind wir also nicht mehr als zwei kaputte, willenlose Marionetten, und es ist nicht mal sicher, ob wir überhaupt existieren

Nein, jetzt laßt mich mal ausreden und dreht mir nicht alles im Mund herum, die Auswirkungen des Lebens sind sichtbar, aber das Leben selbst nicht, das geht auch gar nicht, und am allerwenigsten in einer extemporierten Situation wie der unsrigen, letzten Endes kommt es auf Aktion, Funktion, Bewegung und Improvisation an, auf das, was nicht vollständig und erschöpfend gesehen, dargestellt, begriffen und beschrieben werden kann, alles andere ist Schwindel, reine Spekulation

Jetzt fängt er schon wieder an mit seinem spekulativen Quatsch, rufen beide, dieses Mal wirklich wütend, wo soll denn das hinführen

Ihr versteht das nicht, im Falle unseres alten Mannes, wie bei jedem historischen Ereignis, hieß es zunächst, zu beobachten und zu ordnen, dann ging es darum, nach Gründen zu suchen und zu erklären, auf beiden Ebenen haben wir versagt, und an dem Punkt, an dem wir jetzt sind, wo wir langsam verzweifeln, jemals die Tatsachen erklären zu können, geht es darum, uns etwas auszudenken und vorzustellen, uns bleibt gar nichts anderes übrig, es ist die einzige Hoffnung, die wir noch haben

Das ist ja alles schön und gut, aber jetzt im Augenblick hilft uns das kein bißchen weiter, was sollen wir denn jetzt machen, ich meine, jetzt, in diesem Augenblick, fragt Namredef

Was wir jetzt machen sollen, ist doch klar, wir machen jetzt, so gut es geht, mit diesem Bericht weiter, ihr erzählt mir, was im Raumhafen als nächstes passiert ist, wie lange der alte Mann noch geredet hat, in diesem Zimmer auf und ab gelaufen ist und so weiter

Na gut, wenn du meinst, daß es was bringt, sagt Namredef und setzt sich wieder auf das Sofa neben Moinous, mir gegenüber, und erzählt weiter, was auf dem Raumhafen passierte

Das ausweichende Gerede des alten Mannes und daß er uns behandelte, als seien wir einfach Luft, ärgerte uns, Verdammt noch mal, schrien wir ihn schließlich an, warum rückst du denn nicht raus damit, jetzt erzähl endlich, ein und für allemal, wieso du hier in diesem Scheißzimmer sitzt, die Tatsachen

Es gibt keine Tatsachen, antwortete er gelassen, sein Mund verzog sich zu einem entwaffnenden Lächeln, es gibt keine Tatsachen, die sich exakt beschreiben ließen, man kann nur Hypothesen aufstellen, Worte, auch wenn man sie noch so sorgfältig wählt, werden die Wahrheit nicht treffen, denn in einer solchen Lage kann man nur zwischen rhetorischen Masken wählen

Was, mehr hat er nicht gesagt, frage ich und merke, wie ich langsam die Geduld verliere, hat er nicht wenigstens ein bißchen Angst gezeigt

Nicht im geringsten, er hat noch lange so weitergeredet, aber gesagt hat er nichts, ich meine nichts von Bedeutung, was uns irgendwie weitergeholfen hätte, aber dieser Wortschwall faszinierte uns, er erzählte uns sogar ein paar Geschichten, ein paar alte Geschichten, du weißt schon, die von dem kleinen Jungen in der Abstellkammer, die von den rohen Kartoffeln im Zug, die von den Nudeln, Ah le temps des nouilles, sagte er lachend, und die Geschichte von dem Bauernhof und von der Lampenschirmfabrik, und dann die komische mit seinem 1947er Buick-special, mit dem er während eines Schneesturms in einem Baum landete, dieselben alten Geschichten, die er uns im Laufe der Jahre schon so oft erzählt hat, er erzählte einfach immer weiter, ab und zu mußte er über seine eigenen Geschichten lachen, und wir lachten auch, waren richtig gefesselt und hatten alles um uns herum vergessen, die Zeit, den Ort, er war schon immer ein guter Geschichtenerzähler, wir wußten nicht, wie spät es war, als plötzlich eine Durchsage aus den Lautsprechern an der Decke kam, es muß so gegen elf gewesen sein

Also von Lautsprechern an der Decke habt ihr mir bis jetzt noch nie etwas gesagt

Bis dahin hatten wir sie auch gar nicht bemerkt, eine Art Gegensprechanlage, wahrscheinlich wurde die ganze Kommunikation mit den Deportierten auf diesem Wege abgewickelt, jedenfalls sagte eine Stimme, Wir treten jetzt in die Endphase unserer Operation, alle Reisenden werden gebeten, sich unverzüglich in die Abflughalle zu begeben, den Besuchern ist es gestattet, die Reisenden bis in die Halle zu begleiten, doch es ist strengstens untersagt, ich wiederhole, strengstens untersagt, die Absperrungen zu überschreiten und die Besucherzone zu verlassen, Raumhafenbedienstete werden Sie einweisen und Auskünfte geben, weitere Anweisungen erhalten Sie in der Abflughalle

Moinous und mich überfiel Panik, aber der alte Mann wirkte ruhig, fast erleichtert, Dann wollen wir mal, sagte er ohne sichtbare Gefühlsregung, er bestand sogar darauf, den Koffer selbst zu tragen, Nein, laß dir wenigstens von uns tragen helfen, sagten wir verlegen, fast bettelnd, er ist doch viel zu schwer für dich, Jedem sein Kistchen, witzelte er, als er sich den Koffer auf die Schulter hievte, fast mühelos, unser alter Mann war richtig gut in Form, und so brachen wir dann auf, folgten den langen, kalt metallischen Korridoren, bis zur Wartehalle war es ein weiter Weg, rote Pfeile zeigten die richtige Richtung an, aus den anderen Vorzimmern stießen immer mehr Reisende und Besucher dazu und bewegten sich schweigend vorwärts

He, und was ist mit dem Hund, frage ich

Ach so, der Hund, den hätte ich fast vergessen, gerade als wir das Vorzimmer verlassen wollten, kamen zwei Raumhafenbedienstete in blauen Overalls herein, einer von ihnen hatte eine Leine, so eine mit einem engen Halsband, ohne ein Wort zu sagen, legte er sie Sam an, der alte Hund spürte, daß hier etwas vorging und begann an der Leine zu zerren, aber ohne zu bellen, er winselte nur, als wäre er verletzt, er versuchte, sich mit seinen Pfoten gegen den Boden zu stemmen, aber dieser Kunststoffboden war rutschig und hart, er schlitterte hinter den Raumhafenbediensteten her, die ihn Richtung Tür zogen, der alte Mann bückte sich, um dem Hund einen Klaps aufs Hinterteil zu geben, und Sam warf ihm aus seinen müden, blutunterlaufenen Augen einen flehenden Blick zu, aber der alte Mann wendete sich einfach ab, und, du wirst es nicht glauben, er versetzte dem Hund plötzlich einen Tritt in die Rippen, nein, nicht sehr hart, aber doch so kräftig, daß der arme Sam aufjaulte und den Wächtern ohne jeden Widerstand hinaus auf den Korridor folgte

Gut, und was passierte dann

Mit Sam, meinst du

Nein, mit dem alten Mann

Och, laß mich den Rest erzählen, bittet Moinous, ich glaube, ich habe sämtliche Einzelheiten beisammen

Na gut, von mir aus kannst du weitermachen, Moimoi, ich muß sowieso auf den Topf, sagt Namredef, während er schon auf die Toilettentür zugeht

Soll ich warten, bis du zurück bist, fragt Moinous

Nein, mach nur weiter, ich bin gleich wieder da

Moinous räuspert sich, Kaum waren wir in der Abflughalle, wurden wir von dem alten Mann getrennt, es ging alles sehr schnell, uns blieb nicht mal Zeit zum Händeschütteln oder so etwas, wir standen hinter den Absperrungen, wo sich schon Tausende anderer Besucher drängten, und es kamen immer mehr dazu, wir standen ziemlich weit hinten, der alte Mann wurde zu den Reihen der Deportierten geführt, aber er war so groß und sein Kopf so riesig, daß wir ihn von dort, wo wir standen, immer noch sehen konnten, wenn wir uns auf die Zehenspitzen stellten, alles war perfekt organisiert, wohl um keinerlei Sentimentalität aufkommen zu lassen, die Deportierten standen da mit dem Blick auf die riesigen Stahltore, die natürlich geöffnet waren, und man konnte das riesige, schlanke Raumschiff auf der Startrampe sehen, es war ganz grau, Dutzende von Helfern, einige in blauen, andere in roten Overalls, einige zu Fuß und andere auf kleinen Elektrogefährten, die fiepend und brummend durch die Gegend sausten, sorgten dafür, daß alles reibungslos lief, ihre Anweisungen brüllten sie in Megaphone, es ging gar nicht anders, denn es herrschte ein ziemlicher Lärm, das Ganze erinnerte mich an die Bahnhöfe von früher, das Geschrei, die Aufregung und die hektische Betriebsamkeit, die knisternde Spannung, bevor es losgeht, ja, so war es, fast so wie früher auf den Bahnhöfen

Wahnsinn, hast du schon einmal so viele Leute auf einem Haufen gesehen, schrie ich zu Namredef hinüber und versuchte, das laute Stimmengewirr der bunt zusammengewürfelten Menschenmenge zu übertönen, Menschen aller Nationalitäten, aller Rassen und Hautfarben, alle Größen und Formen, junge und alte, auch viele Kinder, diesseits und jenseits der Absperrungen, unter den Besuchern und unter den Deportierten, und all diese Menschen standen wie die Heringe, zusammengepfercht wie Vieh, egal, welche Metapher euch besser gefällt, sie drängelten, schoben und stießen sich gegenseitig zur Seite, um besser sehen zu können, und verdammt kalt war es in der Halle, wenn die Leute ausatmeten, trat ihnen in der Kälte Nebel vor den Mund, der Atem stieg in Schwaden empor wie Zigarettenqualm, ein Glück, daß wir unsere dicken Wintermäntel an hatten, aber nicht der alte Mann, wie alle anderen Reisenden trug er die traditionelle weiße Tunika der Deportierten, die ihm bis zu den Knöcheln hinabreichte

sowohl Namredef als auch mir verschlug es angesichts dieser gigantischen Halle die Sprache, sie wurde aus hellen, gelben Scheiben an der Decke erleuchtet, der gesamte Raum samt Fußboden und Decke war aus grauglänzendem Metall und rundum geschlossen, bis auf die beiden riesigen Tore natürlich, die den Blick auf das Raumschiff draußen vor der Halle freigaben, nahtlos, nirgendwo auch nur der kleinste Spalt, die kleinste Öffnung, nicht wahr Namredef, es ist uns beiden aufgefallen, also wenn die gigantischen Tore geschlossen waren, war die Halle völlig luftdicht, wasserdicht und vermutlich auch schalldicht, so riesig war dieser Bau, daß der Arc de Triomphe leicht fünfundzwanzigmal hineingepaßt hätte, Namredef fing an, darüber zu diskutieren und meinte, er würde mindestens dreißigmal hineingehen, aber ich sagte ihm, daß jetzt der falsche Augenblick für solche witzlosen Debatten sei, ob fünfundzwanzig oder dreißig, was ist denn da der Unterschied, sagte ich, es gibt einen Punkt, da werden sogar Zahlen bedeutungslos, aber es vermittelt dir einen Eindruck von der unglaublichen Größe dieses Baus, wir standen da und bekamen vor lauter Staunen den Mund nicht mehr zu, überwältigt von der Weite dieser Halle, und kamen uns ganz klein und unbedeutend vor, wie zwei kleine Fehlstellen in dieser nahtlosen Blase metallischer Perfektion

Ja, überwältigt waren wir, unterbricht ihn Namredef und erzählt jetzt weiter, einfach sprachlos, aber dann fragte ich Moinous, Wo zum Teufel ist der alte Mann abgeblieben, ich kann ihn nirgendwo mehr sehen, während wir uns umsahen, hatten wir ihn aus den Augen verloren

Da drüben ist er, mitten in der zweiten Gruppe, direkt vor dem Raumschiff, schrie ich zurück und zeigte mit dem Finger auf ihn, denn es war nicht schwierig, den alten Mann auszumachen, selbst auf diese große Entfernung überragte er die anderen wie ein Turm, und obwohl die Deportierten in ihren weißen Tuniken alle gleich aussahen, war er in dieser gesichtslosen Gruppe nicht zu übersehen, alle hatten uns den Rücken zugekehrt und blickten in Richtung der klaffenden Tore, aber unsere ganze Aufmerksamkeit richtete sich nun auf diese hochgewachsene Gestalt dort draußen, unser Polarstern sozusagen, während wir verzweifelt versuchten, näher an die Absperrungen heranzukommen, aber die Menge stand so dichtgedrängt zusammen, daß man kaum vor oder zurück kam, dennoch schafften wir es mit einiger Mühe indem wir den Leuten die Ellbogen in die Seite stießen, was die natürlich auch mit uns taten, gelang es uns, ein paar Schritte Boden zu gewinnen, von unserem neuen Standort aus war der alte Mann jetzt viel besser zu sehen, vor allem vor dem Hintergrund des silbrigen Raumschiffs, das von den offenen Toren eingerahmt wurde, und er war fast genauso groß, wie eine Doppelbelichtung, ich meine, wie der alte Mann und das Raumschiff sich da überlagerten, bloß daß der gigantische Raketenkörper mit seiner sich verjüngenden Spitze und den runden Treibstofftanks an den Seiten so aussah wie ein ausbalancierter steifer Schwanz, der gegen den wolkenlosen nachtschwarzen Himmel pulsiert, bereit, die gelblichen spermaartigen Körperchen in sich aufzunehmen und dann in die große Weltraumfotze vorzustoßen

Achtung, Achtung, plärrte es aus den beiden elf Meter hohen Lautsprechern, die oben links und rechts neben den Toren angebracht waren, das donnernde Echo der Stimme hing sekundenlang über der Menge, in der jeder Laut erstarb, Alle Abreisenden werden gebeten, sich draußen auf der Verladeplattform zu melden, sobald ihr Name aufgerufen wird, dröhnte die Stimme durch die Halle, Den Besuchern ist es nicht gestattet, sich noch länger in der Wartezone aufzuhalten, nachdem die Ihnen verbundene Person die Halle verlassen hat, Besucher haben die Halle sofort zu verlassen

ein Zittern ging durch die Menge, Namredef ergriff meinen Arm und drückte ihn fest, Jetzt ist es soweit, sagte er

Sarah Bialek, schallte es nach einer kurzen Pause aus den Lautsprechern, der Name wurde noch einmal wiederholt, Sarah Bialek, dann Michel Deguy, Joseph Francavilla, Shigeo Hamano, Zoltan Abadi-Nagy, Larry McCaffery, David Porush, Ihab Hassan, Mas'ud

Zavarzadeh, jeder Name wurde zweimal wiederholt, wir hörten aufmerksam zu, nicht nur, um mitzubekommen, wann der Name des alten Mannes aufgerufen wurde, sondern auch, um aus den Namen der Deportierten herauszuhören, welcher Nationalität oder welchem Volksstamm sie angehörten, einfach aus Neugierde, und wir versuchten auch, zu erkennen, ob uns nicht zufällig der eine oder andere Name bekannt war, Erica Hubscher, Robin Murez, Jacques Ehrmann, David Naimark, Ernest Blake, Richard Martin, Joseph Toungaian, Loulou Jacobson, Ramon Hombre della Pluma, Suce Mapomme und so weiter, einer nach dem anderen, die Stimme leierte die lange Liste der Namen herunter, und die Deportierten traten vor, jeder hatte seinen Metallkoffer dabei

zuerst dachten wir, die Namen würden in alphabetischer Reihenfolge aufgerufen, doch bald merkten wir, daß gar kein System dahintersteckte, oder eines, das wir nicht erkennen konnten, jeden einzelnen konnten wir sehen, wenn der Name aufgerufen und noch einmal aufgerufen wurde, wir konnten sehen, wie er oder sie von den Helfern nach vorne gewunken und dann schnell zum Raumschiff geführt wurde, ohne den geringsten Widerstand, und gleichzeitig, fast im selben Augenblick, verließen die Besucher der jeweiligen Person ruhig und gehorsam die Wartezone, es ging alles sehr langsam, aber unbarmherzig und ohne Unterbrechung vor sich, nach und nach wurde die Menge um uns herum kleiner, während die Deportierten durch die gigantischen Tore verschwanden, nach einer Weile standen wir näher an der Absperrung und konnten den ganzen Vorgang gut überblicken, der alte Mann stand immer noch da

He, guck doch mal, er winkt zu uns rüber, rief Namredef mir zu, ja wirklich, und einen Augenblick lang winkten wir zurück, ich nahm sogar mein Taschentuch aus der Hosentasche und schwenkte es wie verrückt, doch in Wirklichkeit winkte er gar nicht, nein, so mußten wir schließlich einsehen, er hatte nur eine Hand gehoben, um sich entweder am Kopf zu kratzen oder eine lästige Fliege wegzuscheuchen, von dort aus, wo wir standen, war es schwer zu erkennen, und davon mal abgesehen, schaute der alte Mann auch gar nicht zu uns herüber, sondern zum Raumschiff, und genau in diesem Augenblick trat mir jemand auf den Fuß, ich stieß einen Fluch aus und bückte mich, um meinen Schuh abzuwischen, und da, auf dem Boden, sah ich ein Graffiti

Ein Graffiti, was soll denn das heißen, könnt ihr mir das erklären

Ja, ein Graffiti, das irgend jemand in den nahtlosen Boden geritzt hatte, ich war so verblüfft, daß ich Namredef am Ärmel zog und nach unten deutete, wir ließen uns auf alle viere nieder, im wahrsten Sinne des Wortes, um diese merkwürdige Inschrift zu entziffern, es waren so viele Füße darauf herumgetrampelt, daß sie beinahe unleserlich geworden war, doch als wir mit unseren Händen und meinem Taschentuch den Boden sauberwischten, erkannten wir nach und nach, daß irgend jemand hier, ein wenig ungelenk, aber nicht ohne Stil, fünf Spielkarten eingeritzt hatte, ja richtig, Glücksspielkarten, die Zehn, den Bauer, die Dame, den König, das As, alles in Pik, in dieser Reihenfolge von links nach rechts, und über diesen Royal Flush, diesen zweiten Royal Flush, auf den wir rein zufällig stießen, waren die Worte, Vorübergehend Gerettet gekritzelt, zumindest meinte ich, daß es so hieß, aber Namredef war der Meinung, in Wirklichkeit stünde da Vorübergehend Gesund, ergibt einen ganz anderen Sinn, meinst du nicht auch

Ich begreife nicht, wie du zu einem Wort mit sechs Buchstaben kommst, während hier doch acht Buchstaben eingeritzt sind, sagte ich zu ihm, aber unser Streit wurde jäh von einem Aufschrei Namredefs unterbrochen, He Sie Trampel, fluchte Namredef, Sie stehen auf meiner Hand, verdammt nochmal, worauf ein regelrechter Fettkloß von Mann, ein richtiges Schwergewicht von 250 oder sogar 300 Pfund, seinen elefantösen Fuß hob und sich bei Namredef entschuldigte, der mit schmerzverzerrtem Gesicht seine rechte Hand in der linken hielt, es hat wehgetan, nicht wahr, Nam, Das kann man wohl sagen

Was zum Teufel macht ihr beiden Knilche denn da unten, fragte der Fettkloß und schüttelte mißbilligend den Kopf, spielt ihr oder was

wir antworteten nicht, standen auf und gingen weg, ein wenig peinlich war es uns schon, aber das Graffiti ging uns nicht aus dem Kopf, das irgendwie überhaupt nichts zu bedeuten schien, obwohl es vielleicht ein Zeichen war, vielleicht sogar die Antwort auf die ganze Situation, aber wir konnten es nicht verstehen, unterdessen waren gleich neben uns zwei andere Leute in die Knie gegangen und versuchten augenscheinlich eine andere Inschrift zu entziffern, wir konnten sogar hören, wie sie mit gedämpfter Stimme stritten, Nein, ich sage dir, es heißt Befreites Dorf, sagte einer gerade, aber der andere beharrte auf seiner Meinung, Nein, du irrst dich, es heißt Befreit das Dorf, das ergibt doch wohl einen ganz anderen Sinn, wir waren schon versucht, uns in dieses interessante Streitgespräch einzumischen, das vielleicht auch irgend etwas mit der gegenwärtigen Situation zu tun hatte, als uns plötzlich einfiel, daß wir über diesen Zwischenfällen, diesen lächerlichen Ablenkungen den alten Mann ganz aus den Augen verloren hatten wir sahen uns um, Ich kann ihn nirgendwo sehen, haben sie denn schon seinen Namen aufgerufen, fragte ich Namredef

Nein, das kann nicht sein, das hätte ich gehört, antwortete er und konnte doch kaum die Ängstlichkeit in seiner Stimme verbergen

die Reihen der Abreisenden hatten sich merklich gelichtet, doch vom alten Mann war weit und breit nichts zu sehen, wir fingen an, mit vereinten Kräften seinen Namen zu rufen, auch wenn wir dadurch auffielen, wir waren völlig verzweifelt, die Situation wurde langsam lächerlich

Ich könnte mich doch einfach auf deine Schultern stellen und nach ihm Ausschau halten, sagte ich zu Namredef, als wir vom Schreien schon ganz heiser waren

Und wa um soll ich mich nicht auf deine stellen, konterte er, immer lastet alles auf mir

Das ist nicht wahr, sagte ich, aber wir sollten uns jetzt nicht wegen so was Nebensächlichem streiten, wir werfen einfach eine Münze

Namredef nickte, die ersten drei Münzen gingen irgendwo in der Menge unter schweren Füßen verloren, aber schließlich gewann ich, mit Kopf, ich kletterte auf Namredefs Schulter, auch wenn es nicht ohne Gestolper und Gemecker abging, als ich endlich auf seinen Schultern zum Stehen kam, schwankte Nam so gefährlich hin und her, daß ich schon glaubte, wir würden im nächsten Moment wieder zu Boden krachen, doch irgendwie fand er eine feste Stellung und hielt meine Knöchel gepackt, mit einer Hand schirmte ich meine Augen ab, wie ein alter Seemann, und versuchte, den alten Mann in den Gruppen derjenigen Deportierten auszumachen, die noch vor den Toren standen und warteten, er war nirgendwo zu sehen, He Nam, ich glaube, dieses Mal stehen wir wirklich blöd da, sagte ich von meinem unsicheren Stehplatz auf seinen Schultern aus, den wichtigsten Augenblick haben wir verpaßt, einfach verpaßt, so was Dämliches, jetzt sind wir so weit gekommen, und dann verpassen wir den allerwichtigsten Moment, ich könnte heulen, du auch

Meinst du etwa, mir geht es anders, antwortete Namredef, klar fühl ich mich beschissen, aber gib's zu, es ist deine Schuld, ganz allein deine Schuld, du mit deinem blöden Graffiti

Jetzt geht das schon wieder los, immer soll ich schuld an allem sein, aber da sah ich ihn auf einmal, Da, da ist er, schrie ich, ich seh ihn, den alten Giftzwerg, da hinten, drüben rechts

der alte Mann erhob sich gerade vom Boden, als ob auch er dort auf die Knie gefallen wäre, um da unten irgendwas zu tun, was, weiß ich nicht, aber bestimmt nicht beten, er nicht

Vielleicht hat auch er versucht, ein Graffiti zu entziffern, melde ich mich, so wie ihr das erzählt, muß der Boden ja voll davon gewesen sein, vielleicht hat er sich auch nur die Schnürsenkel gebunden

Nein, berichtigt mich Namredef, Schnürsenkel kann nicht sein, die Deportierten trugen Sandalen

Na gut, dann hat er eben seine Sandalen zugemacht, ist das denn so wichtig, war doch nur so eine Vermutung, sage ich, voll Erleichterung darüber, daß sie den alten Mann wiedergefunden hatten, Und was ist dann passiert

Die Halle hatte sich jetzt schon mehr als zur Hälfte geleert, auf beiden Seiten der Absperrung, die meisten Deportierten hatten sich schon zur Ladeplattform in Bewegung gesetzt, und die zugehörigen Besucher hatten die Halle verlassen, wir standen jetzt in der ersten Reihe, immer noch wurden von der gleichen monotonen Lautsprecherstimme Namen aufgerufen, aber unser alter Mann stand noch da, mitten zwischen ein paar Hundert weißen Tuniken

dann waren es nur noch ein paar Dutzend, Namredef und ich fingen jetzt an, mitzuzählen, wie viele Deportierte noch übrigblieben, 35, 34, 33, 32, es war wie ein Countdown, 16, 15, 14, jetzt waren es nicht mal mehr ein Dutzend, 9, 8, 7, und zuletzt stand der alte Mann ganz alleine da

seltsam, wir sahen uns um, wir waren die einzigen Besucher, die noch übriggeblieben waren, wir hatten keine Ahnung, was da vor sich ging, ein paar Helfer standen in einer Gruppe zusammen, doch weit entfernt in einer Ecke der großen Halle, und sie schienen den alten Mann und uns überhaupt nicht zu beachten, du kannst dir nicht vorstellen, was für ein Gefühl der Leere von dieser Halle ausging

Achtung, Achtung, plärrten die Lautsprecher, Räumen Sie das Gelände, das Personal hat die Halle der Abreise unverzüglich zu verlassen, der Countdown läuft, räumen Sie sofort das Gelände, noch fünf Minuten bis zum Start, die beiden Torhälften schoben sich langsam aufeinander zu, und dann schloß sich das große Tor mit einem donnernden Knall, der ein ohrenbetäubendes Echo durch die Halle warf, wir sahen uns an, blieben wie angewurzelt an der Absperrung stehen, die Leere der Halle und die Lautlosigkeit, die sich breitmachte, als das Echo verklang, waren beinahe unerträglich,

Was soll das, was ist hier los, fragte ich Namredef, warum haben sie ihn nicht aufgerufen, Woher soll ich das denn wissen, antwortete er und zuckte völlig ratlos mit den Schultern, aber die Angst in seiner Stimme war nicht zu überhören

wir konnten nicht verstehen, warum der alte Mann immer noch da stand und niemand sich um ihn zu kümmern schien, wir überlegten zuerst, ob wir ihn rufen sollten, doch entschieden wir uns dagegen, weil wir nicht auffallen wollten, vor allem nicht jetzt, es herrschte völlige Ruhe in dieser Halle, eine furchterregende Ruhe, und leer war sie, kannst du dir das vorstellen, dieser gewaltige Raum und völlig leer, außer uns dreien, ich meine Nam und ich hinter der Absperrung und der einsame alte Mann Hunderte Meter von uns entfernt, von oben müssen wir ausgesehen haben wie Ameisen, ein Husten, ein Flüstern, ein Niesen hätte ein Echo geworfen und wäre bis in den letzten Winkel dieser Halle hörbar gewesen, wie die Laute in einem griechischen Amphitheater, wir wußten nicht, was wir tun und wohin wir gehen sollten, also warteten wir einfach ab

sogar die Helfer waren jetzt verschwunden, dann, plötzlich, stieß der alte Mann einen Schrei aus, in Richtung der Lautsprecher, lauter vielleicht, als er es gewollt hatte, denn seine Stimme erfüllte die Halle und überschlug sich in ihr, UND WAS IST MIT MIR, WAS IST MIT MIR, schrie er mehrere Male und schlug sich mit den Fäusten auf die Brust

zum ersten Mal seit seiner Ankunft im Raumhafen hörten wir Verzweiflung in seiner Stimme, Was ist mit mir, wiederholte er noch einmal, je öfter er diesen Satz wiederholte, desto schwächer wurde seine Stimme, aber die Antwort auf seine Frage war Schweigen, ein

Schweigen genauso lang und leer wie die Halle selbst, dann öffnete sich am anderen, weit entfernten Ende der Halle eine kleine Tür, aus der ein kleiner Elektrowagen hervorschoß und auf uns zukam

wir müßten sofort gehen, hieß es

Aber, aber Sir, versuchten wir uns dem Fahrer begreiflich zu machen und zeigten mit dem Finger auf die einsame Gestalt in der Mitte der Halle

Meine Herren, Sie müssen die Halle unverzüglich verlassen, erklärte er höflich, aber bestimmt, Wir werden uns um alles kümmern, und so verließen wir denn die Halle in dem Elektrogefährt, denn der Raumhafenbedienstete fuhr uns zum Ausgang und geleitete uns aus dem Gebäude, danach sind wir direkt hierher gekommen

War das alles, sage ich, soll das die ganze Geschichte gewesen sein, wollt ihr damit sagen, daß ihr noch nicht einmal wißt, was mit dem alten Mann passiert ist, wo er hingegangen ist, was sie mit ihm gemacht haben, nach allem, nach allem, was wir durchgemacht haben, den Tagen, Wochen, Monaten des Sondierens, Fragens, der Besorgnis und des verzweifelten Ringens um das Schicksal des alten Mannes, und dann ist das alles, was ihr zu sagen habt, ich mustere Namredef und Moinous, sie sitzen immer noch auf dem Sofa in meinem Arbeitszimmer, schwer zu sagen, ob es Furcht oder Freude ist, was ich in ihren Augen lese

Ja, das ist alles, was wir gesehen haben, das ist alles, was wir gehört haben, das waren seine letzten Worte, Und was ist mit mir, und niemand hat geantwortet, mit diesen Worten erheben sich Namredef und Moinous vom Sofa und ziehen sich ihre Mäntel an, Tja, das wär's dann, mehr haben wir nicht zu berichten, sagen sie, zum Abschied geben sie mir die Hand, einfach so, ohne ein weiteres Wort

verwirrt, verärgert und am Boden zerstört sitze ich am Schreibtisch, den Kopf in die Hände gestützt und starre auf das weiße Blatt Papier vor mir, was soll ich jetzt tun, wie komme ich weiter, aber wohin und wofür

ich schließe die Augen, Namredef und Moinous verlieren sich in meinem Unterbewußtsein, ich fühle mich leer, ausgebrannt, dann murmele ich plötzlich vor mich hin, Wenn in der Nacht nichts Besonderes passiert, wird er morgen

Stunden verstreichen, ich muß eingenickt sein, draußen ist es immer noch dunkel, ein Wall ungelöster Ereignisse steht mir noch bevor, mich fröstelt, es ist kalt, was jetzt, dann fallen mir diese Worte wieder ein, die Worte, die ich mir vor langer Zeit notiert hatte, als ich zum erstenmal über dieses Projekt nachdachte, jene rätselhaften Worte, die mir während der ganzen Zeit im Kopf herumgespukt haben, Aber das Fortdauern der Doppelschwingungen legt den Gedanken nahe, daß in dieser alten Bleibe noch nicht alles aufs beste bestellt ist, und natürlich, na klar, jetzt verstehe ich, ich verstehe, es bleibt nichts mehr zu tun

ich schließe wieder die Augen

Na, dann gute Nacht, Jungs, jetzt könnt ihr weiterschlafen